AtV

Christopher West wurde 1954 in Deutschland geboren, schlug sich mit allerlei Gelegenheitsjobs durch, verdiente sein Geld als Musiker und studierte Philosophie. Seit seiner Kindheit faszinierte ihn China, wohin er 1985 zum erstenmal als Rucksack-Tourist reiste. 1991 erschien als Ergebnis dieser Reise sein erstes Buch. 1994 begann er mit »Zuviel himmlischer Frieden« (AtV 2002) und »Der Verräter vom Schlangental« (AtV 2003) seine Serie um die Abenteuer von Kommissar Wang. Die Idee dafür hatte er aus Schanghai mitgebracht, wo er einem Kriminalpolizisten begegnet war, der eine ausgesprochene Leidenschaft für Gerechtigkeit und Fairneß besaß. Christopher West lebt in Norfolk, England.

1997: In Hongkong wurde ein hoher Beamter der Volksrepublik China auf grausame Weise ermordet. So kurz vor der Übergabe der britischen Kronkolonie an China ist der Fall von besonderer politischer Brisanz. Was Kommissar Wang, der aus Peking zu Hilfe geholt wurde, über den Ermordeten und seine vermutlichen Feinde herausfindet, paßt den chinesischen Funktionären allerdings so gar nicht ins Konzept. Sie würden den Mord gern den Briten anhängen. Sie machen Wang das Leben schwer und verbieten ihm schließlich sogar, weiter zu ermitteln. Doch der gibt nicht auf.

Christopher West

Der rote Mandarin

Kommissar Wang ermittelt

Roman

Aus dem Englischen
von Frank Wolf

Aufbau Taschenbuch Verlag

Die Originalausgabe unter dem Titel
»Red Mandarin«
erschien 1997 bei HarperCollins Publishers, London.

ISBN 3-7466-1976-9

2. Auflage 2003

Published by Arrangement with Christopher West
Dieses Werk wurde vermittelt durch die Literarische Agentur
Thomas Schlück GmbH, 30827 Garbsen.
Umschlaggestaltung Preuße & Hülpüsch Grafik Design
Druck Clausen & Bosse, Leck
Printed in Germany

www.aufbau-taschenbuch.de

Für Graham Michelli

Vorwort des Verfassers

Ich möchte all jenen danken, die mir bei den Recherchen zu diesem Buch in Hongkong geholfen haben: Eric Lockeyear und Mark Bowles von der Royal Hong Kong Police, Dr. Johnathan Mirsky, der China wirklich kennt und liebt, David Tang, Terry und Fran Nealon, Pauline Ngan von der Hongkonger Tourismusbehörde, vor allem aber Dr. Jiang Yan und seiner Frau May, die mir traditionelle chinesische Gastfreundschaft erwiesen und mich hervorragend durch das moderne Hongkong geleiteten. Alle Ansichten in diesem Buch sind natürlich von mir und nicht von einem der Genannten zu verantworten. In Großbritannien äußerten Clare Wang, Julia Wisdom, Anne O'Brien und Shu Chang die notwendige sachkundige Kritik an den verschiedenen Entwürfen. Ihnen allen sei Dank.

Hongkong heißt auf Hochchinesisch, das in Peking gesprochen wird, »Xianggang«. Die Kantonesisch sprechende Ortsbevölkerung sagt »Hongkong«, was auch der offizielle Name der Stadt nach dem 30. Juni 1997 bleibt.

Das wird ein historischer Tag für die Kolonie. Nach meinen angenehmen Erlebnissen dort kann ich nur hoffen, daß er unter einem guten Stern stehen möge.

Norfolk, Januar 1997

Handelnde Personen

Angehörige der Pekinger Kriminalpolizei:

Wei	Parteisekretär
Chen Runfa	Leiter einer Ermittlungsgruppe
Wang Anzhuang	Kommissar
Hu	Dolmetscher
Zhai	Archivar
Da	Oberst der Armee, zur Kriminalpolizei versetzt

Abgesandte der Volksrepublik China in Hongkong

Fang	Parteisekretär
Zhang Fei	Spitzenfunktionär, Mordopfer
Rong Dongfeng	Stellv. Leiter des Verkehrsamtes
Ho, Norton	Computerfachmann

Beamte der Royal Hongkong Police:

Ng	Assistant Commissioner (Stellv. Amtsleiter)
Ooi	Detective Inspector
Luard, Edwin	Detective Inspector
Louisa	seine Frau

Weitere Personen:

Lin, Rosina	Wangs Ehefrau, Stationsschwester im Pekinger Krankenhaus Nr. 1
Yip, Matilda	Flüchtling aus der VR China in Hongkong
Hua	deren Adoptivtochter
Chow, Veronica	Prostituierte
Choy	das Drachenhaupt, Chef der Triade Su Fong
Großmaul Fu	Schanghaier Gangster

Ein schriller, durchdringender Sirenenton. Fußgetrappel, ein zuschlagendes Tor, ein Pfiff. Dann Motorengeräusch und eine Qualmwolke, die den Passagieren auf dem Unterdeck in die Nase fährt. Schiffsleute in blauen Uniformen lösen armdicke Taue, und eine altersschwache Fähre schiebt sich langsam in dunkles, trübes Wasser hinaus.

Über alledem Glasfassaden, Hunderte Meter hoch und gnadenlos postmodern, gegen die die Wolkenkratzer der achtziger Jahre schon hoffnungslos altmodisch wirken. Das ist die Insel Hongkong, wo die Fähre *Shining Star* Menschen, die sich auf ihren Decks drängen, zur Arbeit fährt. Für die Pendler ist das grauer Alltag. Kaum einer hebt den Blick zu den gleißenden Bürotürmen, den Blöcken mit den Luxuswohnungen darüber oder der Skyline hoch oben, die noch immer die absurden Namen aus der Zeit des British Empire trägt: Mount Gough, Victoria Peak, Mount Cameron oder Magazine Gap. Viele haben die Nase in den Morgenzeitungen, die fast nur noch vom 1. Juli 1997 schreiben. Der ist zum Greifen nah, wenn auch keiner weiß, was wirklich passiert, wenn die Festlandchinesen das Heft in die Hand nehmen. Andere lassen sich aus dem Walkman mit Kanto-Pop berieseln, schwatzen miteinander oder reiben sich den Schlaf aus den Augen.

»Es ist ein Rätsel«, sagt ein Fahrgast zu seinem Nachbarn. Sie kennen sich nicht mit Namen, sitzen aber fast jeden Tag nebeneinander und reden darüber, was in den Zeitungen steht. »Schon vor vier Tagen ist er aus diesem Gästehaus in Stanley verschwunden, und seitdem keine Spur von ihm.«

»Hoffentlich ist er tot«, meint der andere.

Der erste muß lachen. Es geht um einen verschwundenen Beamten Chinas, einen »Roten Mandarin«, und er weiß, daß sein Gesprächspartner die Festländer haßt, seit er vor fast dreißig Jahren vor der Kulturrevolution aus China flüchtete.

»Nach der Übergabe werden wir so was nicht mehr zu lesen kriegen«, fährt er fort. »Was für Pressefreiheit haben die denn in China? Wahrscheinlich können wir nicht einmal mehr miteinander reden, denn hinter uns wird einer sitzen, der alles aufschreibt.«

Die Story ist offenbar keine Schlagzeile wert – die handelt vom Streit um die Zusammensetzung des Legislativrates, aber immerhin steht sie auf der ersten Seite. Die Nachrichtenagentur Xinhua dementiert natürlich. Zhang Fei ist angeblich für einige Tage aufs Festland in Urlaub gefahren. Doch das Gerücht steht im Raum, wie es immer ist, wenn so viele Augen auf eine Institution, auf eine kleine Gruppe von Menschen starren.

»Vielleicht ist er nach Amerika verduftet wie sein Vorgänger.« Der erste Pekinger Statthalter für das künftige Sonderverwaltungsgebiet hat sich abgesetzt und lebt nun in den USA.

»Dann kriegen sie ihn«, brummt der Nachbar verdrießlich. »Diese Kommunisten haben ein Gedächtnis wie ein Elefant.«

»Ach, Sie machen sich zu viele Gedanken. Die wollen das Geld, das hier verdient wird. Sie werden Hongkong nicht kaputtmachen.«

»Die wollen vor allem die Macht. Wenn wir nicht kuschen, dann marschieren sie auf, um uns zu ›befreien‹ wie am Tiananmen.«

Die ... die ... die Kommunisten, rätselhafte, furchterregende Wesen. Bald werden sie die Söhne und Töchter des Himmels in der blühenden Kolonie sein.

Inzwischen hat die Fähre die halbe Strecke zur Festlandshalbinsel Kowloon hinter sich gebracht. Ein kurzer Sirenenstoß ertönt, aber der Sampan vor ihr zieht stur seine Bahn.

Der Fischer am Steuer des kleinen Bootes, auf dem er mit seiner Familie lebt und arbeitet, ist in diesen Gewässern, wo sich die meisten Fahrzeuge der Welt drängen, unterwegs, so lange er denken kann. Er schafft es, am Bug der Fähre vorbeizukommen, und wenn auch nur um Haaresbreite. Die *Morning Star*, die gerade in der Gegenrichtung vorübergleitet, tutet mitfühlend. Diese verdammten Tankas in ihren Konservenbüchsen …

»Seht mal, da!« Der Schrei auf dem Oberdeck der *Shining Star* löst hastiges Gedränge aus. Selbst die beiden Debattierer schauen erschrocken auf.

»Da, da!« Ein dunkler Schatten huscht vorbei. Etwa so groß wie …

Das kann nicht sein.

Aber die Form …

Es kann. Ein menschlicher Körper treibt aufgedunsen und mit dem Gesicht nach unten im öligen Wasser. Und seine Hände – o Gott! – mit Handschellen auf dem Rücken gefesselt! Wie bei einem Verbrecher.

Und wir wollen heute noch Geschäfte machen! So ein schlechtes Vorzeichen!

Erstes Kapitel

»Egal, was du sagst, es ist falsch«, erklärte die Frau. Der Mann blickte sie beleidigt an. »Ich behaupte ja nicht, daß es richtig ist ...«

»Doch.«

»Nein.«

»Du verteidigst, was nicht zu verteidigen ist.«

»Das tue ich nicht! Du übertreibst. Ich will doch nur sagen ...«

Der Streit spielte sich in der Nähe des Himmelstempels in einem Pekinger Wohnblock ab, der Funktionären der Partei und des Staates vorbehalten war. In der letzten Zeit hatte man allerdings auch einige Wohnungen an erfolgreiche Unternehmer verkauft. Der Mann, Wang Anzhuang, arbeitete als Kommissar bei der Pekinger Kriminalpolizei. Er war groß, athletisch gebaut, und sein Haar begann sich langsam zu lichten. Das störte ihn nicht besonders, denn für Chinesen bedeutet ein kahler Kopf einen scharfen Verstand. Seine Frau Rosina, mit ihren Dreißig fast zehn Jahre jünger als er, hatte große, kluge Augen und etwas schärfer geschnittene Gesichtszüge, als man sie sonst in Peking findet. Unter ihren Vorfahren mußte wohl ein Japaner oder Mandschu gewesen sein.

»Ich meine, bevor ich das glaube, will ich Beweise sehen. Und wenn die schlüssig sind, müssen wir selber damit fertig werden. Wir allein. Welches Recht haben diese Ausländer, uns dauernd Lehren zu erteilen? Ausgerechnet die Amerikaner, die halb Südostasien mit Napalm übergossen haben? Oder vielleicht die Franzosen, die in *unserem* Pazifik Atombomben testen? Und erst die Briten! Die waren doch die größten Ganoven, haben Rauschgift eingeschleppt, Kriege angezettelt und uns das Land geraubt ... Jetzt drehen sie den Spieß um und kritisieren China, weil sie von ihren eigenen Sünden ablenken wollen. Das können wir doch nicht einfach hinnehmen.«

»Wenn die Berichte stimmen, dann haben sie jedes Recht dazu«, erwiderte Rosina.

»Ausländer sollen das Recht haben, so mit uns zu sprechen?«

»Ja, das denke ich.«

Wang blickte düster drein. Es widerte ihn an – nicht, wie die Welt sich zu China verhielt, sondern wie weit es in dieser schönen Wohnung nahe beim Himmelstempel gekommen war. Die Debatten, die sie neuerdings führten …

»Wenn du eine Frau wärst, hättest du nicht solche Zweifel«, fuhr Rosina fort.

Wang seufzte auf. Vielleicht war es das – die alte Kluft zwischen Mann und Frau? Dann brauchte ihn dieser Streit nicht so zu grämen. So hatte es die Natur nun einmal eingerichtet.

Aus Yin wird niemals Yang, sagte er sich. Es waren und blieben Gegensätze. Sie kamen nur zusammen, um etwas entstehen zu lassen, das größer war, als jedes für sich allein sein konnte. Natürlich gab es dabei Konflikte …

Aber wenn nun aus dem Zusammentreffen beider nichts Größeres, Besseres entstand?

Wang seufzte wieder. Seit fast vier Jahren war er mit Rosina verheiratet. Die Dinge änderten sich eben mit der Zeit, hieß es allgemein. Nur Liebende, die man auf dem Höhepunkt ihrer Leidenschaft trennte, wurden zu Schmetterlingen, die in der Oper ohne Ende romantisch umeinanderflatterten. Bei wirklichen Menschen kühlten die Gefühle nach und nach ab, statt dessen entwickelten sie eine praktische, funktionierende Beziehung. Über die Unterschiede regten sie sich weniger und weniger auf, während sie in der Übereinstimmung Trost und Ruhe fanden.

Aber wenn es nun nicht genug Übereinstimmung gab? So viele chinesische Ehen endeten als stummer Krieg, in dem nur noch Konvention und Not die kämpfenden Seiten zusammenhielten. Die Harmonie von Yin und Yang war die Ausnahme, nicht die Regel. Wang wollte so gern die Ausnahme sein.

»Hier geht es doch um Kinder. Wie kann man sie nur so behandeln?« hörte er seine Frau mit einer Stimme sagen, die seinen Ohren weh tat. »Das ist einfach eine Schande. Wenn erst die Briten kommen und uns mit der Nase darauf stoßen müssen, dann sollten wir ihnen dafür dankbar sein.«

»Den Briten dankbar sein ...«, murmelte Wang.

Gegenstand des Streits war die anhaltende Pressekampagne im Westen über die Zustände in Schanghaier Waisenhäusern. Die *Volkszeitung* hatte an diesem Morgen wieder einmal eine Salve der Empörung gegen diese Attacken der Ausländer geschleudert, die für deren Propaganda so typisch waren. Und ohne jedes Feingefühl, das den Langnasen sowieso abging. Dahinter steckte die eindeutige Absicht, die Rückkehr Hongkongs ins Vaterland zu sabotieren, die so kurz bevorstand ...

Der Kommissar schaute zur Uhr auf der Kommode. Die geschwungenen Zeiger, die sich über eine Farbaufnahme der Großen Mauer bei Badaling bewegten, sagten ihm, er werde zu spät zur Arbeit kommen, wenn er sich jetzt nicht einen Ruck gab.

»Ich kann nicht den ganzen Tag hier sitzen und mit dir debattieren«, knurrte er, stand vom Frühstückstisch auf und ging.

Zur Arbeit fuhr Kommissar Wang Anzhuang mit dem Fahrrad. Ein solide gebautes Gefährt Marke, »Fliegende Taube«, mit Dreigangschaltung. Rosina meinte neuerdings, er müßte eigentlich mit dem Wagen abgeholt werden wie sein Gruppenleiter Chen. Aber Wangs Beförderung ließ auf sich warten. Lob für seine Arbeit bekam er jede Menge. Lob für seine Unbestechlichkeit. Aber eine Beförderung ... »Wir sind doch ein gutes Team«, pflegte Gruppenleiter Chen zu sagen. »Warum etwas ändern? Schließlich geht es darum, dem Volke zu dienen.«

Dem Volke dienen, sagte sich Wang, als er in die Pedale trat, und es sollte ironisch klingen. Aber sein Problem war, daß er tief in seinem Inneren immer noch an die alten kommunistischen Weisheiten glaubte.

Vor der Ampel an der Qianmen-Hauptstraße ließ er sein Rad ausrollen. Vor ihm stand das Qianmen, ein riesiges Stadttor des alten Peking. Dahinter lag der Platz vor dem Tiananmen, dem Tor des Himmlischen Friedens, wo eine riesige digitale Uhr stand, die rückwärts lief und die Sekunden zählte, die noch bis zum 30. Juni um Mitternacht verblieben. Dann war es vorbei mit der Herrschaft der britischen Kolonialisten. Der Gedanke hätte den Kommissar mit Stolz erfüllen müssen, aber statt dessen sank seine Stimmung nur noch mehr. Der Platz ließ andere Erinnerungen in ihm aufsteigen. Wie hatte man an einem ebensolchen Junitag »dem Volke gedient«? Die Behörden hätten ihn am liebsten aus der Geschichte getilgt – diesen 4. Juni 1989.

Na los, lauf diesen Ausländern nach und protestiere mit ihnen! sagte sich Wang bitter. Er senkte den Kopf und starrte auf das Pflaster, als müsse er sich dieses Gedankens schämen. Dann wanderte sein Blick wieder über den Platz zu den Umrissen des Tors des Himmlischen Friedens, die im Morgendunst verschwammen. Das Tiananmen in Peking – das Herz der Hauptstadt seines Landes.

Wie konnte er nur daran denken, sich mit den Ausländern gemein zu machen? Wenn Treue auch Zweifel und Schmerz bedeutete, dann mußte er das eben ertragen, so wie seine Vorfahren Armut, Elend, Krankheit und Hunger ertragen hatten.

Was ich tue, ist richtig, sagte er sich ärgerlich.

Die Ampel schaltete auf Grün. Wang rollte zur Östlichen Qianmen-Straße. Kurz darauf streckte er den linken Arm aus und bog in den Hof der Pekinger Kriminalpolizei ein, wo der Wachposten ihn freundlich grüßte. Mochte seine

Beförderung auf sich warten lassen, mochte er innere Kämpfe ausfechten – hier war er anerkannt und geschätzt, hier genoß er den selbstverständlichen Respekt von Männern und Frauen, die er selber schätzte.

Der Kommissar stellte sein Rad in den Ständer und zeigte am Eingang seinen Ausweis. An seinem Arbeitsplatz fühlte er sich sicher und wohl. Er betrat das Haus, als ob er im Sportklub für Offiziere ins Schwimmbecken tauchte. Ein Privileg? Gewiß, aber eins, das er sich verdient hatte. Die Treppen hinauf – er benutzte keinen Fahrstuhl, um sich fit zu halten –, dann im dritten Stock den Gang entlang, und er war in seinem Büro. Schon saß er an seinem Schreibtisch. Noch ein Blick zu der Schriftrolle an der Wand. Da prangten die Zeichen für *zhengyi* – Gerechtigkeit –, die er selbst im Zen-Stil geschrieben hatte. Her mit den Akten über die Raubüberfälle in Haidian. Arbeit. Die hatte Marx über alles geschätzt. Arbeit, wie sie seine Ahnen von Generation zu Generation im kargen Hochland der Provinz Shandong verrichtet hatten. Vor allem darauf kam es doch letzten Endes an: Arbeit, etwas tun, das man verstand und worauf man stolz sein konnte.

Das Telefon schrillte. Wang nahm den Hörer ab.

»Guten Morgen, Kommissar. Hier Gruppenleiter Chen. Kommen Sie bitte zu mir herauf?«

Das »herauf« klang freundlich, aber unmißverständlich.

»Jetzt gleich?«

»Ja. Es ist dringend. Ein höchst interessanter Fall. In Hongkong.«

»In Hongkong?«

»Genau. Ein Fall, der große Umsicht und Fingerspitzengefühl erfordert. Genau das Richtige für mich. Das meint auch Parteisekretär Wei.«

»Oh«, entfuhr es Wang. Warum Wei das wohl meinte? Weder Wang noch sein Chef sprachen Kantonesisch. Aber bestimmt erforderte der Fall einen Gruppenleiter von untadeliger politischer Zuverlässigkeit. Einen wie Chen.

»Sekretär Wei ist gerade bei mir. Lassen Sie alles stehen und liegen, *Xiao* Wang, und kommen Sie her.« *Xiao* Wang – Little Wang – ist als freundschaftliche Anrede unter Chinesen verbreitet, läßt aber an der Hierarchie keinerlei Zweifel. Wang würde sich nie erlauben, seinen Gruppenleiter mit *Lao* Chen (Old Chen) anzusprechen. »Es ist wichtig«, fügte Chen hinzu. »Es handelt sich um Politik.«

Der Kommissar rammte seinen Bleistift, Marke »Goldener Schwan«, wütend in die Schreibunterlage, daß die Mine beinahe abbrach. Diese verdammte Politik! Darüber stritt er mit seiner Frau, damit schlug er sich selbst herum, sie entfremdete ihn mehr und mehr von seinen Vorgesetzten. Da fiel sein Blick auf die Schriftrolle an der Wand. Gerechtigkeit. Das war seine Arbeit.

Kriminalkommissar Wang Anzhuang schloß die Akte der Raubüberfälle und verließ festen Schrittes sein Büro.

Zweites Kapitel

Ihr Flugzeug ging schon am Nachmittag: Wang, Chen und ein duckmäusiger Dolmetscher namens Hu machten sich auf den Weg nach Hongkong. Wang mußte Rosina auf ihrer Arbeitsstelle, der Chirurgischen Station des Krankenhauses Nr. 1 der Hauptstadt, anrufen.

»Nach Hongkong wollte ich schon immer!« rief sie aus. »Hast du ein Glück. Eine echte Weltstadt!«

»Sicher ...«, meinte Wang. Dann, mit etwas mehr Schwung: »Es ist ein ernster Fall. Einen unserer hohen Beamten hat man im Hafen treibend gefunden. Unser Parteisekretär Wei traut der Hongkonger Polizei nicht.«

»Ich bin sicher, du packst das«, erklärte Rosina.

Wang wurde fast ein wenig rot. »Danke. Ich werde mir Mühe geben.« Er mußte Schluß machen, denn Gruppenleiter Chen, der seiner Frau nur hatte Bescheid geben lassen, zeigte auf die Uhr. So sagte er nur noch: »Ich komm' zurück, so schnell es geht.« Und legte auf.

Wang schaute von seiner Zeitung hoch und erschauerte. Die Maschine hatte eine Weile kreisen müssen und gerade die Erlaubnis zur Landung erhalten. Oder zum Absturz. Der Kommissar haßte Fliegen.

»Das muß der neue Flugplatz sein, den sie gerade bauen«, meinte Gruppenleiter Chen und wies auf einen Wald von Kränen auf einer Insel in der Ferne. »Die Briten wollen uns dafür eine Rechnung von acht Milliarden Dollar hinterlassen.«

Wang nickte.

»Und da haben wir die Insel Hongkong«, fuhr Chen fort. »Die Landzunge, die dort vorn herausragt, ist sicher die Halbinsel Kowloon. Schöne Häuser, muß ich schon sagen.

Errichtet mit der Energie und dem Können des chinesischen Volkes – selbst unter ausländischer Herrschaft.«

Warum fliegt der so niedrig …? fragte sich Wang. Aber dann ermahnte er sich, daß ein kluger Mann sich nicht von irrationalen Ängsten beherrschen läßt, und zwang sich ein Lächeln ins Gesicht. Die Maschine schwebte jetzt über dem Wasser und hielt auf einen winzigen Streifen Beton zu, der in die von Schiffen wimmelnde Bucht ragte. Wang atmete tief durch – sein bewährtes *Qigong*, die alte Methode der Daoisten, um den Geist zur Ruhe zu zwingen. Aber er zuckte doch zusammen, als die Maschine den Boden berührte, einen Hüpfer tat, wieder aufkam, die Motoren noch einmal aufheulen ließ und dann endlich langsam ausrollte. Aus den Lautsprechern ertönte leise Musik.

Dann waren sie auch schon in der Ankunftshalle, wo sie ein Vertreter der Nachrichtenagentur Xinhua, Pekings heimlicher Botschaft in der Kolonie, begrüßte. Danach kam ein Taxi (zum Glück klimatisiert, denn die Hitze war kaum zu ertragen), anschließend ein Stau, ein Tunnel, immer dichterer Verkehr, bis sie schließlich vor einem hohen rosafarbenen Gebäude hielten, dem Sitz der Agentur. Man geleitete sie zum Eingang. Wang schwirrte der Kopf von den Geräuschen, dem grellen Licht, der Hitze, der Feuchtigkeit, den Auspuffgasen, dem Gedränge der Menschen, den zum Himmel aufragenden Gebäuden mit den spiegelnden Fassaden …

Ihr Begleiter setzte seine Unterschrift in ein Buch am Empfang und führte sie in einen kleinen kühlen Raum, wo es grünen Tee und ein paar Süßigkeiten gab. Er lächelte nervös, wie ein mittlerer chinesischer Beamter zu lächeln pflegt, der seinen Vorgesetzten erwartet. Und prompt trat ein Mann im Anzug und mit der bekannten arroganten Haltung ein. Sein Untergebener erhob sich, Wang, Chen und Hu taten es ihm nach.

»Mein Name ist Fang«, sagte der Ankömmling. »Ich bin hier der Parteisekretär und für die politische Seite des Falles zuständig.«

»Chen Runfa«, stellte sich Chen vor. »Leiter der Ermittlungsgruppe.«

Die Männer gaben sich die Hand. Da ihr Status nun geklärt war, wurden Wang und Hu vorgestellt. Alle nahmen Platz. Sekretär Fang erteilte sich selbst das Wort. Sein Thema war die Politik.

»Am 30. Juni um Mitternacht wird der britische Gouverneur die Macht an den Chef von Chinas neuem Sonderverwaltungsgebiet abgeben. Dann tritt das Grundgesetz in Kraft. Ihr Team hat doch Exemplare davon? Der jetzige illegale Legislativrat wird abgelöst von ...«

Der Tee hatte Wangs Lebensgeister wieder geweckt. Bald ertappte er sich dabei, daß sein Blick durch das Fenster über den grün bewachsenen Berghang gegenüber wanderte, der mit Wohnblöcken aus Beton übersät war. Die schienen in die Höhe zu schießen wie Bambus nach dem Frühlingsregen. Blickte man morgen auf diese Landschaft, waren sie bestimmt schon wieder zwei Stockwerke gewachsen. In einer Woche konnte das Dach aufgesetzt werden ...

»... Kommissar Wang?«

»Äh, ja?«

»Haben Sie alles verstanden?«

»Natürlich.«

»Gut. Das war's für den Augenblick.« Sekretär Fang erhob sich. »Kommissar, für Sie haben wir eine Unterkunft im Bezirk Hung Hom auf dem Festland reserviert. Die Regierung hat dort in einige Gebäude investiert und stellt Ihnen eine Wohnung zur Verfügung. Nach dem Abendessen bringt Sie ein Taxi hin. Wir erwarten Sie hier morgen früh, sieben Uhr. Studieren Sie bitte vorher diese Mappe. Von hier bringen wir Sie dann zum Hauptquartier der örtlichen Polizei, wo man Sie einweisen und Ihnen Ihren Partner vorstellen wird. Es ist Detective Inspector Ooi, wenn ich mich recht erinnere.«

Wang nickte. »Also dann – bis morgen früh um sieben«, ließ Chen wie nebenbei fallen.

»Kommen Sie denn nicht mit?«

»Ich fahre nach Stanley, *Xiao* Wang! In ein Gästehaus für höhere Funktionäre. Dort ist für mich eine Suite reserviert.« Der Gruppenleiter lächelte. »Ich denke, das zeigt, welche Bedeutung man unserer Mission hier beimißt.«

»Natürlich.«

Chen spürte, wie wenig begeistert sein Kollege von dieser Aussicht war. Er legte ihm freundschaftlich die Hand auf die Schulter. »Aber die Kantine hier in der Agentur ist wirklich gut, glaube ich.«

Der Fahrer ließ den ganzen Weg bis Hung Hom Kanto-Pop in voller Lautstärke dröhnen. Wang verabscheute Kanto-Pop. Am Ziel stieg der Mann aus, ließ den Wagen stehen und verschwand. Wang wollte den Schlag öffnen, aber der war verschlossen. Das Radio heulte weiter. Dann kam der Fahrer mit einem Mann zurück, der Wangs Koffer nahm und den Kommissar ins Haus führte. Überall lag Baumaterial herum. Der Lift war ausgesprochen langsam. Er brachte die beiden zum 17. Stock, wo man Wang durch einen kahlen, unbeleuchteten Gang zu einem Eisengitter geleitete. »Okay?« ließ der Begleiter fallen, öffnete das Gitter und die Tür dahinter. Wang blickte in eine winzige Schlafkammer. Wie man von ihm erwartete, sagte er nur *»Hao le«* – in Ordnung.

Der Portier stellte den Koffer mitten im Raum ab. »Wenn Sie etwas brauchen, rufen Sie mich an«, sagte er in stockendem Hochchinesisch. »Wählen Sie die Neun: Ich oder einer meiner ... äh ... Kollegen ist rund um die Uhr zu erreichen. Wir möchten nicht, daß unseren Ehrengästen etwas passiert.«

Die Mappe.

Seite 1: Der politische Hintergrund, dem Wang bereits bei der Einweisung nur mit halbem Ohr gelauscht hatte – Grundgesetz, Legislativrat usw. Dazu als Schlußabsatz:

»Daraus folgt, daß es von höchster Wichtigkeit ist, diesen Fall so zu lösen, daß das Ansehen der Volksrepublik China keinen Schaden nimmt.« Politik!

Seite 2: Erster Bericht des Polizeiarztes A. K. Dravid. Die Leiche wurde um 7.46 Uhr von der Mannschaft der Fähre *Shining Star* entdeckt ... Für Wang schaltete sich gleichsam eine geistige Klimaanlage ein. Arbeit.

Zhang Fei war ertrunken. Man hatte ihn auf keinen Fall vorher getötet und dann ins Meer geworfen. Seine Lungen waren voll Wasser, dazu Sand und Algen. Eine Wunde am Kopf warf Fragen auf: Hatte man Zhang Fei auf den Kopf geschlagen, oder stammte die Verletzung daher, daß er ins Wasser gefallen war (oder gestoßen wurde) und dabei vielleicht auf einen Felsen aufschlug? Dr. Dravid neigte zu der Annahme, die Verletzung sei Zhang vorher beigebracht worden.

Irgendwelche Anzeichen für einen Kampf? Schwer zu sagen. Der Ertrunkene konnte weit getrieben sein. Tote sinken zunächst zu Boden und werden dann von der Strömung erfaßt. Das kann Spuren hinterlassen. Wenn der Zerfallsprozeß einsetzt, treiben die Gase die Leiche nach oben. In Nordchina konnte das Wochen dauern, hier in den Tropen genügten sicher ein paar Tage. Abschließend hatte Dr. Dravid notiert, daß die Lungen ungewöhnlich viel Sand enthielten.

Seite 3: Einige Angaben zu Kleidung und Habseligkeiten. Armbanduhr: Analog, Marke »Rolex«, möglicherweise eine Fälschung. Das Glas gesprungen, die Zeiger standen auf 11.35 Uhr. Das Glas konnte bei einem Kampf, aber auch beim Sturz ins Wasser oder beim Treiben über den Meeresgrund entzweigegangen sein. Die Handschellen waren die von der Hongkonger Polizei benutzten, made in China. Man konnte sie allerdings in jedem Sex-Shop kaufen. Wang hielt sich für modern, was sexuelle Dinge betraf. Aber der Gedanke, ein solches Ding könnte beim Liebesakt eine Rolle spielen, erschien ihm geradezu pervers. Zhangs Kleidung: Freizeitklamotten. Eine leichte Hose, an den Knien zerrissen, ein Sporthemd. Brieftasche: Leder. Inhalt: 150 Hongkong-Dollar, eine Kreditkarte der Bank of China und ein Wettschein des Royal Hong Kong Jockey Club. In einer Fußnote war für Wang angemerkt, daß diese Einrichtung der einzige offiziell zugelassene Wettbetrieb in der Kolonie war.

Wang drehte den Schein hin und her. Von hohen Funktionären erwartete man sicher, daß sie keine Wetten abschlossen. Das konnte leicht zu einer Sucht werden, die Schulden, Erpressung oder gar Mord nach sich zog. Wenn Zhang Fei gestorben war, weil er seine Schulden bei einem Wetthai nicht bezahlt hatte, war er sicher nicht der erste Beamte, den dieses Schicksal ereilte.

Seite 4: Einige kurze Angaben zur Person des Opfers. Alter 41, ein Überflieger. Seit er in Hongkong eingesetzt war, hatte er in verschiedenen Bereichen gearbeitet – Soziales, Verkehr und Schutz des geistiges Eigentums. Gute soziale Herkunft. Die schlimmste Zeit der Kulturrevolution war an ihm vorbei gegangen. 1975 kam er als Vertreter der Arbeiter, Bauern und Soldaten an eine neu eröffnete Universität. Dann rasche Parteikarriere in verschiedenen Jobs. In der Folge seiner Arbeitsstellen klafften allerdings einige Lücken, vor allem in der Zeit vor drei bis fünf Jahren und im Jahre 1985. Die Auszeit in jenem Jahr hing wahrscheinlich mit einer Scheidung zusammen.

Schwein gehabt, dachte Wang, dem man in einer ähnlichen Lage keinerlei Urlaub gewährt oder auch nur Mitgefühl gezeigt hatte.

Seite 5 füllte der Bericht der Beamten, die die Leiche aus dem Wasser gefischt hatten. Hier war vor allem festgehalten, daß sie dies korrekt getan und alle Spuren sichergestellt hatten. Offenbar gute professionelle Arbeit.

Seite 6 war ein Informationsblatt der Nachrichtenagentur Xinhua über die Hongkonger Polizei mit Angaben über Strukturen, Ränge und Arbeitsweise. Am Ende stand der

Hinweis für Wang, daß er und Chen offiziell Beobachter waren, die keine Verhöre durchführen oder Verhaftungen vornehmen durften. Der Kommissar verzog das Gesicht, wenn er an die Komplikationen dachte, die das unweigerlich mit sich bringen mußte.

Als er Seite 7 aufschlug, blickte ihm Zhang Fei von einem Foto entgegen, das man vor einigen Monaten aufgenommen hatte. Wang nahm es heraus und betrachtete das Gesicht eingehend.

Wer warst du ...? fragte er. Aber das gleichmütige Gesicht mit dem kleinen Lächeln gab keine Antwort.

Ein Funktionär. Fleißig, effizient, zuverlässig.

Aber du hast dich auf Glücksspiele eingelassen. Wie ernst war es dir damit? Und einer, wahrscheinlich mehrere haben dir Handschellen angelegt und dich ins Meer geworfen, als du noch lebtest ...

Wang zuckte die Schultern. Plötzlich überkam ihn Müdigkeit. Er versuchte noch einmal vergeblich, die Klimaanlage der winzigen Behausung in Gang zu bringen. Fluchend setzte er einen völlig verkalkten Wasserkessel auf und brühte sich Tee, den er in kleinen Schlucken zu trinken begann.

Da läutete das Telefon. Was konnte sein Boß zu dieser nachtschlafenden Zeit noch wollen?

»Hallo?« sagte Wang scharf in den Hörer, wie es Zhang Fei sicher auch getan hätte.

»Hallo. Willkommen in Hongkong.« Am anderen Ende war eine weibliche Stimme. Sie klang sexy. »Ich bin Bauhinia. Kann ich Ihnen mit irgend etwas zu Diensten sein?«

Wang wiederholte verblüfft ihre Worte: »Zu Diensten sein?«

»Wir möchten Ihnen den Aufenthalt im künftigen Sonderverwaltungsgebiet so angenehm wie möglich machen.«

»Ach so!« Wang war nicht so unangenehm berührt, wie er sollte. »Danke für das Angebot. Aber ich bin ein verheirateter Mann. Das wäre nicht ... recht.«

»Okay. Wenn Sie es sich anders überlegen, Kommissar,

dann wählen Sie einfach die 8. Das ist bei uns in Hongkong eine Glückszahl.«

»Bestimmt. Gute Nacht.«

Er legte den Hörer mit geziemender Entschlossenheit auf, trank den Tee aus und nahm dann noch einmal Zhang Feis Foto zur Hand. Aber er konnte sich nicht darauf konzentrieren. Er schaute auf die Uhr, fragte sich, was Gruppenleiter Chen in seinem Funktionärsquartier jetzt wohl trieb, und legte sich nieder, um zu schlafen. Das war sicher kein Problem trotz der brütenden Hitze.

Aber eine ungebetene Stimme neckte seine Phantasie.

»Willkommen in Hongkong. Ich bin Bauhinia. Immer zu Ihren Diensten ...«

Wang erwachte früh, weil ein bohrendes Geräusch an seine Ohren drang. Offenbar sorgte sich die Partei sehr darum, ihre Immobilien aufzuwerten. Das Bohren verstummte einen Augenblick, doch als Wang gerade noch einmal einschlummern wollte, begann es von neuem.

Zuerst stülpte er sich das Kissen über den Kopf, aber dann stand er auf und zog sich langsam an. Der Fahrstuhl brachte ihn ins Foyer, wo der Pförtner ihm sagte, daß es heute kein Taxi für ihn gab.

»Aber Sie können bis Huangpu zu Fuß gehen. Dort ist die Fähre. Vom Haupthafen nehmen Sie die Straßenbahn. Alles in allem nicht mehr als eine Stunde.«

»Morgenandacht nennen die das hier«, erklärte Chen.

Wang, von seinem beschwerlichen Weg zur Arbeit noch ganz erschöpft, nickte verstehend.

»Das hat tiefere Bedeutung, glaube ich«, fuhr Chen fort. »Sekretär Fang sagte gestern abend, die Leute hier stehen noch sehr unter dem Einfluß der Religion. Und in einer Kolonialbehörde wie der Royal Hongkong Police ...«

»Das soll ein Scherz sein, um Gottes willen«, murmelte Wang vor sich hin, sicher, daß Chen ihm sowieso nicht zuhörte. »Morgenandacht« nannte die Polizei hier die Morgenbesprechung eines Ermittlungsteams. Der geschilderte Wortwechsel spielte sich in Gruppenleiter Chens Wagen ab, während dieser sich im Schrittempo über die Queens Road einer solchen Zusammenkunft näherte.

»Sekretär Fang hat uns ja schon gesagt, wie schlimm der Verkehr hier ist«, fuhr Chen fort. »Wieder ein Problem, das man uns hinterläßt!«

»Vielleicht sollten mehr Leute mit dem Rad zur Arbeit fahren«, meinte Wang.

»Gute Idee.« Wangs Vorgesetzter schaute angespannt aus dem Fenster, wobei er sich immer wieder von neuem über das erregte, was er da sah, besonders wenn es Sekretär Fang bereits am Abend zuvor angeprangert hatte. So war Wang geradezu erleichtert, als sie endlich am Tor eines von einer hohen Mauer umgebenen Objektes hielten, das ein Wachposten in der Uniform der Hongkonger Polizei für sie öffnete. Er wies ihnen einen namentlich ausgezeichneten Parkplatz (»Chen Runfa, Kriminalpolizei Peking«) zu und führte sie dann zum Hauptgebäude, wo sich die Büroräume befanden. Die »Morgenandacht« war bereits in vollem Gange. Die Beamten, allesamt kleine, stämmige Südchinesen, saßen an Tischen und schrieben fleißig mit. Eine höhere Charge, ebenfalls ein Südländer, trug vor. Die Neuankömmlinge wurden in den hinteren Teil des Raumes geleitet, wo Dolmetscher Hu bereits auf sie wartete.

»Der Kommissar ist zu spät gekommen«, flüsterte Chen Hu zu. »Haben wir etwas Wichtiges verpaßt?«

Hu informierte ihn kurz nach seinen Notizen: Windrichtung Südost, die Leiche wahrscheinlich von der Westküste der Halbinsel Kowloon angetrieben, möglicherweise vom Erschließungsgebiet Yaumatei. Das wäre auch die Erklärung für den vielen Sand in den Lungen.

Chen nickte. »Und was sagt er jetzt?«

»Daß Polizeistreifen in der Nacht, als Zhang Fei verschwand, einige Leute in Yaumatei kontrolliert haben.«

Wang fand diese Umsicht der Hongkonger Polizei ganz erstaunlich, sagte aber nichts.

»Jetzt heißt er uns willkommen«, fuhr der Dolmetscher fort. »Er sagt, er hofft, daß wir mit Informationen helfen können, was Zhang Fei am 24. getan hat, ebenso mit Hintergrundinformationen über seine Lebensweise, Kontakte usw.«

Als der Sprecher eine Pause einlegte, sprang Chen plötzlich auf. »Sagen Sie ihm, wie sehr wir uns freuen, hier zu sein«, befahl er Hu. »Wir kommen im Geiste der Zusammenarbeit unserer beiden Institutionen. In einem Geiste, der sich aus unserer gemeinsamen nationalen Identität und unserem Erbe speist, ebenso aus dem gemeinsamen Interesse, das Verbrechen zu bekämpfen.« Der Gruppenleiter zeigte sein schönstes Lächeln. »›Ein Land, zwei Systeme‹ ist nicht nur eine Losung. Überhaupt nicht! Es ist Anliegen und Realität zugleich ...«

Wangs Blick ruhte fest auf seinem Chef, zugleich arbeitete sein Kopf aber bereits an den Dingen, die er gerade gehört hatte. Südostwind. Was war mit Ebbe und Flut? Wo lag Yaumatei? Wie groß war dieses Erschließungsgebiet? Wie viele Menschen hatten dort zu tun? Wie ...

Gruppenleiter Chen setzte sich wieder. Er schaute leicht irritiert drein: In Peking hätte es nach einer solchen Rede Applaus gegeben.

»Ich danke Ihnen«, sagte der verantwortliche Offizier nur kurz. »Jetzt möchte ich Sie in kleinere operative Gruppen aufteilen ...«

»Was für grobe Manieren«, murmelte Chen. »Aber der Süden war schon immer eine kulturelle Wüste.«

Die Beamten bildeten nun kleinere Teams. Ein Mann trat auf die Besucher zu.

»Das ist Detective Inspector Ooi«, erklärte Hu.

Wang blickte zu der Gestalt auf, die sich ihnen näherte, und streckte seine Hand aus. Der Detective Inspector tat es ihm gleich. Wang lächelte und blickte Ooi offen ins Gesicht. Aber was er dort sah, war kaum verhohlene Verachtung.

»Sie haben tatsächlich in der Mordnacht in Yaumatei Leute überprüft?« fragte Wang.

Ooi, er und ein Polizist hatten Dolmetscher Hu einige Minuten für sich. Danach war es mit der Verständigung vorbei, denn Wang sprach keinen Kanton-Dialekt und Ooi kein Hochchinesisch.

»So ist es«, erwiderte Ooi.

Wang wußte nicht recht, wie er seine Frage zuspitzen sollte, aber sein Tonfall war eindeutig.

»Ganz normale Personenkontrollen«, fuhr Ooi fort. »Die werden hier ständig gemacht. Wir haben Probleme mit unerwünschten Einwanderern. Männer und Frauen aus Ihrer Volksrepublik, die hier ein besseres Leben suchen. Persönlich habe ich nichts gegen die, aber es ist unser Job, darauf zu achten, daß sie uns nicht völlig überfluten.«

Die Bemerkung überhörte Wang. »Ist Yaumatei eine besonders problematische Gegend?«

»Die Erschließung ist noch im Gange. Die Küste ist nachts ruhig, von den Notquartieren für Taifunopfer an der Nordspitze einmal abgesehen. Illegale Einwanderer landen immer wieder im mittleren und südlichen Teil der Gegend. Wir müssen ständig ein Auge darauf haben. Die Leute, die wir kontrolliert haben, kamen alle aus dem Erschließungsgebiet oder trieben sich in der Nähe herum.«

»Und die Papiere waren bei allen in Ordnung?«

»Ja.«

»Haben Sie eine Idee, was die dort wollten?«

Wieder dieser verächtliche Blick. »Die meisten – ficken. Dort ist es still und dunkel. In Kowloon ist man wenig allein. Auch ein paar Junkies und andere Herumtreiber waren darunter. Sie werden Ihnen alle in den nächsten Tagen vorgeführt«, fügte Ooi aufgeräumt hinzu. »Wir haben eine Liste zusammengestellt.«

Wang nickte. »Und was ist mit den Notquartieren für Taifunopfer?«

»Die sind für die Leute eingerichtet worden, die sonst

immer auf ihrem Boot leben. Tankas eben. Auch solches Gesindel. Können Sie diese Liste hier lesen?«

Körpersprache ist verräterisch: Menschen erröten, bedekken das Gesicht mit der Hand oder suchen ihre Unsicherheit mit einem Lächeln zu kaschieren. Detective Inspector Ooi schien es zu genießen, Pärchen möglichst in allen Einzelheiten darüber auszufragen, was sie nachts in dieser Gegend getrieben hatten. Die Verhöre zogen sich in die Länge. Andere, die nicht so pikante Gründe hatten, sich im Erschließungsgebiet Yaumatei aufzuhalten, wurden weniger scharf befragt. Niemand hatte etwas Verdächtiges gehört oder gesehen.

Wang überraschte das nicht. Wenn diese Leute etwas zu verbergen hatten, dann wurden wohl kaum geeignete Zeugen aus ihnen. Unangenehm berührt war er nach diesem Tag von der unverhüllten Gleichgültigkeit seines Kollegen. Ooi hatte alle Verhöre in einer Sprache geführt, die Wang nicht verstand. Die einzige Ausnahme war eine Person, die, wie sich herausstellte, aus Schanghai stammte und kein Kantonesisch sprach. So mußte man auf Hochchinesisch zurückgreifen. Nachdem Ooi Matilda Yips Papiere dreimal geprüft hatte und immer noch überzeugt war, sie seien gefälscht, obwohl er es nicht beweisen konnte, überließ er sie Wang zum Kreuzverhör. Das war ein interessantes Erlebnis für ihn: Zum ersten Mal saß er einer Frau aus Hongkong gegenüber … Die Ärmste war völlig durcheinander. Wang suchte sie mit der Versicherung zu beruhigen, dies sei lediglich eine Routinebefragung und niemand wolle sie nach China zurückschikken. Zunächst machte das kaum Eindruck auf sie, aber nach einigen weiteren Zusicherungen erzählte sie ihre Geschichte. Ja, ihr Freund und sie hatten sich in Yaumatei verabredet. Sie wollten »Zeit miteinander« haben.

»Ich habe eine kleine Tochter«, fuhr sie fort. »Wenn Tok und ich – Sie wissen schon –, regt sie das sehr auf. Und sie hat in ihrem Leben schon genug durchmachen müssen.«

Wie aufs Stichwort kam ein Mädchen herein, das wohl zu den hübschesten zählte, die Wang je gesehen hatte. Mit ihren tiefbraunen Augen und ihrem Lächeln hatte sie den Kommissar sofort verzaubert. Um so größer seine Bestürzung, als Matilda erklärte, die kleine Hua könne weder hören noch sprechen.

»Sie versteht eine Menge«, erklärte ihre Mutter. »Sie hat Empfindungen, die wir längst verloren haben oder vielleicht nie hatten. Sie mag Sie«, fügte sie hinzu, als das Kind dem Kommissar seine Hand entgegenstreckte.

»Und Sie lassen sie in der Wohnung allein?«

»Das muß ich ziemlich oft«, erwiderte Matilda und senkte die Augen. »Was soll ich machen? Ich muß arbeiten, und eine Kinderfrau kann ich mir nicht leisten.«

Als Wang Matilda Yips winzige Behausung in einem riesigen Wohnblock verließ, staunte er über ihren Mut. Sie war hier fast so fremd wie er, nur ihre Bedingungen waren viel schlechter. Aber als Zeugin hatte sie ihm leider auch nicht mehr helfen können als die anderen.

Als Profi hatte sich Wang notiert, den Namen ihres Partners und damit auch ihre Geschichte zu überprüfen. Dann ertappte er sich plötzlich bei dem Gedanken, sie möge keinen haben, ungebunden sein. Zwei Außenseiter in dieser riesigen brodelnden Stadt ... Er schüttelte den Kopf über sich selbst, überrascht und beschämt.

»Der Assistant Commissioner ist ein sehr vernünftiger Mann«, meinte Gruppenleiter Chen über den Stellvertreter des Amtsleiters, als sie nach ihrem ersten Arbeitstag zum Wagen gingen. »Für einen Ausländer. Er hat interessante Vorstellungen über unsere Zusammenarbeit geäußert.« Sie hatten den Wagen erreicht, und Wang wollte einsteigen. »Ich würde Sie gern bringen«, fuhr der Gruppenleiter ohne Pause fort, »aber ich muß sofort zum Gästehaus zurück. Wieder so ein Bankett. Sie kennen mich doch, *Xiao* Wang. Viel lieber würde ich mit einem Kollegen zusammen hausen, als all diese offiziellen Pflichten auf mich zu nehmen. Aber ich muß meinen Job machen wie Sie auch.«

Wang kaufte sich also an einem Kiosk einen Stadtplan und suchte sich den Weg durch die Straßen von Hongkong zum Fährhafen. Er nahm die *Shining Star* nach Kowloon und zwängte sich auf das vollgestopfte Unterdeck. Er wollte eine Vorstellung davon bekommen, wie die Leute Zhang Fei zum ersten Mal erblickt haben mochten – aufgedunsen im Wasser treibend, die Arme auf dem Rücken gefesselt. Welch erbärmlicher Anblick. Hatte man das Ganze am Ende inszeniert, um die Volksrepublik in Verlegenheit zu bringen?

Die Fähre tutete laut, weil ein Fischerboot kurz vor dem Bug kreuzte, und verlor dann an Fahrt. Kowloon.

Wang wanderte die Westküste der Halbinsel entlang. Es dämmerte schon, als er Yaumatei erreichte. Sofort sah er, wie treffend Detective Inspector Ooi die Möglichkeiten der Gegend eingeschätzt hatte. Wangs neuer Kollege mochte ein grober Klotz sein, aber von seiner Sache verstand er offenbar etwas.

Zwar standen überall Verbotsschilder auf chinesisch und englisch herum, aber der Zaun um das Gelände war ziemlich wackelig. Wang hatte bald eine Lücke gefunden und zwängte sich durch. Plötzlich befand er sich in einer ganz anderen Welt. Im Ort Yaumatei pulsierte das Leben – Neonlichter lockten in Karaoke-Bars, Clubs, Diskos, Restaurants, Sushi-Kneipen, Burger Kings und Vergnügungslokale. Hier dagegen, auf diesem merkwürdig flachen, halb wilden Stück Land war es dunkel und still. Eine Reihe von Dampframmen hob sich bizarr gegen die Lichter der ankernden Schiffe und der Werften in der Ferne ab. Bei Nacht wirkten sie irgendwie nutzlos, häßlich und deplaziert.

Wang brauchte nicht lange, um das Erschließungsgebiet abzuschreiten. Anlegestellen ragten ins Meer hinaus. Dazwischen brach der Beton abrupt ab, und eine Mauer von Sandsäcken verschwand in der Tiefe. Als Wang das künstliche Ufer entlangtappte, stieß er auf eine Art Trümmerfeld.

Steinbrocken lagen überall herum, bestens geeignet, um einem Mann den Schädel einzuschlagen. Dahinter kam ein Haufen Sandsäcke in Sicht, auf dem Wang sich erschöpft niederließ. Ein guter Platz, um jemandem aufzulauern … Er versuchte sich die Szene vorzustellen: Da ging Zhang Fei, dessen Augen die Dunkelheit noch nicht ganz durchdrangen. Was hatte ihn wohl hierhergetrieben? Angst? Gier? Erwartung? Wie gern hätte der Kommissar das Opfer besser gekannt! Und dann der oder die Angreifer im Hinterhalt. Was war ihnen durch den Kopf gegangen? Ein kurzer Kampf. Ein Schlag, ein Mann von großem Einfluß und glänzenden Aussichten sank zu Boden und wurde wie ein Müllsack ins Meer geworfen. Schließlich …

Phantasie kann einem Ermittler nützlich sein, produziert jedoch nicht nur angenehme Vorstellungen. Zhang Fei sinkt halb bewußtlos in das Dunkel hinab, saugt diese ekelerregende Brühe in Mund und Lunge. Zappelt verzweifelt, um nach oben zu kommen, aber seine Arme sind gefesselt. Stumme Schreie zwischen Ölflecken und Abwässern.

»Was für ein gräßlicher Tod«, murmelte Wang und wandte sich angewidert ab.

Drittes Kapitel

»Einfaches Essen, aber gut gemacht«, verkündete Gruppenleiter Chen, als er und Wang sich am nächsten Morgen sahen. »Hier legt man noch auf Wert auf Geschmack. Doch es wird nicht übertrieben.« Er lächelte. »Ich habe bei dem Bankett gleich einige Fragen loswerden können. Was Zhang Fei an dem Tag getrieben hat, als er zu Tode kam.«

»Interessant.« Der Kommissar war sofort hellwach. »Und was haben Sie herausgefunden?«

»Nicht allzuviel. Er hat den ganzen Tag in der Nachrichtenagentur Xinhua gearbeitet, ist gegen 18.30 Uhr in sein Appartement hier im Gästehaus gegangen und ward nicht mehr gesehen.«

»Und er hat kein einfaches, aber gut gemachtes Essen zu sich genommen?«

»Nein. Das soll bei ihm öfter vorgekommen sein. Er hat sich häufig in seinen Räumen eingeschlossen und bis in die Nacht gearbeitet. Manche Genossen haben sein individualistisches Verhalten schon kritisch angemerkt. Die Mahlzeiten werden dort in der Regel im Kollektiv eingenommen, weil das Gelegenheit gibt, sich über wichtige Fragen auszutauschen. Aber für sein hartes Arbeiten hat er auch Lob bekommen. Und er hat eine Menge bewältigt.«

»Wir wissen also nicht, wann er das Gästehaus verließ.«

»Nein.« Beide schwiegen. Dann sagte Chen: »Ich habe hier eine Liste der Telefongespräche, die in der letzten Woche von Zhang Feis Apparat geführt wurden. Sie ist kurz, aber vollständig, da bin ich sicher. Meist hat er mit Mitgliedern des Vorbereitungskomitees für die Rückkehr Hongkongs zum Mutterland gesprochen, einmal mit seinen Eltern in der Provinz Hunan. Schön, wenn auch ein höherer Funktionär seine Kindespflichten nicht vergißt.«

»Wann wurde das letzte Gespräch registriert?«

»Am 22. Zwei Tage vor seinem Tod.« Wang runzelte die Stirn. »Laufen die Gespräche über eine Vermittlung?«

»Das nehme ich an.«

»Und die Anrufe von draußen auch?«

Chen wurde die Fragerei langsam unangenehm. »Das weiß ich nicht«, antwortete er nach einer Pause. »Ich werde mich erkundigen.«

Wang schüttelte den Kopf. »Ich glaube, das ist nicht nötig. Ich bin gestern abend ein wenig durch Kowloon spaziert. Fast jeder benutzt hier ein Handy. Ganz sicher hatte auch Zhang Fei eins ... Haben Sie festgestellt, wieviel Ein- und Ausgänge das Gelände hat?«

»Nein. Ich war sehr beschäftigt, *Xiao* Wang, und hatte keine Zeit, auch noch die Türen zu zählen. Das Wichtigste ist doch das Haupttor.«

»Bewacht?«

»Ja. Das nehme ich an.«

»Rund um die Uhr?«

»Also! Woher soll ich das wissen?«

Weil Sie Polizist sind, hätte Wang beinahe gesagt. »Es würde mir viel helfen, wenn ich mit einigen Leuten im Gästehaus reden könnte«, bemerkte er statt dessen.

Wieder zeigte der Gruppenleiter sein unsicheres Lächeln. »Diese hohen Funktionäre haben alle sehr viel zu tun. Ich will sehen, was ich machen kann. Überlassen Sie das mir.«

Den Rest des Tages verbrachte Wang mit Detective Inspector Ooi. Am Morgen befaßten sie sich zunächst mit dem Wettschein, den sie in Zhang Feis Brieftasche gefunden hatten. Er war in einer Annahmestelle des Jockey Club in der Jordan Road abgegeben worden. Nicht weit von Yaumatei, wie Wang in seinem Gedächtnis notierte. Mehrere der Angestellten erkannten Zhang Fei auf einem Foto wieder. Der Ermordete war dort gelegentlich aufgetaucht und hatte kleine Summen gesetzt, in der Regel aber verloren.

Eine kurze Prüfung ergab, daß Zhang die Einsätze mit der Zeit erhöht hatte. Nach Hongkonger Verhältnissen waren es aber Peanuts gewesen.

»Hier wird wie wild gewettet«, erklärte der Manager Wang auf hochchinesisch.

Am Nachmittag nahmen Wang und Ooi an einer Durchsuchung des Erschließungsgebietes in Yaumatei teil. Bei Tage wirkte die Betonwüste völlig trostlos. Einzig bemerkenswert war der Lärm, denn die Dampframmen waren nun zum Leben erwacht und bearbeiteten erbarmungslos den Meeresboden. Zeit! Geld! Raum! Mehr! Immer mehr! Vom ohrenbetäubenden Lärm, dem stinkenden Wasser und der südlichen Treibhausatmosphäre brummte Wang bald der Schädel.

Ein benutztes Kondom, das einer fand, wurde mit Jubel begrüßt. Auch Wang mußte lachen. Typisch! Dann rannten plötzlich alle zusammen und starrten auf den Boden. Detective Inspector Ooi nahm Plastiktüte und Pinzette aus der Tasche und beugte sich hinunter.

Was ist das? fragte Wang mit einer Geste.

Ooi hielt einen kleinen weißen Hemdenknopf hoch.

Er hatte neben einem Haufen Sandsäcke gelegen, der für einen Hinterhalt wie geschaffen war. Vielleicht die erste Spur?

Am Abend telefonierte der Kommissar dreimal. Als ersten rief er seinen alten Kollegen Zhai an, unter Freunden nur »Räder-Zhai« genannt. Beide hatten bis 1980 bei verdeckten Ermittlungen zusammengearbeitet. Dann traf der Schuß eines Drogenhändlers Zhai ins Rückgrat. Seitdem an den Rollstuhl gefesselt, arbeitete Zhai im Informationsbereich der Pekinger Kriminalpolizei. Inzwischen galt seine ganze Leidenschaft Computern, die er meisterlich beherrschte.

»Zhang ... Fei ...«, sprach Räder-Zhai vor sich hin, als er die beiden Namenszeichen notierte.

»Ich brauche alles, was du über ihn finden kannst. Zum Beispiel, ob er Probleme mit Glücksspielen hatte.«

»Das sind aber sehr intime Dinge.«

»Du wirst schon an sie rankommen.«

Zhai mußte lachen. »Ich kann's ja versuchen.«

Dann rief Wang Rosina an. Sie nahm nicht ab.

Der dritte Anruf galt einem zur Kriminalpolizei versetzten früheren Oberst der Armee, der dem Kommissar schon öfter in schwierigen Situationen geholfen hatte. Eigentlich verabscheute Wang derartige Beziehungen, aber er mochte den Alten sehr, den Wang seinerseits an die Zeit erinnerte, da er selbst noch jung gewesen war.

»Ich werde mit einigen Leuten reden«, versprach Da, nachdem er Wang eine lange, ziemlich verwickelte Geschichte über eine Auseinandersetzung mit einem britischen Agenten im Jahre 1946 erzählt hatte. »Jemand kennt jemanden im Gästehaus von Stanley, und so werden Sie Ihre Einladung schon bekommen. Chen ist sicher übervorsichtig wie immer?«

»Ja.«

»Er tut politisch stets das Richtige. Der sichere Weg nach oben, wie Sie wissen.«

»Ich weiß«, sagte Wang.

»Für Sie ist das wohl nichts?«

Am nächsten Abend, nachdem sie den Tatort in Yaumatei noch einmal gründlich abgesucht hatten, fuhr Wang, so staubbedeckt, wie er war, mit dem Bus nach Stanley.

Die dem Ozean zugewandte südliche Seite der Insel Hongkong wurde für ihn zu einer wahren Entdeckung: kaum Wolkenkratzer, nur Strände, Villen, tropisches Grün und atemberaubende Ausblicke. Stanley stellte sich als verschlafenes Küstennest heraus. Wang fand einen Weg, der den Berg hinaufführte. Er erklomm einen Aussichtspunkt, von wo er das Gästehaus für höhere Funktionäre überblicken konnte. In der Ferne verschwanden kleine Inseln im Dunst, das Wasser der Taitam- und der Stanley-Bucht glitzerte in der Abendsonne.

»Wie schön«, murmelte er und steckte sich eine Zigarette der Marke »99« an, die er beim Portier in Hung Hom erstanden hatte. Er zog eine Ortszeitung aus der Tasche und tat, als lese er sie. Das Blatt enthielt nur Sexskandale, kaum wirkliche Nachrichten. Wang beobachtete gespannt, was die höheren Chargen da unten trieben.

Das Gelände war von einer Mauer umgeben, die allerdings eine Hintertür hatte. Ein Mann von der Stellung Zhang Feis konnte sich bestimmt einen Schlüssel dafür beschaffen. Am Haupttor das Häuschen des Pförtners, der – bewaffnet? – offenbar jeden kontrollierte, der hinein oder hinaus wollte. Als es dämmerte, gingen einige Laternen an, aber da die Gegend als ruhig und sicher galt, nahm die Beleuchtung keiner sonderlich ernst. Wang sah, wie der Wachmann seinen Posten verließ und sich auf einen Rundgang entlang der Mauer begab.

Der Kommissar zeichnete eine Skizze des Objekts, rauchte noch eine »99« und trollte sich dann zu seiner Unterkunft, zufrieden mit sich selbst. Vom Fährhafen Huangpu ging er zu Fuß und genoß das bunte Treiben auf den Straßen. Die Läden in Hung Hom hatten lange geöffnet und dehnten sich bis auf die Gehsteige aus, ganz wie zu Hause. Er kaufte sich etwas ausländische Schokolade und ein Lotterielos. Er hatte sogar ein Lächeln für den Pförtner übrig, als er schließlich seine Unterkunft erreichte.

Das Lächeln wurde nicht erwidert, dafür hielt ihm der Mann einen Zettel entgegen. »Hier ist eine Nachricht für Sie, Kommissar. Ihr Gruppenleiter hat angerufen. Er sagte etwas von einer Einladung zum Abendessen, morgen im Gästehaus von Stanley. Sie wissen, wo das ist?«

»Ja«, antwortete Wang, »so ungefähr.«

Das Taxi rollte vor das Tor des Gästehauses für höhere Funktionäre. Gruppenleiter Chen erwartete ihn bereits.

»Schön, daß Sie kommen konnten, *Xiao* Wang«, erklärte Chen und fügte verschwörerisch hinzu: »Ich habe ein paar Worte in die richtigen Ohren geflüstert ...«

Ein Wachmann – tatsächlich mit einer Pistole, einer 77, Standardbewaffnung – notierte sich etwas aus Wangs Ausweis, bevor die beiden Polizisten den Weg zu einem rechteckigen weißen Gebäude hinaufschritten. Der Strahl der Klimaanlage traf den Kommissar wie ein Eimer kaltes Wasser.

»Nett hier«, meinte Wang.

»O ja«, pflichtete ihm der Gruppenleiter bei. »Entsprechend der Würde und Bedeutung der Aufgaben, die hier erfüllt werden, nicht wahr?«

Der Kommissar konnte das schlecht bestreiten.

Das Essen wurde in einem schmucklosen Speisesaal gemeinsam mit vier weiteren Personen eingenommen. Der Parteisekretär bediente sich stets zuerst von jedem Gericht, das ein Kellner im weißen Jackett stumm servierte. Fang redete fast ununterbrochen. Neben ihm hatte Frau Wu Platz genommen, die jedem Wort zustimmte, das der Sekretär äußerte. Ein noch junger Mann namens Rong stopfte alles hektisch in sich hinein und sprach wenig. Der vierte Tischgenosse, Dr. Ba, saß den ganzen Abend schweigend da.

Wang aß mit Genuß. Chens Urteil über das Essen konnte er nur beipflichten. Vor allem aber interessierte ihn die Atmosphäre, die hier herrschte. Dieses Haus schien eine typische Regierungseinrichtung zu sein – vor Selbstbewußtsein strotzend, hierarchisch aufgebaut und auf Form bedacht. Man sprach in gedämpftem Ton, besonders zu Vorgesetzten. Selbst die Gruppe, die in ihrer Nähe saß und offenbar etwas feierte, tat das mit gemessener Zurückhaltung. Wang mußte an seine Hochzeitsfeier denken, ein chinesisches Fest, wie es sein sollte, mit viel Lärm, Scherzen, Essen und Trinken. Aber die Erinnerung weckte nicht nur frohe Gedanken in ihm.

»Hat Zhang Fei seine Arbeit gern getan?« fragte er Sekretär Fang, als dieser das Thema der britischen Doppelzüngigkeit bei der Zusammensetzung des Legislativrates endlich erschöpfend behandelt zu haben schien.

»Natürlich. Und auch wir waren mit seiner Arbeit zufrieden. Sehr sogar. Es ist eine Ehre, dem Vaterland hier an vorderster Front zu dienen. Die Partei wählt sorgfältig aus, wem sie diese Ehre zuteil werden läßt. Und sie irrt sich nie.«

Frau Wu nickte zustimmend. Rong schaute zur Seite, als sei ihm das Thema peinlich.

»Woran arbeitete er gerade, als man ihn umbrachte?«

»An Problemen des geistigen Eigentums.«

»Auf welchem Gebiet?«

»Computersoftware. Der Westen verhält sich da sehr aggressiv, obwohl er damit Milliarden Dollar scheffelt. Wir brauchten einen guten Mann für diese Sache.«

»Was genau hatte er zu tun?«

»Er hat an einem Bericht für den Gemeinsamen Ausschuß zur Übergabe Hongkongs gearbeitet – Maßnahmen gegen die Software-Piraterie.«

Wang nickte. Es ging also um viel Geld. Schmutziges Geld. »Hatte er bestimmte Schritte im Auge?«

»Das weiß ich nicht. Auf jeden Fall war er ziemlich weit vorangekommen. Ob Zhang Fei schon konkrete Empfehlungen niedergeschrieben hatte ...« Der Sekretär verstummte – was bedeutete, daß er nicht weiter über dieses Thema reden wollte.

Aber Wang ließ nicht locker. »Besteht die Möglichkeit, uns genauer über seine Arbeit zu informieren? Das könnte wichtig sein.«

Gruppenleiter Chen fuhr herum. »*Xiao* Wang! Das ist ein Abendessen und kein Verhör!« Und zum Sekretär gewandt: »Mein junger Kollege ist für energisches und entschlossenes Handeln bekannt. Manchmal geht er allerdings etwas zu weit.«

Frau Wu starrte Wang abschätzig an. Aber dann verzog sich das Gesicht des Sekretärs zu einem Lächeln, und er meinte: »Davon habe ich mich ja nun überzeugen können.«

Eine Weile aßen sie schweigend. Die Eßstäbchen klapperten, die Gruppe, die ihnen am nächsten saß, brachte gedämpft einen weiteren Toast aus, im Hintergrund spielte

Musik, chinesische Musik, wie sie zu einer solchen Gelegenheit gehörte – zart und in gemessenem Tempo. Man konnte richtig Heimweh bekommen. Dann nahm Sekretär Fang wieder das Wort. Er sprach direkt zu Wang:

»Zhang Fei war ein Mann von außerordentlichen Fähigkeiten und erwiesener Loyalität, Kommissar. Einer unserer Besten. Ich hege keinerlei Zweifel, daß er das unschuldige Opfer eines Anschlags wurde, mit dem man ihn diskreditieren wollte und damit uns alle. Das heißt, es handelt sich hier wohl mehr um einen politischen als einen persönlich gelagerten Fall. Im Privatleben oder in der Arbeit von Zhang Fei herumzuschnüffeln bringt uns nicht weiter. Wichtig ist vor allem der Hintergrund, vor dem diese schreckliche Tat geschehen ist. Damit meine ich nicht nur Hongkong, sondern die territoriale Integrität unseres Vaterlandes insgesamt, die in Taiwan, in Tibet, in Xinjiang, auf den Paracel- und den Spratley-Inseln bedroht ist. Sie wissen wie ich, die Liste könnte man endlos fortsetzen.«

Der Sekretär lehnte sich zurück. »Zhang Fei wußte nur zu gut um die Gefahren, die China heute bedrohen. Der Separatismus, der Neid des Westens auf unser Wirtschaftswachstum, Dekadenz und moralischer Verfall im Lande, da wir Mitglied der sogenannten Weltgemeinschaft werden. Zhang Feis Tod beweist nur, daß er die Dinge richtig gesehen hat: Da draußen sind unsere Feinde, Kommissar, und es ist Ihre, unser aller Aufgabe, sie zu entlarven.«

»Ich will tun, was ich kann«, erwiderte Wang mit einem leicht irritierten Lächeln. »Aber die Nummer von Zhang Feis Handy hätte ich trotzdem gern.«

Chen warf Wang einen entsetzten Blick zu, aber Sekretär Fang lachte nur. »Energisch und entschlossen, das sind Sie wirklich! Unsere Personalabteilung hat sie bestimmt. Rufen Sie morgen dort an.«

Als man die ausgezeichnete Wantan-Suppe genossen hatte, war das Essen bald zu Ende. Wang dankte seinen Gastgebern und verabschiedete sich. Sekretär Fang erwiderte, er könne jederzeit zu ihm kommen und weitere Fragen stellen. »Mir liegt genauso daran, daß wir die Wahrheit erfahren, Kommissar«, fügte er hinzu.

Als Frau Wu Wang die Hand gab, murmelte sie etwas, das klang wie: »Wir dienen alle dem Volke.« Dr. Ba lächelte nur. Auch der junge Rong drückte Wang die Hand. Dabei schob er etwas Scharfkantiges, Rechteckiges hinein. Nach einer Schrecksekunde ließ Wang die Visitenkarte in seine Tasche gleiten, ohne daß es jemand bemerkte.

Diesmal war Rosina zu Hause.

»Ich habe schon gestern abend angerufen«, sagte Wang.

»Da war ich bei meinen Eltern«, entgegnete sie scharf.

»Aha. Wie geht es ihnen?«

»Gut ... Und wie läuft's bei dir?«

»Auch gut. Na ja, die hiesigen Behörden sind nicht gerade eine Hilfe. Offenbar ein sehr politischer Fall.«

»Das sind deine Fälle doch fast immer«, sagte Rosina. »Bin ich froh, daß es bei meinen Kranken so etwas nicht gibt. Ich muß nur dafür sorgen, daß es den Menschen besser geht. Konkreten Menschen.«

»Tjaa ...«, ließ Wang hören. Spielte sie wieder einmal auf die Gegensätze in ihrem Charakter, ihrem Alter und ihrer Sicht auf das Leben an? Und wenn, hatte sie recht?

Als das Gespräch zu Ende war, ließ sich Wang auf das Sofa fallen und den ganzen Dialog noch einmal Revue passieren. Der Klang ihrer Stimme ... Aber bald legten sich, ungebeten, andere Stimmen darüber. Bauhinia, Matilda Yip ...

Ich darf sie nicht verlieren, sagte er sich. Sie ist etwas Besonderes. Aber habe ich das überhaupt selbst in der Hand? Der Kommissar schüttelte den Kopf und suchte in seiner Tasche nach einer Zigarette. Dabei stieß er auf eine Visitenkarte.

RONG DONGFENG, STELLVERTRETENDER LEITER DES VERKEHRSBÜROS. Die Nummer des Diensttelefons und, von Hand darüber geschrieben, die des Handys. Wang starrte eine Weile auf das kleine Stück Karton, dachte nach und wählte dann die Nummer des Funktelefons.

»Hallo?« Rongs Stimme klang schläfrig. »Ach Sie sind es, Kommissar. Danke, daß Sie anrufen. Können wir uns irgendwo treffen?«

»Natürlich. Wann?«

»Morgen nachmittag?« Der nächste Tag war ein Sonnabend. In der geschäftigen Kolonie wurde bis Mittag gearbeitet.

»Gut. Im Gästehaus?«

»Nein. Lieber nicht. Irgendwo, wo wir ungestört sind.«

Wang überließ es Rong, den Ort zu bestimmen. Es war ein Park in der Wanchai-Schlucht, hoch oben nahe der Skyline der Insel Hongkong.

»Es ist leicht zu finden«, meinte Rong. »Nehmen Sie am Fährhafen den Fünfzehner Bus. An der Peak Road steigen Sie aus.«

Der Kommissar blickte kurz auf den Stadtplan, fand die Buslinie und die Haltestelle. Sie waren sich einig. Als er aufgelegt hatte, starrte er noch lange auf die Visitenkarte. Für einen Moment hätte er am liebsten aufgegeben. Wie einfach war es, Sekretär Fang in seiner Verschwörungstheorie zu bestärken. Sicher wäre er dann bald wieder zu Hause und könnte sich um Rosina kümmern. Wie sehr er sich danach sehnte!

Aber im nächsten Augenblick wußte er, daß er das nicht über sich brachte. Bleiben und solide ermitteln – das war seine Arbeit, seine Pflicht. Wenn er jetzt das Handtuch warf, konnte er nicht mehr in den Spiegel schauen. Hieß das nun, daß er stark war oder eher schwach? Bisher hatte er geglaubt, daß ihm das klar sei. Hier aber schien alles anders zu sein. Wenn Rosina das nicht verstand …

Ärgerlich auf sich selbst, stopfte er die Visitenkarte in seine Brieftasche.

Viertes Kapitel

Wang war zu früh am Treffpunkt. Der stellvertretende Büroleiter hatte einen Pavillon mitten im Park genannt, der sofort auffiel. Der Kommissar näherte sich ihm langsam und genoß die frische Höhenluft. Im Park war es ruhig. Nur die Grillen zirpten im Gras, ein paar Kinder lärmten auf Rutschen und Schaukeln, zwei philippinische Kinderfrauen schwatzten miteinander in ihrer Sprache, die klang wie Vogelgezwitscher. Wang setzte sich.

Vergiß das Ganze, sagte ihm eine innere Stimme. Spiel mit, dann bist du bald wieder zu Hause …

»Hallo, Kommissar!«

Wang wandte sich um und sah Rong entgegen. »Bin ich zu spät?«

»Ach wo.« Wang lächelte. »Danke, daß Sie gekommen sind. Setzen Sie sich zu mir.«

Rong wirkte nervös.

»Ein schöner Ort«, sagte Wang in beruhigendem Ton. Wollte er Rong beruhigen? Oder sich selbst?

Sein Gegenüber lächelte. »Ich komme gern hierher, wenn ich kann.«

»Und das ist nicht oft?«

»Nein. Unsere Zeit gehört uns nicht selbst. Anders als bei … Darüber wollte ich mit Ihnen reden. Anders als bei Zhang Fei.« Rong stockte. »Ich meine, Sie sollten wissen … Meine Vorgesetzten haben … Also, sie haben Ihnen nicht die ganze Wahrheit gesagt.«

»Das glaube ich auch. Und was ist die ganze Wahrheit?«

»Das weiß ich nicht.«

Wang war eher erleichtert als verärgert.

»Sie haben eine Art Lei Feng aus ihm gemacht«, fuhr Rong fort. »Der war er nicht. Ich möchte, daß Sie das wissen.«

Wang nickte. Rosina mokierte sich ständig über Lei Feng, den Mustersoldaten der antiquierten Parteipropaganda. »Und wer war Zhang Fei wirklich?«

»Ein Außenseiter. Ein Mann, der tat, was er wollte. Und damit durchkam.«

»Das ist kein Verbrechen.«

»Für uns gelten hier strenge Regeln. Man erwartet, daß wir uns zu den Mahlzeiten versammeln. Wir können uns nicht einfach in unserem Zimmer einschließen.«

Wang schwieg. Schnaufen und schwere Schritte kündigten einen Jogger an. Ein Westler mit der üblichen Langnase, runden Augen und Haaren von unbestimmbarer Farbe trabte vorbei. Wang sah ihm wortlos nach.

»Zhang Fei hatte eine Geliebte«, erklärte der stellvertretende Büroleiter unvermittelt.

»Soso.« Wang nickte. »Ist das verboten? Schließlich war er nicht verheiratet.«

»Sie kam von draußen, aus Kowloon.«

»Tatsächlich?«

Rong warf ihm einen verwunderten, fast ängstlichen Blick zu. »Schließlich gibt es hier Möglichkeiten, wenn ein höherer Funktionär … also … Sex haben will.«

»Ich weiß«, sagte Wang. »Aber vielleicht war das Zhang Fei nicht spannend genug? Es ist doch nicht sehr aufregend, wenn man so etwas wie eine Mahlzeit bestellt, oder?«

Rong war verwirrt, und Wang kam sich plötzlich undankbar vor. »Ich schätze es sehr, daß Sie hier sind, um mit mir zu sprechen«, betonte er. »Ich versuche, soviel wie möglich über Zhang Fei herauszufinden. Und Sie helfen mir dabei. Erzählen Sie weiter.«

»Habe ich denn nicht schon genug gesagt?«

»Nur wenn das alles ist, was Sie wissen. Haben Sie eng mit ihm zusammengearbeitet?«

»Nein!« kam es wie aus der Pistole geschossen. »Nicht sehr eng. Er stand über mir.«

»In derselben Abteilung?«

»Ja. Aber mein Bereich ist das Verkehrswesen. Er dagegen hat sich meist mit der Computerbranche beschäftigt.«

»Formal war er aber Ihr Vorgesetzter?«

»Ja«, gab Rong zu.

»Sie kannten ihn also gut …«

»Niemand kannte ihn gut.«

»Okay. Aber Sie kannten ihn besser als zum Beispiel Sekretär Fang oder Frau Wu?«

»Das ja.«

»Beschreiben Sie mir seinen Charakter. Sein Temperament. War er ein ruhiger Mensch, war er aufbrausend oder vielleicht ein Kämpfertyp?«

»Ich weiß nicht, ob ich ihn durchschaut habe. Er war sehr tüchtig. Ruhig, eher kaltblütig, würde ich sagen.«

»Hat sich da in der letzten Zeit etwas verändert?«

Der stellvertretende Büroleiter grübelte lange nach, bevor er antwortete. »Eigentlich nicht. Nur, als wir gewarnt wurden.«

»Gewarnt?«

»Ungefähr vor einem Monat hat man uns vor den Triaden gewarnt. Das war ernst gemeint: Sekretär Fang erklärte nachdrücklich, wenn wir uns mit denen einlassen, hätten wir mit Suspendierung vom Dienst oder gar Gefängnis zu rechnen. Danach war Zhang Fei einige Tage lang so merkwürdig.«

»Wollen Sie andeuten, daß er sich mit den Triaden eingelassen hatte?«

»Keine Ahnung«, meinte Rong unbestimmt. »Wir alle haben in unserer Arbeit mit Verbrechern zu tun. In meinem Bereich wird zum Beispiel mit falschen Taxilizenzen gearbeitet …« Er grinste.

»Verstehe«, sagte Wang nach einer Weile.

»Sie sagen doch niemandem, daß wir uns hier getroffen haben?« fragte Rong.

»Wo denken Sie hin! Aber wenn Sie etwas erfahren, das von Bedeutung sein könnte, dann rufen Sie mich bitte an. Hier ist meine Nummer.«

»Das ist in Hung Hom, nicht wahr?« stellte Rong fest. »Was, um Himmels willen, machen Sie denn da?«

»Die Partei hat mir dort eine Unterkunft zugewiesen.«

Der stellvertretende Bürochef schien überrascht. Dann verabschiedete er sich. Wang blickte ihm nach. Er setzte sich wieder, um sich das Gespräch noch einmal durch den Kopf gehen zu lassen.

Wenn man nicht weiter weiß, sind die Triaden immer gut, sagte er sich und schüttelte den Kopf.

»Hallo.«

»Hallo! *Xiao* Wang!« Räder-Zhai war zwei Jahre älter als Wang. Daher konnte er von oben herab *Xiao* sagen, wenn er es nicht ernst meinte. »Ich habe mich schon gefragt, ob du überhaupt noch anrufst.«

»Dich vergesse ich doch nicht.«

»Das hätte ich dir auch nicht geraten. Über Zhang Feis Wettleidenschaft habe ich allerdings nicht viel herausbekommen. Nur etwas über seinen Lebenslauf.« Dann folgten Angaben, die Wang bereits kannte.

»Ich danke dir«, sagte Wang. »Das hilft mir weiter. Bleib dran, wenn du kannst. Außerdem will ich mit dir über den Raub von Software sprechen.«

Zhai mußte lachen. »Was willst du denn wissen?«

»Wer so was macht und was es einbringt. Das Übliche eben.«

»Wir machen das, meinen zumindest die Amerikaner.«

»Die chinesische Regierung?«

»Eher die Armee. Und hohe Funktionäre natürlich.«

»Aber die Amerikaner behaupten doch ständig solche Sachen.«

»In diesem Falle haben sie wahrscheinlich recht.«

»Hm«, entfuhr es Wang.

»In der Provinz Guangdong gibt es Fabriken, die CD-ROMs mit der neuesten Software in Massenproduktion herstellen.«

Wäre er nicht schon verunsichert gewesen, hätte Wang sicher gefragt, was eine CD-ROM sei. Statt dessen bemerkte er: »Amerika macht doch genug Geld mit Software. Wenn China das auch versucht, was regen die sich darüber auf? Aber ich will wissen, was hier in Hongkong läuft, nicht jenseits der Grenze.«

»In Hongkong setzen die chinesischen Betriebe das Zeug ab«, erläuterte Zhai. »Nicht gerade an die Ortsbevölkerung. Dort kaufen vor allem Händler aus Übersee. Es ist ein Riesengeschäft.«

»Und wo kaufen sie?«

»Ziemlich offen, in Shops.«

»Das heißt, es ist legal?«

»Nein. Das brächte Komplikationen.«

»Weißt du, wo man solche Shops findet?« fragte Wang.

»Nein. Das könnte ich herausfinden, aber da fragst du besser jemanden in Hongkong.«

»Okay. Machen die Triaden solche Geschäfte?«

»Das sollte mich nicht wundern. Hat dieser Zhang Fei etwas mit ihnen zu tun?«

»Könnte sein.« Wang stockte. »Ich möchte dich um einen weiteren Gefallen bitten.«

»Langsam nähern wir uns einem Bankett«, konstatierte Zhai lachend. Das tat er immer, obwohl Wang auf dieses Spiel von Leistung und Gegenleistung noch nie eingegangen war. »Dieses Sichuan-Restaurant gleich gegenüber von unserem Büro ...«

»Kein Problem. Kommst du in Akten von Telefongesellschaften rein?«

»Nicht, ohne internationales Recht zu brechen.«

Wang hatte in der Tat seine Zweifel, ob das Treiben von Hackern zu rechtfertigen sei. Aber wenn er Informationen brauchte, verflüchtigten sie sich schnell. »Gehen wir lieber in ein Sichuan-Lokal oder auf eine Peking-Ente?«

»Welche Telefongesellschaft? Ich nehme an, du suchst Aufstellungen von Telefongesprächen? Etwa von einem

Handy, wenn der Kerl in einem offiziellen Gästehaus gewohnt hat?« Zhai war ein guter Detektiv gewesen.

»Gib mir die Nummer, und ich schaue, was sich machen läßt. Ich schicke dir die Liste dann per E-Mail.«

Wang seufzte. Was war nun wieder E-Mail?

Zhai schickte die Information am Montagabend. Wang mußte sie sich in der Nachrichtenagentur Xinhua abholen. Ein junger Mann in ziemlich schrillem Outfit, der aussah, als sei er noch keine siebzehn, herrschte über den Computerraum. Er sah interessiert zu, wie der Drucker seitenweise Zahlenkolonnen ausspuckte.

»Was ist das?« fragte er.

»Etwas Persönliches«, antwortete Wang.

Der Bursche blickte skeptisch drein. »Es hat mit dem Mord zu tun, stimmt's?«

Vor Überraschung verschlug es Wang die Sprache.

»Deswegen sind Sie doch hier«, fuhr der Junge fort.

»Ja ...«

»Der war schon ziemlich abartig, was?«

Fast automatisch wollte Wang ihn zurechtweisen, wie es Gruppenleiter Chen alle Ehre gemacht hätte. Schließlich war Zhang Fei ein hoher Funktionär gewesen und mußte als solcher respektiert werden. Außerdem sollte der Kerl nicht seine Nase in Sachen stecken, die ihn nichts angingen. Aber etwas in Wang wehrte sich. »Ich weiß nicht«, sagte er statt dessen. »War er das?«

»Na hören Sie mal, das mit den Handschellen ist schon kraß.«

»Vielleicht konnte man ihn so besser aus dem Weg räumen?«

»Das kann doch nur die Hongkonger Polizei gewesen sein.«

»Nicht unbedingt.« Wang hielt inne. Wie fix der Bursche war, flößte ihm unwillkürlich Respekt ein. »Kannten Sie Genossen Zhang?«

Der Junge grinste hämisch.

»Was gibt's denn da zu grinsen?« fragte Wang scharf.

»Also, wenn Sie hier jemanden Genosse nennen, heißt das, er ist schwul.«

»Schwul?«

»Homosexuell. War Zhang Fei homosexuell?«

»Nein. Aber er soll eine Geliebte gehabt haben ...« Wang schloß erschrocken den Mund und mußte sich über sich selber wundern, was er hier daherschwätzte. »Wie heißen Sie?« fragte er.

»Norton. Norton Ho.«

»Also, Norton, kein Wort darüber, was ich hier gesagt habe.«

»Okay, Boß.«

Der Drucker stand still, und Norton holte die Seiten heraus. Er warf nur einen Blick darauf und stellte fest: »Telefonnummern.«

Wang nahm ihm das Papier aus der Hand. Es waren tatsächlich nur Zahlenkolonnen.

»Schlauberger«, sagte er, und es sollte abfällig klingen. Aber dafür gab es keinen Grund.

»Achtstellige Zahlen, die mit 2 anfangen. Der erste Anschluß ist in Shamshuipo.«

Wang starrte ihn an. »Wie wollen Sie das wissen?«

»Ich kenne viele Ortsvorwahlen in der Umgebung. Mein Job ist oft stinklangweilig. Da hab' ich eben angefangen, mir die Vorwahlen für die wichtigsten Bezirke zu merken.« Norton runzelte die Brauen. »Ich weiß, das klingt blöd, aber Zahlen find' ich echt spannend.«

Wang mußte sich eingestehen, daß er sich hier auf völlig fremdem Terrain bewegte. Dieser Sohn eines geachteten langjährigen Parteimitglieds hatte Zugang zu einer Welt, die ihm, dem vierzigjährigen Wang Anzhuang, total verschlossen war.

»Wollen Sie wissen, wo diese Anschlüsse sind?« Norton ließ nicht locker. »Einige kann ich Ihnen auf Anhieb sagen.«

»Das … finde ich schon selber heraus«, behauptete Wang.

Der junge Mann hielt den Kopf schief und las: »Das ist wieder Shamshuipo: 2386. Dann Mitte, dann Yaumatei …«

»Yaumatei?«

»Ja. Interessiert Sie der Anschluß? Ich kann den Namen des Teilnehmers rauskriegen, wenn Sie wollen …«

»Das ist nicht …«

»Der hat dort mehrmals angerufen!« Norton überflog die ganze Seite. »Immerzu. Vielleicht ist das seine Geliebte, meinen Sie nicht? Ihren Namen krieg' ich raus, das ist ein Klacks.«

»Ich denke, Sie sollten wirklich nicht …« Aber der junge Mann war schon an seinem Computer und klickte mit der Maus. Wang fiel plötzlich auf, daß Zhang Fei diese Nummer als letzte angerufen hatte. Am Abend des 24. um 20.15 Uhr! Kurz danach war er verschwunden. »Aber das ist doch nicht legal …«, versuchte er schwach zu protestieren.

»Schauen Sie einfach weg.« Norton grinste und machte sich weiter an seinem Computer zu schaffen. »Gleich haben wir's … Und da ist sie schon: Veronica Chow. Lebt in einer Notunterkunft.«

»Wo?«

»Für Taifunopfer. Auf einem Hausboot, wenn die Angaben stimmen. Klingt doch schwer verdächtig, oder?«

Düstere Blicke folgten der Polizeistreife, als sie sich über die leicht schaukelnden Boote vorarbeitete, bis sie das richtige gefunden hatte und an die Tür pochte.

»Wer ist da?« kam es von drinnen.

»Polizei. Wir wollen Ihnen einige Fragen stellen.«

Ein Schreckensruf. Der Truppführer hielt einen Moment inne. Was ging da vor? Dann trat er gegen die Tür, die sofort nachgab. Zwei der kräftigsten Männer stürzten hinein und fanden eine Frau, die sich erschrocken in eine Ecke drängte. Gemessenen Schrittes erschien eine Polizistin und schob ihren verdutzten Vorgesetzten kurzerhand zur Seite.

Sie hielt der Frau eine Hand entgegen und zog sie in die Mitte des Raumes, das ihr Zuhause war.

»Sie sind Veronica Chow?« fragte sie.

Die Frau nickte.

»Wir müssen Ihnen einige Fragen stellen.«

Veronica Chow sah sie verständnislos an.

»Es tut uns leid, wenn wir etwas kaputtgemacht haben«, fuhr die Polizistin fort.

»W-w-w-as wollen Sie von mir?« stotterte Veronica.

»Ihnen einige Fragen stellen.«

»Worüber?«

Die Polizistin hielt ihr ein Foto von Zhang Fei hin. »Kennen Sie diesen Mann?«

Veronica schloß die Augen. »Nein!«

»Schauen Sie genau hin.«

»Nein.« Sie stockte. »Das Bild habe ich in der Zeitung gesehen.«

Die Polizistin schüttelte den Kopf.

»Also … ich habe ihn mehrfach getroffen.«

»Wo?«

»In der Gegend.«

»In welcher Gegend?«

»In Kowloon.«

»Wo in Kowloon?«

»In Ost-Tsimshatsui«, kam es zögernd von Veronica.

»In einem Club?«

»Nein.«

»In einem Club, in dem Sie arbeiten?«

Veronica Chow senkte den Blick.

»Wir werden Sie wohl mitnehmen müssen«, sagte die Polizistin.

»Wir sind uns im Club begegnet«, sagte Veronica auf dem Revier. »Ich arbeite dort als Hosteß. Er wollte mich für einige Stunden in ein ›blaues Motel‹ mitnehmen. Ich bin mitgegangen. Davon lebe ich.«

»Hatten Sie Sex mit ihm?« fragte die Polizistin.

»Was denken Sie denn? Meinen Sie, er hat mit mir über Politik diskutiert?«

»Irgendwas Ungewöhnliches beim Sex?«

»Nein.«

»Kein Sadomaso?«

Wieder senkte Veronica die Augen. »Nein.«

»Und dann?«

»Wenn die Zeit um war, bin ich in den Club zurückgegangen, und er hat sich davongemacht.«

»Haben Sie ihn geliebt?«

»Nein!«

»Aber Sie haben ihm Ihre Telefonnummer gegeben.«

»Das gehört zum Geschäft.«

»Es ist doch bestimmt gegen die Clubordnung? Wenn er Sie wieder haben wollte, mußte er über den Club gehen.«

»Einige von uns haben nebenbei was zu laufen. Im Club werden wir gnadenlos abgezockt. Dürfen wir uns da nicht ein bißchen wehren?«

»Soviel Sie können«, sagte die Polizistin mit Mitgefühl in der Stimme. »Aber denen wird das wohl nicht gefallen.«

»Die sollen zur Hölle gehen.«

Die Polizistin nickte, wenn sie auch an so viel Mut nicht glaubte. »Sie haben also Zhang Fei regelmäßig getroffen?«

»Nein. Nur ab und zu.«

»Er hat aber oft angerufen.«

»Er war wie besessen. Ich konnte ihn nicht mehr loswerden. Es hat mir Probleme in der Arbeit gemacht.«

»Wann haben Sie ihn das letzte Mal gesehen?«

Veronica wirkte mit einemmal sehr hilflos. »Ich erinnere mich nicht mehr. Vor einem Monat?«

»Er hat Sie vor zehn Tagen das letzte Mal angerufen. An dem Abend, als er starb.«

Wieder schaute Veronica zu Boden.

»Sie sind die letzte, mit der er telefoniert hat«, stellte die Polizistin fest.

Veronica schwieg lange. Dann meinte sie: »Das ist bestimmt ein Irrtum. Diese verrückten Handys. Man irrt sich im Speicher, und das Ding wählt den Falschen an.«

»Sie sprachen zehn Minuten lang miteinander.«

Langes Schweigen.

»Ich habe ihn nicht umgebracht.«

»Worüber haben Sie mit ihm gesprochen?«

»ICH HABE IHN NICHT UMGEBRACHT!«

»Erzählen Sie mir von dem Anruf.«

Veronica beruhigte sich ein wenig. »Er sagte, er hätte in der Nähe zu tun und ob wir uns danach treffen könnten. Ich habe gesagt, daß ich ihn nicht sehen will, aber er hat sich nicht abwimmeln lassen. Da habe ich eben ja gesagt. Aber er ist nicht gekommen. Ich habe gewartet und gewartet. Dann habe ich sein Bild in der Zeitung gesehen ...«

Mit einem offiziellen Durchsuchungsbefehl kehrten die Polizisten noch einmal zu Veronicas Boot zurück. In einer Kiste, die unter einem Teppich versteckt war, fanden sie ein Paar Fußfesseln, ein Lederhalsband und eine Peitsche. Keine Handschellen.

»Jetzt noch mal ganz von vorn«, meinte die Vernehmungsbeamtin zu Veronica Chow.

Fünftes Kapitel

»Ich weiß nicht, warum er mich zu diesen Sachen gezwungen hat«, erklärte Veronica Chow. »Andere Männer tun das nicht. Es ist unnatürlich. Es war mir zuwider. Ja, es stimmt, ich habe ihn dafür gehaßt. Hätten Sie es nicht? Aber ich habe ihn nicht getötet. Wie oft soll ich das noch sagen?«

»Sie haben Ihre Geschichte schon mehrfach geändert.«

»Hätten Sie das nicht getan? Hätten Sie sofort freiweg erzählt: ›O ja, Zhang Fei, der hat mich gefesselt, geknebelt und geschlagen, hat gebrüllt, ich sei der reine Abschaum, und dann versucht, mir seinen blöden kleinen Schwanz reinzustecken‹?«

»Nein. Aber Sie haben das alles mit sich machen lassen.«

»Er hat bezahlt. Bar und alles für mich. Ich brauchte dem Club nichts abzugeben.«

»Hm ...« Die Polizistin blätterte wieder in ihren Notizen. »Sie haben ausgesagt, daß Sie Zhang Fei zum ersten Mal letzten Herbst im Paradiso-Club getroffen haben. Dann haben Sie ihn in unregelmäßigen Abständen gesehen, aber vor zwei Monaten Schluß gemacht. Er hat Sie immer wieder angerufen, und schließlich haben Sie eingewilligt, daß er Sie am 24. aufsucht. Aber er ist nicht gekommen.«

»Genauso war's.«

Die Beamtin nickte. »Und er hat nie mit Ihnen über seine Geschäfte gesprochen?«

»Nein. Warum sollte er?«

»Es hätte doch sein können. Bei solchen Männern ist die Geliebte manchmal die einzige Vertrauensperson.«

»Er hat mir nicht getraut. Er hat nur seinen Ärger an mir ausgelassen.«

»Ärger worüber?«

»Das weiß ich nicht.«

»Hat er überhaupt etwas von sich gegeben, wenn er diese Sachen mit Ihnen gemacht hat? Vielleicht hat er Namen genannt – von Personen oder Institutionen.«

»Nein. Es kam immer nur Müll aus seinem Mund – Nutte, Hure ... eben das Übliche. Und Befehle: Runter mit dir! Kriechen! ...« Veronica erschauerte. »Ich habe versucht, nicht hinzuhören. Man staunt selber, wie man sich abschotten kann, wenn man es wirklich will.«

»Sie hat nichts damit zu tun«, sagte die Vernehmungsbeamte.

»Der Meinung bin ich nicht«, widersprach der stellvertretende Amtsleiter Ng, der Mann, der die »Morgenandacht« geleitet hatte. »Sie hat ein Motiv, sie hatte die Mittel und die Gelegenheit. Die lass' ich nicht laufen. Sie ist schwer belastet.«

»Oje!« entfuhr es Gruppenleiter Chen, dem Dolmetscher Hu diesen Wortwechsel übersetzte. »Was wird Peking zu alledem sagen?«

»Nicht viel«, meinte Wang. »Für uns ein Grund mehr, weiter zu suchen.«

»Es wird gegen uns benutzt werden. Man wird den Fall durch die Presse zerren! ›Chinesischer Spitzenfunktionär bei perversem Sex ertappt!‹«

»So war es doch«, meinte Wang.

Chen fuhr zu seinem Untergebenen herum, um ihm eine scharfe Antwort zu geben, ließ es dann aber bei einem tiefen Seufzer bewenden. »Dieser Sex macht uns solche Probleme, *Xiao* Wang. Es gibt Pflanzen, die haben kein Geschlecht und vermehren sich durch Ableger. Ist das nicht beneidenswert? Ein Wunder, daß sie noch nicht die Welt beherrschen, wo wir so viel Kraft für solche Dinge vergeuden.« Der Gruppenleiter schüttelte den Kopf. »Alle Werte kommen ins Rutschen. Ein guter Kommunist hält Geist und Körper gesund, habe ich als Junge gelernt.«

»Dann war Zhang Fei kein guter Kommunist?«

»Das werden Sie wohl müssen«, antwortete Sekretär Fang. »Als ich sagte, kommen Sie ins Gästehaus und stellen Sie Ihre Fragen, war das nicht ganz ernst gemeint. Aber was sich jetzt herausstellt …« Er schüttelte bekümmert den Kopf.

»Es ist das einzig Richtige«, erklärte Wang mit Nachdruck. »Solange wir nicht die Wahrheit wissen, wird das Gerede von seinem Verhältnis nicht verstummen.«

»Für unsere Außenwirkung eine Katastrophe«, fuhr der Sekretär fort. »Wenn man doch …« Die Stimme versagte ihm, und er griff in seine Jackentasche. »Hier ist der Schlüssel von Zhang Feis Büro in der Nachrichtenagentur. Suchen Sie, wo Sie wollen.«

»Und seine Unterkunft?«

»Den Schlüssel bekommen Sie beim Pförtner. Ich habe Bescheid gesagt.« Fangs Stimme klang niedergeschlagen. »Wo fangen Sie an?«

Wang blickte auf die Uhr. »Ich denke, ich fahre zuerst in sein Büro. Dann komme ich hierher zurück und schaue mir sein Apartment an. Bekomme ich hier etwas zu essen?«

»Ich denke schon«, sagte der Sekretär nur. Wang konnte seine Genugtuung über diesen kleinen Sieg kaum verhehlen. In der Stimmung, in der Fang jetzt war, würde er sicher den Briten das ganze Hongkong für immer überlassen, wenn Gouverneur Patten nur nett genug darum bat.

»Wir essen Punkt sieben«, erklärte der Sekretär knapp und versuchte zumindest noch ein wenig, das Gesicht zu wahren.

Wang hatte dafür Verständnis und meinte, er werde pünktlich sein.

Einen Dienstwagen lehnte der Kommissar ab. Statt dessen nahm er den Bus zur Nordseite der Insel. Der hatte eine Klimaanlage, und so konnte Wang von der oberen Plattform den Rundblick genießen. Solche Doppeldecker gab es in Peking bisher kaum. Im Bus fühlte sich Wang auch wesentlich freier. Er war nicht in Uniform und konnte als normaler Bürger durchgehen. Als das Fahrzeug sich zum Magazine Gap hinaufquälte, sah er das atemberaubende Panorama nur noch mit halbem Auge. Ihm ging bereits durch den Kopf, wonach er in Zhangs Habseligkeiten suchen wollte. Endlich eine Gelegenheit, mit dem Mann in direkte Berührung zu kommen!

Im Gebäude von Xinhua führte man ihn in Zhang Feis Büro im 12. Stock. Den Schlüssel des Sekretärs brauchte er nicht (welche Schlüssel hatte Fang wohl noch?), denn dort saß eine Sekretärin, die ihm grünen Tee anbot.

»Das ist doch alles gelogen«, sagte sie, als sie ihm die Tasse reichte. »Die Geschichte der Frau auf dem Boot. Die erzählt solche Sachen nur, um sich wichtig zu machen.«

Wang nickte zerstreut.

»Manche Frauen brauchen das«, redete die Sekretärin weiter. »Sie wollen die Männer auf ihr Niveau herabziehen. Je höher die Position des Kunden, desto schärfer sind sie … Wie finden Sie den Tee?«

Wang nahm einen Schluck. »Er ist ausgezeichnet.«

Die Dame strahlte.

»Erzählen Sie mir von Ihrem Chef«, bat Wang.

»Oh. Also – er war sehr ruhig und ausgeglichen. Strahlte Autorität aus. Ich mag solche Menschen. Und er hat sehr viel gearbeitet.«

»Hat er das auch von Ihnen verlangt?«

»Natürlich. Aber das macht mir nichts aus. Schließlich sind wir ja zur Arbeit hier, und Überstunden gehören einfach dazu.«

Wang nickte. »Ist Ihnen in der letzten Zeit etwas Besonderes an ihm aufgefallen?«

»Eigentlich nicht.«

»In den letzten Wochen oder Tagen?«

Sie überlegte. »Nicht, daß ich wüßte.«

»War er vielleicht etwas gereizter als sonst oder nicht ganz bei der Sache?«

»Er war immer bei der Sache, Kommissar. Sie hat ihm so

viel bedeutet. Deswegen ist das Ganze ja so schrecklich. Sehen Sie sich die Leute da unten an.« Sie wies durch das Fenster auf die Straße hinab, wo man förmlich sehen konnte, wie Hongkong hektisch dabei war, Geld zu machen. »Niemand von denen hat auch nur annähernd so Wichtiges getan wie Zhang Fei. Was sind die schon wert? Aber wer mußte auf so schreckliche Weise sterben? Keiner von denen ...« Sie griff zu einem Taschentuch – mit einem kleinen Häschen darauf – und schneuzte sich die Nase. »Entschuldigen Sie, Kommissar. Es ist so ... ungerecht.« Das Häschen verschwand wieder. »Sie werden doch die Schuldigen finden, nicht wahr?«

»Das hoffe ich.«

»Zu Hause würde man sie erschießen. Und das wäre auch gut so.«

»Ein Land, zwei Systeme«, meinte Wang trocken.

Die Sekretärin schaute ihn konsterniert an. Vielleicht hätte Wang sagen müssen, er werde die Schurken entlarven und persönlich foltern. Er trank den Tee aus und gab ihr die Tasse zurück.

»Danke. Jetzt entschuldigen Sie mich bitte ...«

Die Sekretärin zögerte einen Augenblick, ließ Wang dann aber allein. Als erstes nahm sich Wang Zhang Feis Schreibtisch vor. Sofort entdeckte er einen Bericht, aus dem hervorging, daß der Mann zunächst die Rechtslage beim Raub von Software gründlich studiert hatte. Wang begann zu lesen, gab es aber bald auf. Das Recht hatte für ihn immer noch etwas Beängstigendes: Früher hatte es niemanden interessiert. Jetzt aber schien es, als habe man den tausendäugigen Rachegeist Mao Zedong nur deshalb ausgetrieben, damit an seiner Stelle eine tausendfüßige Spinne jede Bewegung mit einem Netz von Wörtern umspann ... Recht gehörte einfach nicht zur chinesischen Tradition. Was dort galt, waren Tugenden, moralische Werte. Wenn der Herrscher tugendhaft war, nahm sich das Volk an ihm ein Beispiel. War das Familienoberhaupt rechtschaffen, dann galt das auch für die Familie. Wang hatte darüber schon oft mit Rosina gestritten. Sie meinte, das seien altmodische Ideale. Modernisierung sei unmöglich ohne ein funktionierendes Rechtssystem.

Und doch war das Recht ein Spinnennetz!

Ein zweiter Bericht handelte von den Veränderungen, die man am Rechtswesen vornehmen wollte. Er war genauso unverständlich.

Unter diesen Papieren lag eine Mappe mit der Aufschrift »Aktuelle Lage«. Das klang schon interessanter. Was hatte Zhang Fei über die tatsächlichen Vorgänge in der Stadt herausbekommen? Nach dieser Mappe nicht allzuviel.

Und weiter? Einzelne Blätter mit hingekritzelten Notizen: »Verschiedene Tatorte«, »Falle«.

Zeitungsausschnitte und Agenturmeldungen. »Bei einer gemeinsamen Razzia haben Zollbeamte von Hongkong und Guangdong in Lagerhallen beiderseits der Grenze 8000 CD-ROMs mit Raubkopien von Software sichergestellt. 18 Personen wurden festgenommen.«

Wang, der inzwischen wußte, was eine CD-ROM ist, versuchte sich die Szene vorzustellen. Dann wühlte er weiter in den Schubladen.

Briefe an verschiedene Stellen mit der Bitte um Information. Die dazugehörigen Antworten. Meist ging es um Rechtsfragen.

Beschriebene Zettel. Zhang Fei schien von Zahlen fasziniert zu sein. Etwas, das aussah wie eine Liste: 49, 415, 426, 432, 438, 489 ... Irgendwie kamen Wang die Zahlen bekannt vor, aber er wußte nicht, warum.

Ein Tagebuch. Endlich! Aber es war fast leer.

Wang bat die Sekretärin, die Papiere, die ihm wichtig vorkamen, zu kopieren.

»Von Akten hat Ihr Chef wohl nicht viel gehalten?« fragte er sie, während der Kopierer brummte.

»Nein«, gab sie zurück. »Er war ein Experte auf seinem Gebiet. Er hatte alles im Kopf. So ein intelligenter Mann ...«

»Sekretär Fang meinte, Sie würden die hier brauchen«, sagte der Pförtner im Gästehaus.

Wang nahm die Plastikkarte mit spitzen Fingern entgegen.

»Sie müssen hier unterschreiben.«

Wang tat es, immer noch verwundert über das, was er da in der Hand hielt. »Das stecke ich in die Tür, und dann geht sie auf?«

»Natürlich«, meinte der Pförtner von oben herab.

Wang schritt weiter, stark beeindruckt von der neuen Sicherheitstechnik. Zhang Feis Apartment war bald gefunden. Er steckte die kleine Plastikkarte in die Tür und drückte die Klinke …

Nichts geschah.

Vielleicht paßt sie andersherum hinein, dachte Wang bei sich. Wieder nichts.

Immer mit der Ruhe. Wir haben vier verschiedene Möglichkeiten … Er probierte die dritte, aber nun begann die Tür laut zu piepen.

»Zum Teufel noch mal!« entfuhr es Wang, der selten fluchte. Dann weigerte sich die Tür standhaft, die Karte überhaupt aufzunehmen. Wang überlegte gerade, was er tun sollte, als der Sicherheitsmann am Ende des Korridors auftauchte.

»Probleme?«

»Scheint so«, meinte Wang und gab ihm das widerwärtige Stück Plastik. »Versuchen Sie es.«

Der Mann drückte eine Zahlenkombination an der Tür, und das Piepen verstummte. Dann führte er die Karte ein, und ein grünes Lämpchen leuchtete auf.

»Wenn Sie gehen, schließt die Tür von selbst«, sagte er noch.

»Danke … Was haben Sie da für eine Nummer eingegeben?«

»Das war ein Code, um das System abzuschalten. Es sperrt sofort, wenn einer es unbefugt benutzen will.«

»Und welche Zahlenkombination war es?«

»Das darf ich Ihnen nicht sagen.«

»Es waren drei Ziffern, nicht wahr?«

»Ja.«

»Hat jedes Schloß einen anderen Code?«

»Auch das darf ich Ihnen nicht sagen.«

Wang zückte seine Brieftasche und wies seinen Dienstausweis vor. »Machen Sie's mir nicht so schwer.«

Der Mann runzelte die Stirn. »Jedes Schloß ist anders.«

»Und welche Zahl haben Sie gerade eingegeben?«

»465.«

»Die 4 habe ich mitbekommen. Beginnen alle Codes mit 4?«

»Nur die im Block Vier.«

Wang nickte. »Und sie sind alle dreistellig? Keine zweistelligen?«

»Nein.«

»Sagt Ihnen die Zahl 49 etwas?«

Der Mann schüttelte den Kopf.

»Ich danke Ihnen.« Wang öffnete die Tür und betrat das Apartment. Die 49 war vielleicht nicht vollständig. Fehlte eine Ziffer? Die anderen bildeten eine klare Folge, vielleicht war die erste dann die 409. Das mußte er später herausfinden. Jetzt konnte er zum ersten Mal sehen, wie Zhang Fei gewohnt hatte.

Als er eintrat, war seine erste Reaktion Enttäuschung. Das Apartment war sorgfältig aufgeräumt. Zu sorgfältig. Zwar konnte Zhang Fei durchaus ein Mann gewesen sein, der Ordnung in seinen Sachen hielt, doch das war zuviel des Guten. Hier hatte jemand Ordnung geschaffen. Um Zhangs Gesicht zu wahren oder um Beweise zu beseitigen?

Aber vielleicht hatten sie etwas übersehen?

Neben der Tür hing ein Mantel: Sehr teuer. Und mit leeren Taschen.

Der Wohnraum war ernüchternd öde. Die Einrichtung sicher der übliche Standard – einfache, praktische Möbel, nichts Persönliches. An der Wand eine Schriftrolle mit dem Zeichen *yong* – ewig. Ein Blick in Zhang Feis Seele? Eher nicht. Yong ist eines der Schriftzeichen, die am häufigsten kopiert werden, weil es aus den acht einfachsten Pinselstrichen besteht.

Das Schlafzimmer sagte ein wenig mehr über den Bewohner aus. Ein hartes Bett, ein Nachtschrank. Zhang Fei hatte sich mit einem Buch über Flughafen-Design in den Schlaf gelesen. Weitere Bücher auf einem Regal: Maos Gesammelte Werke, Zhou Enlai, Deng Xiaoping. *Acht asiatische Trends, die die Welt verändern. China kann nein sagen* – der neueste antiwestliche Bestseller, über den Rosina sich so aufregen konnte: »Kapseln wir uns nur ab, dann haben wir die nächste Kulturrevolution!« Ein paar Bände über Wirtschaft, Geschichte, Genetik, Geographie. Ein Exemplar des Grundgesetzes. *Hunan – meine Heimat. Ein Bildband.* Eine Geschichte Chinas. *Das Kapital* von Marx, offenbar öfter benutzt als Wangs eigenes Exemplar.

Wäsche, ordentlich gefaltet in Schubladen, Kleidungsstücke auf Bügeln im Schrank, wo es nach Mottenkugeln roch. Auf dem Schreibtisch ein Familienfoto: mehrere Personen in Mao-Anzügen vor einer ländlichen Szenerie. Für einen Augenblick stieg in Wang Sympathie für Zhang Fei auf, der offenbar aus einer einfachen Bauernfamilie stammte wie der Kommissar selbst.

Er ließ sich an Zhang Feis Schreibtisch nieder und zog die Schubladen auf. Endlich ein Notizbuch. Wang blätterte darin. Es war voller Zitate, viele von Mao Zedong. Zhang sah sich offenbar auf einer Art persönlichem Langen Marsch durch … Durch was? Durch die kalte, unwirtliche Landschaft seines Charakters? Worin dieser allerdings bestand, war kaum zu erkennen.

Briefe von seiner Mutter: kurz und sachlich. Andere Schriftstücke zu persönlichen Angelegenheiten. Ein Bankauszug vom letzten Monat zeigte, daß Zhang Fei weder viel einzuzahlen noch viel auszugeben hatte. Räder-Zhai hätte sich die Mühe sparen können, den Computer der Hongkonger Bank zu knacken. Unter weiteren Notizen und wissenschaftlichen Zeitschriften über Demographie und Verkehrswesen fand Wang zwei Papierstreifen mit merkwürdigen Zahlen darauf: 18-6 und 17-2.

Wang nahm sie heraus und starrte lange darauf. Von Zeit zu Zeit wanderte sein Blick durch das Fenster auf die glitzernde Weite des Meeres hinaus. Vielleicht kam von dort der rettende Gedanke? 18-6. 17-2. Dazu die anderen Zahlen: 49 (oder 409), 415, 426, 432, 438, 489. Wang grübelte ... schaute ... grübelte wieder ... Nichts.

Vielleicht waren es Daten? 18. Juni, 17. Februar. Natürlich!

»Das sagt mir überhaupt nichts«, erklärte Sekretär Fang.

»Mir auch nicht«, echote der stellvertretende Büroleiter Rong.

»Sie haben Zhang Feis Tagebuch kontrolliert?« mischte sich Gruppenleiter Chen ein.

»Er hat nicht wirklich Tagebuch geführt«, antwortete der Kommissar irritiert.

»Jeder Funktionär führt Tagebuch«, erklärte Fang kategorisch.

»Es steht nicht viel drin. Vielleicht hatte Zhang Fei ein anderes System – ein Computer-Notebook oder etwas von der Art ...«

»Das ist nicht üblich«, beharrte Fang. »Können Sie sich erinnern, bei Zhang Fei so etwas gesehen zu haben?« fragte er Rong. Der schüttelte den Kopf.

»Was haben Sie am 17. Februar gemacht?« fragte Wang den stellvertretenden Büroleiter.

»Keine Ahnung. Ich kann mal nachschauen, wenn Sie das wünschen. Ich führe exakt Tagebuch. Aber mit Zhang Fei hat es bestimmt nichts zu tun. Wir haben damals an verschiedenen Projekten gearbeitet.«

»Und was war am 18. Juni letzten Jahres?«

»Das ist ziemlich lange her. Doch auch das kann ich nachsehen.«

»Da wäre ich Ihnen dankbar.«

Auf dem Tisch erschien ein gedämpfter Barsch. Das Gästehaus war berühmt für seine Meeresfrüchte. Das Gespräch verstummte für eine Weile.

»Sie werden nichts finden«, brach Sekretär Fang endlich das Schweigen.

Wang blickte ihn fragend an.

»Zhang Fei war ein Mann ohne Fehl und Tadel. Das Ganze ist eine Verschwörung. Ihre Aufgabe ist es, die Hintermänner aufzuspüren.«

»Ohne Informationen kann ich gar nichts aufspüren, Genosse Sekretär. Wie sagte doch Deng Xiaoping: ›Die Wahrheit in den Tatsachen suchen.‹«

Fang nickte zustimmend und nahm sich etwas von dem Barsch.

»Ich lasse sie nicht laufen«, erklärte Assistant Commissioner Ng, der den Fall jetzt an sich gezogen hatte.

Er saß an seinem Schreibtisch und blätterte in dem Bericht, den Detective Inspektor Ooi über die Durchsuchung von Veronica Chows Boot angefertigt hatte.

»Sie schreiben, Sie hätten keine Anzeichen für Gewalt gefunden. Aber der Mord ist fast zwei Wochen her. Inzwischen kann sie das ganze Boot renoviert haben.«

»Sie hat sich nicht einmal die Mühe gemacht, die Sex-Werkzeuge wegzuräumen«, erwiderte Ooi. »An ihrer Stelle hätte ich die als erste ins Meer geworfen.«

»Vielleicht ist genau das ihr Trick. Angeblich hat sie nichts zu verbergen – damit verdient sie ihr Geld. Sie versucht es einfach auszusitzen.«

»Ich halte sie nicht für so clever, Sir. Außerdem lag Staub auf Regalen und Schränken. Normalerweise sehe ich, ob ein Kampf stattgefunden hat. Das ist viel schwerer zu verbergen, als die Leute glauben.«

»Ich werde das bedenken, Ooi. Aber im Moment ist sie für mich die Hauptverdächtige.« Er schwieg eine Weile. »Wie kommen Sie mit dem Mann vom Festland klar?«

»Zur Zeit schnüffelt er mehr bei seinen Leuten rum. Das kann uns nur recht sein.«

»Was wollen Sie damit sagen?«

»Am Anfang kam er mir völlig unfähig vor, Sir. Und voreingenommen: Als wir diese verdächtige illegale Einwanderin vernahmen, ging er sehr nachsichtig mit ihr um. Er suchte sie zu beruhigen, stand fast auf ihrer Seite. Würde mich nicht wundern, wenn sie Parteimitglied war. Die haben auf hochchinesisch miteinander geschwatzt ...«

»Sie meinen, die Frau ist Kommunistin?«

»Ich weiß nicht. Sie trägt ein Kreuz am Hals und hat ein Christusbild an der Wand, aber das kann Tarnung sein.«

Ng zuckte die Schultern. »Wir haben Wichtigeres zu tun, als Kommunisten zu greifen. Die kommen doch im Juli sowieso über uns ...«

»Da haben Sie recht, Sir«, murmelte Ooi finster.

Norton Ho saß wie immer vor seinem Computer. Als Wang ihn begrüßte, reagierte der junge Mann nicht. Der Kommissar trat an ihn heran und schaute ihm über die Schulter. Er schien gerade per Tastatur und Bildschirm einen Dialog mit jemandem zu führen.

»Was ist für dich Freiheit?«

»Freiheit von etwas«, tippte Norton, »von Hunger, Armut, Unwissenheit.«

»Klar. Aber was ist, wenn du sonst keine Freiheit hast?« erwiderte der Bildschirm. »Was ist, wenn ihr die Elendshütten weggeräumt habt, was der Kapitalismus viel wirksamer kann als der Sozialismus, weil er wirtschaftlichen Reichtum schafft. Wonach strebt ihr dann?«

»Lenk nicht ab!« ratterte es ärgerlich aus Nortons Tastatur.

»Okay. Aber die Geschichte ist voll von Beispielen, daß

Menschen ihren Wohlstand und selbst ihr Leben für die Freiheit hingegeben haben …«

Norton fuhr herum. »Oh, hallo«, sagte er.

»Hallo.« Wang lächelte. »Was treiben Sie da?«

»Das erkläre ich Ihnen gleich«, sagte Norton. »Lassen Sie mich nur schnell diesen Kerl fertigmachen. Intellektuell, meine ich natürlich«, fügte er hinzu.

Noch einige Zeilen, dann endete der Computer mit den Worten: »Wir quatschen nächste Woche weiter. Bis dahin kannst du in der Hölle schmoren, du roter Bastard. Bandit.«

»Ein Freund von Ihnen?« fragte Wang.

»Hab' ihn noch nie gesehen«, erklärte Norton. »Aber man kann toll mit ihm chatten!«

»Woher kommt er?«

»Amerika.«

»Aus Amerika! Das muß doch eine Stange Geld kosten!«

Norton hob die Brauen. »Das Internet wird wie ein Ortsgespräch abgerechnet, *Lao* Wang. Gespräche in Hongkong sind für uns also frei. Die Kosten für das Pazifikkabel zahlt jemand anderes.«

»Aha. Aber eigentlich müßten Sie doch arbeiten!«

»Ich bin längst mit allem fertig. Das hat kaum eine Stunde gedauert. Mein Abteilungsleiter hatte seinen letzten Computerkurs in den achtziger Jahren!«

Aus Nortons Mund klang das wie eine ferne Dynastie. Wang fühlte sich steinalt, zugleich aber auch merkwürdig geschmeichelt, weil der junge Mann so offen mit ihm sprach.

»Was kann ich für Sie tun?« fragte Norton.

»Ich muß etwas über den Raub von Software herauskriegen«, sagte Wang.

»Sehr spannend! Was wollen Sie wissen?«

»Eigentlich alles. Welchen Umfang haben diese Geschäfte?«

»Mega.«

»Wie bitte?«

»Der Markt ist unübersehbar. Die Softwarefirmen behaupten, daß sie dadurch pro Jahr ca. 15 Milliarden US-Dollar verlieren. Das ist jedoch eine fiktive Zahl, denn die gehen davon aus, daß jeder, der Raubkopien kauft, den vollen Preis bezahlen würde, wenn es das Zeug nicht gäbe. Das stimmt so natürlich nicht. Aber es ist trotzdem ein Riesengeschäft. Besonders hier in Hongkong.«

»Und was passiert hier?«

»Einfach alles.«

»Die illegalen Kopien werden offen verkauft?«

»Klar. Suchen Sie was Spezielles?«

Wang war schockiert. »Nein! Ich will nur herausfinden, wie es funktioniert.«

»Kein Problem.« Norton warf dem Inspektor einen verschmitzten Blick zu. »Dann wollen wir mal shoppen gehen.«

Er begann wieder mit seiner Maus zu klicken, fast so heftig wie vor wenigen Minuten, als er seine Sprüche an »Bandit« hinausgejagt hatte. »Sie müssen nur die richtigen Websites kennen. Da haben wir sie schon. Für 200 Hongkong-Dollar bekommen Sie die chinesische Version von ›Windows 95‹. ›Microsoft Office‹ kostet 200. Das hab' ich auch schon für 150 gesehen. Versuchen wir es bei Mr. Chan.«

»Chan?« fragte Wang unsicher zurück, denn er grübelte noch darüber nach, was wohl eine Website war.

»Der Kerl in Wanchai«, erklärte Norton.

»Welcher Kerl in Wanchai?«

»Du meine Güte! Fragen Sie einen von der hiesigen Polizei. Die haben ihn dauernd am Wickel. Er hängt vor der U-Bahn-Station in Wanchai rum und verkauft Spielzeug. Wenn Sie ihn aber nach einer netten CD-ROM fragen, dann hat er bestimmt eine dabei.« Norton verstummte, was bei ihm selten vorkam. »Kennen Sie *1997*?«

Wang blickte verständnislos drein.

»Ein Computerspiel. Einfach genial. Es startet mit dem 1. Juli. Sie sind der Chef der Hongkonger Verwaltung. Sie müssen in einzelnen Politikfeldern Entscheidungen treffen. Das Spiel bietet Ihnen verschiedene Szenarien an. Sie erhalten Punkte nach vier Kriterien – dem Hang Seng Index, der Menschenrechtsbilanz, der Höhe Ihres persönlichen Bankkontos und der Größe der Staatskarosse, die Sie erwartet, wenn Sie nach Peking fliegen. Beim letzten Mal habe ich eine Million Dollar gemacht!«

»Ich dachte, Sie glauben an den Kommunismus«, brummelte Wang.

»*1997* ist doch bloß ein Spiel. Macht echt Spaß. Wollen Sie eine Kopie?«

»Ich hab' nicht einmal einen Computer.«

Norton starrte Wang an, als hätte er gesagt, er nehme keine Nahrung zu sich. »Sie sollten sich trotzdem eine Kopie zulegen. Mr. Chan wird Sie dafür 100 Hongkong-Dollar löhnen lassen. Das ist ziemlich unverschämt. Wir können auch zur Goldenen Arkade gehen, wenn Sie sich ein wenig die Beine vertreten wollen ...«

Sie fuhren über Wanchai, um einen Blick auf Mr. Chan zu werfen, einen gebeugten Mann mittleren Alters in einer speckigen Denimjacke, um dessen Füße rosafarbene Plastikhündchen wuselten.

»Einer der reichsten Männer von Hongkong«, bemerkte Norton.

Sie nahmen die Metro nach Shamshuipo. Die Goldene Arkade war nur wenige Schritte von der Station entfernt. Eine Einkaufsmeile wie jede andere, nur daß hier fast überall Computer samt Zubehör gehandelt wurden. Tausende von Bildschirmen tauchten die Straße in ein seltsam unwirkliches Licht. Wer hier vorbeiging, wurde unweigerlich von einer der unzähligen Graphiken oder von einem der preisgesenkten Hightech-Angebote angezogen.

Alle diese Dinge sind von Menschen gemacht, ging es Wang durch den Kopf. So werden Wissen und Arbeitskraft verschleudert.

»Dort unten ist es.« Nortons Stimme holte Wang in die Realität zurück. »Die Treppe da?« Wang war fast enttäuscht, daß sie nicht einen der strahlenden Glaspaläste an der Straße ansteuerten.

»Da werden die wahren Geschäfte gemacht.«

Sie kletterten eine schäbige Stiege hinab, die sie zu einer Tür führte. Norton stieß sie auf, und sie kamen in einen langen, kahlen Gang. Sie bewegten sich direkt auf eine Kamera zu, die jeden ihrer Schritte verfolgte. Am Ende ging es nach links und dann durch eine Tür aus geriffeltem Glas. In einem Vorzimmer musterte sie ein Wachmann scharf von oben bis unten. Dann ließ er sie in einen hell erleuchteten Raum ein, dessen Regale mit beschilderten Plastikkästen gefüllt waren. Wang schaute sich hilflos um.

»Machen Sie einen auf«, sagte Norton.

Wang tat, wie ihm geheißen. »Leer.«

Norton grinste und führte Wang an den Verkaufstisch. Er wechselte mit der Angestellten ein paar Worte auf kantonesisch und zog Wang dann in eine Ecke. Hier standen Schachteln mit der Aufschrift *1997* und dem Bild eines Malers, der eine chinesische Flagge über eine britische pinselte.

»35 Hongkong-Dollar«, erklärte Norton. »Ein Schnäppchen.«

Wang griff in die Tasche, zückte seine Brieftasche und gab Norton das Geld. Er sah zu, wie der junge Mann bei der Verkäuferin bezahlte und dafür einen Zettel in die Hand gedrückt bekam. Er gab etwas zur Antwort, das wie »Danke« klang, und steuerte wieder zur Tür. Wang folgte ihm.

»Sie hat gesagt, daß im Moment viel zu tun ist. Wir sollen im Kundenraum einen Augenblick warten, bis jemand ins Lager gehen und die Ware holen kann«, erläuterte Norton. »Hier entlang …«

Sie kamen in einen anderen Raum, wo bereits einige Leute saßen. Auch hier hatte eine Kamera alles unter Kontrolle. Eine Weile passierte nichts. Dann kam ein Junge, rief einen Namen auf und drückte einem Westler in Baumwollhose und Giordano-T-Shirt ein Päckchen in die Hand.

»Das ist *Encarta*«, flüsterte Norton. »Ein Lexikon. Kostet im Original mehrere hundert Dollar. Der da hat höchstens 50 bezahlt.«

Wieder tauchte ein Junge auf, und ein weiterer Kunde verließ zufrieden den Raum. Neue Kunden kamen.

»Ho?« hieß es schließlich. Jetzt war Wang stolzer Besitzer des Computerspiels *1997* …

»Und die Behörden können da nichts machen?« fragte Wang, als sie in der Metro saßen, die sie wieder auf die Insel brachte. Norton hatte darauf bestanden, daß Wang und er das Spiel noch an diesem Abend ausprobierten.

»Nein. Wenn Polizeiagenten dort etwas kaufen, gilt das als Falle, und eine Festnahme wäre illegal.«

»Kann man das Gesetz nicht ändern?«

»Schwierig. Wir halten hier viel von den bürgerlichen Grundrechten.«

»Dazu gehört auch das Recht, Fälschungen zu verkaufen?«

»Man braucht eine Schranke gegen die exzessive Ausübung von Polizeigewalt, würde mein Freund ›Bandit‹ formulieren.«

»Und Sie?«

Norton überlegte. »Ein schönes Spiel haben Sie da erstanden, *Lao* Wang.«

Der Kommissar war am Verlieren. Der Computer spielte ihm aber auch extreme Szenarien zu: Unruhen vom Typ Tiananmen, eine Weltwirtschaftskrise und sogar einen Militärputsch in Peking. Da Wang sich für vorsichtiges Reagieren entschied, stürzte der Hang Seng Index auf 500 ab. Seine Menschenrechtsbilanz war bescheiden, sein persönliches Vermögen schrumpfte arg zusammen, und auf dem Flugplatz in Peking wurde er schließlich mit dem Fahrrad abgeholt.

»Sie kommen schon noch dahinter«, versuchte ihn Norton zu trösten.

Als sie auf der Treppe des Agenturgebäudes voneinander schieden, tat es Wang fast leid, seinen jungen Freund ziehen zu lassen. Jahrtausende chinesischer Kultur hatten ihn gelehrt, das Alter zu achten. Die Kulturrevolution hatte ihn noch darin bestärkt: Junge Menschen ohne die notwendige Führung waren gefährlich. Hier aber führte ihn einer, der kaum halb so alt war wie er, in einen wichtigen Bereich der modernen Welt ein …

Als er seinen Block in Hung Hom erreichte, war es schon spät. Er rief den Lift, der wie immer lange auf sich warten ließ. »Niemals hätte ich die Armee eingesetzt …«, murmelte er bei sich.

»Sie hatten einen Anruf«, teilte ihm der Pförtner mit.

»Von wem?«

»Er hieß Zhai, glaube ich.«

»Oh …«

In seiner kleinen Behausung sah Wang auf die Uhr. Räder-Zhai war ein Nachtmensch. Sicher schlief er noch nicht, sah fern oder saß an seinem Computer. Wang selbst tat zu solcher Zeit alles, um nicht im Bett liegen und über das Leben nachgrübeln zu müssen …

»*Xiao* Wang!« Er hatte richtig vermutet. »Na, eine Sause gemacht?«

»Wo denkst du hin! Ich war Computer spielen.«

»Bestimmt hattest du jemand, der ihn für dich eingeschaltet hat!«

»Ich werde hier allmählich zum Experten.«

Zhai mußte lachen. »Das glaube ich erst, wenn ich es sehe.«

»Du hast angerufen?« fragte Wang.

»Ja. Leider habe ich nicht viel zu berichten. Wollte einfach mal wieder deine Stimme hören. Und dir sagen, daß ich dich nicht vergessen habe. In Banken kommt man nicht so leicht rein.«

»Kann ich mir vorstellen ...« Wang brachte es nicht über sich, seinem Freund zu sagen, er wisse bereits, daß Zhang Fei kein Geld hatte.

»Auch über die Lücke in seinem Lebenslauf habe ich noch nicht viel herausfinden können. Alles ziemlich rätselhaft.«

»Ich bin sicher, da ist was zu finden. Hatte er vielleicht mit der Landesverteidigung oder Ähnlichem zu tun?«

»Nein. Ich bleibe dran. Vielleicht suche ich ja nur an der falschen Stelle.«

Wang lachte mitfühlend. Wenn man bei jedem neuen Fall immer gleich wüßte, wo man zu ermitteln hatte, wäre das Leben leichter.

»Was Neues bei dir?« erkundigte sich Zhai.

Wang wollte schon verneinen, als ihm die Zahlen einfielen. Eigentlich hatte er Norton, den bekennenden Zahlenfan, danach fragen wollen. Aber vielleicht sagten sie auch Zhai etwas ... Er schilderte ihm kurz den Zusammenhang.

»18-6, 17-2.«

»Das müssen Daten von bestimmten Tagen sein«, meinte Zhai sofort.

»Aber die sagen niemandem etwas. Und da der Kerl offenbar kein Tagebuch geführt hat, kann ich sie auch nicht nachprüfen. Ich dachte, dir fällt vielleicht was anderes ein.«

»Geburtstage?« meinte Zhai. »Von Eltern, Kindern, der Frau, der Geliebten, dem Chef?«

»Natürlich! Könntest du ...«

»Mit Leichtigkeit. Also – die Geburtsdaten aller seiner Verwandten. Bis ins dritte Glied ... Zhang Fei stammt aus Hunan, war es nicht so?«

»Ja ...«, sagte Wang zögernd. Ein wenig ging es ihm gegen den Strich, daß Zhai in der Ahnengalerie des Mannes herumstöberte. Vielleicht war der vom Lande stammende

Zhang Fei abergläubisch gewesen und hatte dem Ahnenkult angehangen. Zhai war in der Großstadt Peking geboren und aufgewachsen. Wang stammte zwar vom Lande, hielt jedoch nicht viel von diesen Dingen. Natürlich ehrte er das Andenken seiner Eltern, aber das taten alle Chinesen, nicht nur solche, die vom Lande kamen …

»Sonst noch was?« fragte Räder-Zhai.

»Hier sind noch mehr Zahlen, doch ich denke, die könnten etwas mit Zimmern zu tun haben: 49, 415, 426, 432, 438 und 489.«

»Zimmer???« Hatte Zhais Stimme schon die ganze Zeit leicht überlegen geklungen, so konnte man jetzt offenen Hohn darin hören.

»Ja«, antwortete Wang kleinlaut. »Die Zimmer im Gästehaus haben doch solche Zahlenschlösser …«

»Also – 49, 415, 426, 432, 438 und 489 – damit kriegst du doch kein Schloß auf, es sei denn, du nimmst den Hammer.«

»Wie meinst du das?«

»*Xiao* Wang, du weißt, was diese Zahlen bedeuten!«

»Weiß ich nicht!« gab der Kommissar zurück. Dann plötzlich kam ihm die Erleuchtung. In der Leitung wurde es auf einmal sehr still.

Sechstes Kapitel

Das Büro für organisiertes Verbrechen und Triaden war im Arsenal House untergebracht, dem nagelneuen Wolkenkratzer der Hongkonger Polizei.

Wang wies dem Posten am Eingang seinen Dienstausweis vor – die Hongkonger Beamten zogen ihre Karten nur durch einen Schlitz – und ging dann durch das marmorgetäfelte Vestibül zu den Fahrstühlen. Er drückte einen Knopf, und schon war ein Lift zur Stelle.

Der Kommissar konnte sich über seine eigene Begriffsstutzigkeit nicht genug wundern, als der Fahrstuhl bereits im 22. Stock hielt. Bisher hatte er den Aufbau der Triaden stets mit Rängen, nicht mit Zahlen assoziiert. Im Grunde wußte er aber, daß Nr. 49 für ein einfaches Mitglied stand, Nr. 415 für einen »Weißen Papierfächer« (Sonderberater), Nr. 426 für einen »Roten Knüppel« (Vollstrecker), Nr. 432 für eine »Strohsandale« (Verbindungsmann) usw. Nr. 489 schließlich war das »Drachenhaupt«, das hier in Hongkong saß. Diese Zahl hatte Zhang Fei eingekreist. Er war also bei seinen Nachforschungen bis ganz nach oben vorgedrungen.

Der Lift stand still. Wang trat hinaus.

Natürlich konnte der Zettel mit den Zahlen auch nur eine Gedächtnisstütze sein. Aber wenn er bedachte, was Rong gesagt hatte ...

»Kommissar Wang?« Der Mann, den Wang hier suchte, war Brite, sprach seinen Namen jedoch korrekt aus. »Ich bin Edwin Luard. Detective Inspector. Kommen Sie bitte in mein Büro ...« Luards Hochchinesisch war wirklich sehr gut. Natürlich nicht perfekt ...

Wang war peinlich berührt, weil all die Vorurteile, die sich vor dieser Begegnung unwillkürlich in ihm aufgebaut hatten, augenblicklich wie ein Kartenhaus in sich zusammenfielen.

Für ihn waren Briten arrogant und unaufrichtig, hatten einen schlaffen Händedruck und rochen, denn alle diese Westler aßen zu viel Milch und Käse. Luard aber kam ihm offen und freundlich entgegen, sein Händedruck war fest, und er duftete nach einem Aftershave, das selbst Wang sympathisch fand.

»Nehmen Sie Platz«, sagte Luard. »Was Sie meinem Kollegen da am Telefon über die Verwicklung der Triaden in den Mord an Zhang Fei gesagt haben …«

Wang sprach noch einmal ausführlich über die Zahlen und das komplizierte Terrain, auf dem Zhang Fei sich bewegt hatte. »Ich möchte mehr über die Aktivitäten der Triaden auf diesem Gebiet wissen«, erklärte er.

»Da gibt es nicht viel zu berichten«, sagte Luard.

Wang starrte ihn ungläubig an. Kam ihm dieser Ausländer nun doch mit seinen Tricks?

»Die Triaden sind hier nicht so stark, wie mancher es darstellt«, fuhr Luard fort. »Und sie haben ihre traditionellen Felder – Kreditwucher, Schutzgelderpressung, Prostitution, Glücksspiel, Drogenhandel …«

»Dann wäre das also eine Sackgasse?« fragte Wang.

»Das kann man so nicht sagen. Natürlich suchen die Triaden immer nach neuen Betätigungsfeldern. Da sind sie wie andere Geschäftsleute. Aber sie bewegen sich vorsichtig: Ein Deal muß lukrativ sein, bevor sie sich darauf einlassen. Den Raub von Software beobachten sie noch. Hier und da kassieren sie bereits ein paar Schutzgelder. Sie sind in der Goldenen Arkade gewesen. Ich bin sicher, der Türsteher war ein ›Bruder‹. Aber bisher haben sie das Risiko anderen überlassen. Vielleicht sind sie gerade dabei, sich auch dort festzusetzen. Dann wäre Ihre Entdeckung durchaus hilfreich für uns.«

»Die Liste könnte auch nur eine Gedächtnisstütze sein …«, ließ Wang vorsichtig fallen. Zwar war er kein Bürokrat wie sein Gruppenleiter Chen, doch einiges hatte er in Hongkong inzwischen auch gelernt.

»Das ist möglich. Aber wir sind beide Profis und wissen, wie wichtig ein guter Spürsinn ist.« Luard schaute aus dem Fenster auf verwitterte Werbetafeln, die Sportmannschaften im Großformat zeigten. »Ich denke, wir fangen mit dem IPIB an.«

Wang verstand nicht.

»Dem Ermittlungsbüro für geistiges Eigentum. Es gehört zur Steuer- und Zollverwaltung.«

»Soll ich dort vorsprechen?« fragte Wang.

»Nein. Hier bei der Polizei können wir beide offen miteinander reden. Aber wenn es um andere Behörden geht, werden Sie und Ihr Teamchef wohl Beobachter bleiben müssen ...« Luard überlegte einen Augenblick. »Natürlich können Sie bei dem Gespräch dabeisein. Ich will versuchen, ob ich das für heute nachmittag arrangieren kann.«

»Fallen stellen ist nicht so einfach«, erklärte der Zollbeamte, der Hochchinesisch sprach. »Natürlich haben wir mit Ihrem Herrn Zhang darüber gesprochen. Wenn wir in einen dieser Shops gehen und etwas kaufen, können wir es vor Gericht nicht als Beweis verwenden. Das ist absurd, aber so sind die Gesetze. Vielleicht ändern Sie das ja nach dem 30. Juni.«

»Wir können nur Empfehlungen geben«, erwiderte Wang, der an das Grundgesetz dachte. »Was hat Zhang Fei Ihnen gesagt?« Er warf Luard einen Blick zu, ob er sich mit dieser Frage bereits zu weit vorwagte. Der Triadenexperte wandte sich ab und sah interessiert aus dem Fenster.

»Er stand sicher auf unserer Seite, aber er war nicht von der Art Menschen, denen man ansieht, was sie denken.«

Wang nickte. »Glauben Sie, daß die Triaden stark in den Handel mit Softwarekopien verwickelt sind?« Wieder ein Blick zu Luard, der ihm bedeutete, mit seinen Fragen fortzufahren.

»Soweit wir wissen, nicht. Aber vielleicht steigen sie gerade ein. Das sollte mich nicht wundern.«

»Sind die Beteiligten – die Shops, die Händler, der Mann vor der Metro in Wanchai – bei Ihnen aktenkundig? Ich habe eine Liste der Leute, die Zhang Fei in den letzten Monaten angerufen hat. Wenn man das vergleichen könnte ...«

Nach einem kurzen Wortwechsel auf englisch ging der Beamte an seinen Computer und tippte etwas ein.

»In zwanzig Minuten können Sie den Ausdruck an der Rezeption in Empfang nehmen«, verkündete er.

Wang bedankte sich höflich, fragte sich aber im stillen, weshalb das so lange dauerte. Norton druckte solche Sachen in Sekundenschnelle aus. Die Liste wurde also erst geprüft. Weshalb?

Das ist hier eben so, dachte er bei sich. Sei nicht undankbar.

In seinem Zimmerchen angekommen, legte Wang die Listen auf dem Fußboden aus. Mit der ersten Zahl der kürzeren Liste im Kopf sah er die längere durch und strich die Zahl aus, wenn er sie nicht fand. Übereinstimmungen wurden eingekreist und numeriert. Wenn Norton das am Computer erledigte, hatte er sicher in kürzester Zeit alle Treffer vorliegen. Aber der Kommissar wollte die Kontrolle über seine Ermittlungen nicht abgeben – weder an ein Wunderwerk der Technik noch an einen Burschen, der nur halb so alt war wie er.

Nach zehn erfolglosen Runden wurde es Wang langweilig. Nach zwanzig fragte er sich, ob es an seiner Konzentration lag. Hatte er etwas übersehen? Weiter. Erst in der 23. Runde wurde er fündig. Auf der Liste der bekannten Händler mit Raubkopien entdeckte er eine Telefonnummer, die Zhang Fei angerufen hatte. In der 28. Runde stieß er auf eine zweite und in der 41. auf eine dritte.

Nun brauchte er nur noch die Adressen. Wang sah sich schon wieder endlos mit der Hongkonger Polizei palavern. Oder ...

Er seufzte und wählte dann die Nummer der Nachrichtenagentur Xinhua.

»Die haben Sie entlassen, was?« konstatierte Norton.
»Wer?«
»Die in Peking. Nachdem Sie die Hongkonger Wirtschaft ruiniert haben.«
Dieses dämliche Spiel ... »Ich suche ein paar Adressen. Ich habe nur die Telefonnummern.«
»Her damit, ich rufe zurück. Aber eigentlich hab' ich heut' was anderes zu tun.«

Die Adresse zur Telefonnummer war Hochhaus 18, fünfter Stock. Das Gebäude stand in Shamshuipo, nur wenige Ecken von dem Ort entfernt, wo Wang und Norton ihre CD-ROM gekauft hatten.
»Eigentlich müßte es im sechsten Stock sein, nicht wahr?« meinte Norton. Offenbar spielte er auf die mysteriöse 18-6 an.
»Stimmt, aber vielleicht haben sie dort weitere Räume. Zum Beispiel ein Lager ... Die Adresse stimmt zwar nur halb, doch halb ist besser als gar nicht.«
»Kann sein.« Norton ließ nun einen Vortrag über statistische Wahrscheinlichkeit vom Stapel, in dem alles darauf hinauslief, daß solche Dinge in Hongkong gang und gäbe seien. Jede Straße in Kowloon habe eine Nummer 17 und eine Nummer 18. In jeder Nummer 17 finde man einen zweiten Stock und in jeder Nummer 18 einen sechsten ...
»Ich werde der Sache trotzdem nachgehen«, meinte Wang. »Die Zahlen, die ich da entdeckt habe, müssen etwas bedeuten.«
»Sicher. Und heute abend – noch ein Spielchen *1997*?«
»Diesmal nicht. Ich habe zu tun.«

GOLDEN DAWN TECHNOLOGY hieß es auf dem Schild. Das Büro war wie die meisten in dieser Gegend noch spätabends geöffnet. Ein ärmlich gekleideter Mann trat durch die Haustür. Von einem winzigen Vestibül brachte ihn ein Lift in die sechste Etage. Hier stieß er auf einen breiteren

Gang, von dem zahlreiche Türen abgingen. Sie alle trugen Firmenschilder. GOLDEN DAWN war nicht darunter.

»He, Sie da!« Eine der Türen stand offen, und ein Mann in Hemdsärmeln schaute den Ankömmling fragend an.

»Ich suche Golden Dawn Technology«, sagte der schäbig gekleidete Mann. Er kam eindeutig vom Festland, denn sein Kantonesisch war miserabel.

Der Hemdsärmelige blaffte etwas, das der Schäbige nicht verstand. Dann folgte das chinesische Handzeichen für sechs (Daumen und kleiner Finger bei geschlossener Hand so weit wie möglich auseinandergespreizt).

»Ah ..., hier sechster Stock!« Der Schäbige hatte verstanden. »Entschuldigen Sie.«

Die Tür fiel ins Schloß, und der Suchende rief den Fahrstuhl. Während er auf ihn wartete, prägte er sich ein, wo auf diesem Gang die beiden Überwachungskameras hingen. Dann, mit gespieltem Ärger, daß der Lift ihn so lange warten ließ, ging er durch eine Tür daneben, von der er zu Recht annahm, daß sie ins Treppenhaus führte.

Golden Dawn Technology nahm fast die gesamte fünfte Etage ein. Wie ein Stockwerk höher geübt, sah sich Kommissar Wang auch hier mit törichtem Staunen um, wobei er besonders auf die Kameras und das Alarmsystem achtete. Bar jeder Orientierung, probierte er zunächst mehrere unbeschilderte Türen, bevor er die richtige fand und eintrat. Eine Frau, die offenbar gerade ihren Arbeitstag beenden wollte, blickte ihn ungnädig an.

»Was wollen Sie?« fragte sie.

»Sprechen Sie Hochchinesisch?«

»Hochchinesisch? Nee. Kommen Sie morgen wieder!«

»Was?«

»Morgen ... wiederkommen!«

»Kein Hochchinesisch?«

Die Frau kritzelte ihre Botschaft auf ein Stück Papier. Schriftzeichen sind immer die letzte Möglichkeit, die Hürden des Dialekts zu überwinden.

»Ach sooo, morgen! Mach ich doch! Wiedersehen!« Wang grinste idiotisch. Mit staunenden Augen sah er sich noch einmal in dem Büro um. »Sehr schön!« strahlte er, bevor er sich zurückzog. Wieder wartete er lange auf den Fahrstuhl, bevor er dann doch die Treppe nahm. Diesmal interessierte ihn das untere Ende des Treppenhauses. Gebäude dieser Art hatten meist mehr als einen Ausgang. Dieser führte auf einen Hinterhof. Wang schaute hinaus. Im Haus gegenüber, einige Stockwerke weiter oben, verrieten Küchendunst und erleuchtete Fenster eindeutig ein billiges Lokal.

Wang stellte fest, daß er Hunger hatte.

Er ging einmal um den Block, schätzte die Entfernung ab und hatte die Kneipe im Nu entdeckt. Er fand sogar einen freien Tisch mit Blick auf den Hof. Während er auf das Essen wartete, zeichnete er eine Lageskizze vom Büro der Firma Golden Dawn.

Das bestellte Gericht war alles andere als frisch. Wang konnte es nicht ausstehen, schlecht zu essen, aber er schlang die überlagerten, maschinell hergestellten Nudeln mannhaft hinunter. Der Hof war menschenleer. Die Zeit verstrich.

»Was Süßes?« fragte der Kellner.

Die Tortenstückchen in der Kühltruhe sahen nicht gerade abstoßend aus. Wang mußte an das köstliche Dessert im Gästehaus denken. Er bestellte gleich zwei Stückchen Torte und kaute daran, so lange er nur konnte. Der Kellner kam mit der Rechnung.

»Kaffee«, sagte Wang.

Eine Tasse schwarzer Brühe erschien. Sie schmeckte scheußlich, aber Wang nippte mutig daran. Eine zweite zu bestellen, brachte er nicht über sich. Da unten passierte sowieso nichts mehr. Und er wollte nicht auffallen, weil er sich hier zu lange herumdrückte. Also: austrinken, zahlen und gehen.

Plötzlich Scheinwerferlicht. Ein LKW rollte in den Hof.

Die Hintertür von Nummer 18 ging auf, und zwei Männer kamen heraus, die Wang bei Golden Dawn nicht gesehen hatte. Der Fahrer öffnete die Türen des Laderaums. Happy Rooster – Glücklicher Hahn – Lebensmittel, Guangzhou, China – stand darauf. Die Männer begannen Kisten auszuladen: Litschis in Dosen, wenn es stimmte, was darauf stand.

Wang mochte Litschis ausgesprochen gern, aber er hätte wohl Kisten mit Konservendosen nie so vorsichtig behandelt, wie es die Männer dort unten taten. Und sich dabei auch nicht so angestrengt: Was die Schachteln auch enthielten, es mußte schwerer sein als Dosen mit diesen süßen Früchten. Wie viele CDs konnte man wohl in ein so großes Behältnis packen …?

Der Kellner kam mit der Rechnung, die Wang verlangt hatte.

»Morgen Litschis?« witzelte Wang und zeigte auf den Lastwagen. Als der Blick des Kellners darauf fiel, schüttelte er heftig den Kopf. Darüber werde ich gerade mit dir reden! sagte die Geste. Es war die eindeutige Sprache von Angst und Selbsterhaltung, die man überall auf der Erde versteht.

»Du hast es schon einmal versucht, und das Gespräch wurde umgeleitet?« fragte Wang.

»Genauso war es«, antwortete Rosina.

»So läuft das also hier.«

»Es war vor allem die Überraschung. Ich dachte, ich höre deine Stimme, als abgehoben wurde, und dann war es ein Nachtpförtner.«

»Tut mir leid …«, meinte Wang, unsicher, was er darauf sagen sollte. Rosina klang vorwurfsvoll, aber er war sich keiner Schuld bewußt. Für einen Moment schwiegen beide.

»Wie kommst du voran?« erkundigte sich Rosina.

»Gut. Allerdings ziemlich langsam. Es sieht so aus, als hätte das Mordopfer sich mit den Triaden eingelassen …«

»Mit den Triaden?«

»Ja.«

»Du tust doch nichts Unüberlegtes, hoffe ich?«

»Nein«, versicherte Wang.

»Denk daran, daß du dort ein Außenseiter bist«, fuhr Rosina fort. »Du hast nicht die Staatsmacht hinter dir.«

»Ich dachte immer, du findest die Staatsmacht nicht so toll.«

»Wenn sie auf dich aufpaßt?«

Wang mußte lächeln. Er wollte ihr etwas Nettes sagen, aber ihm fiel nichts ein. »Ich kann schon selber auf mich aufpassen«, sagte er schließlich.

Am nächsten Morgen gelang es Wang und Detective Inspector Ooi endlich, Dolmetscher Hu für ein kurzes Gespräch zu bekommen.

»Ich habe die Story von Frau Yip für Sie überprüft«, teilte der Hongkonger Kollege Wang mit. »Wir haben ihren Freund befragt, und er hat ihr Alibi bestätigt. Aber er hat auch gesagt, er sei nicht mehr mit ihr zusammen.«

»Interessant«, bemerkte Wang.

»Sie ist also zu haben, wenn Sie sie wollen. Wenn ich auswärts wäre, würde ich mir so eine Gelegenheit nicht entgehen lassen.«

Wang schüttelte den Kopf.

»Sie sind doch scharf auf sie«, grinste Ooi.

Noch einmal Kopfschütteln.

»Na, Sie müssen's ja wissen«, meinte Ooi und schob etwas auf kantonesisch nach, das Wang nicht verstand.

Nun kamen sie auf Veronica Chow zu sprechen. Ooi hatte herausgefunden, daß sie sehr zurückgezogen lebte. Die Mädchen im Klub wollten nichts mit ihr zu tun haben, und auch die Bootsbewohner mieden sie. Zwar hatten alle die Geräusche auf ihrem Boot gehört, aber wozu sich einmischen?

»Die wäre durchaus in der Lage, einen umzubringen«, erklärte Ooi. »Wir bleiben an ihr dran und werden die Wahrheit schon noch aus ihr herauskriegen, warten Sie's ab.«

Wenn es denn die Wahrheit ist, dachte Wang bei sich. Er

hatte Ooi noch nicht gesagt, was er herausgefunden hatte, und war sich auch nicht sicher, ob er das wollte. Sicher war es gut, wenn die Hongkonger Polizei ihm half, gewisse Spuren zu verfolgen, aber wollte sie das überhaupt? Ooi schien überzeugt, er sei ein absoluter Hohlkopf. Und die Blamage, wenn er bei Golden Dawn nichts fand?

»Ich komm' überall rein«, behauptete Norton Ho. »Ich brauche dafür nur etwas Zeit.«

Wang sagte dem jungen Mann alles, was er über Golden Dawn wußte. Dann setzte er sich in eine Ecke und sah zu, wie der Computerfreak versuchte, in das Netzwerk der Firma einzudringen. Zunächst schien ihm das auch zu gelingen. Die Tastatur klapperte, die Maus klickte, die hagere Gestalt, die gekrümmt vor dem Monitor saß, stieß zufriedene Laute aus. Aber nach einer Weile kamen aus dem Computer nur noch Pieptöne. Norton lehnte sich zurück, starrte in die Luft und ließ einen Kugelschreiber zwischen den Fingern kreisen. »Diese Bastarde«, stieß er schließlich hervor.

»Haben Sie ein Problem?«

»Die haben sich sehr gut abgesichert.«

»War das bei dem Geschäft nicht zu erwarten?«

»Es gibt solche und solche Sicherheitssysteme. Das da scheint vom Feinsten zu sein.« Der junge Hacker wirkte niedergeschlagen. »Sorry«, sagte er schließlich.

»Macht nichts. Ich wollte nur sehen, ob man bei denen vielleicht durch die Hintertür einsteigen kann. Offenbar gibt es keine. Muß ich also von vorn kommen. Stehen eigentlich Firmenverzeichnisse im Internet?«

Norton schaute ihn an, als hätte er gefragt, ob Autos Räder haben.

»Ich will wissen, welche anderen Firmen in dem Gebäude sitzen«, fuhr Wang fort. »Und die Namen der Chefs. Dazu die wichtigsten Kunden und Lieferanten. Kriegen Sie das raus?« Norton konnte schon wieder lachen.

»Sushi für Herrn Chong.«

»Hier hat keiner Sushi bestellt.«

»Mr. Ho sagt, Sushi liefern. Läßt grüßen.« Wang hielt dem Mann die Sushi hin, die er an einem Imbißstand um die Ecke gekauft hatte.

»Was für ein Mr. Ho?«

»Fujitsu.«

»Ach so. Kommen Sie rein.«

Wang tat, wie ihm geheißen.

Herr Chong von Multilec Computers, die im elften Stock von Nummer 18 saß, wurde herbeigeholt. Er war jung, trug eine mächtige Haartolle und dicke goldene Ringe an mehreren Fingern. Mißtrauisch blickt er dem Lieferanten entgegen.

»Das hat Ho noch nie gemacht«, sagte er. Sein ganzer Körper drückte Unglauben und Mißtrauen aus. Wang hielt ihm die Schachtel entgegen. Chong kräuselte die Nase, nahm das Geschenk aber an.

»Sie sprechen wohl nicht gut Kantonesisch?« fragte er auf hochchinesisch und probierte ein Stück.

»Nein. Ich aus Hubei.«

Von Chong folgte ein Wortschwall im Ortsdialekt. Wang konnte sich ungefähr denken, was er sagte. Mehrmals erkannte er das Wort »Übergabe« und einige anatomische Ausdrücke, die Norton ihm beigebracht hatte. Wang ließ alles über sich ergehen und wünschte sich nur, er hätte vorher auf die Sushi gepißt. Innerlich aber freute er sich, daß seine kleine List funktionierte. Sein Vergnügen wäre sicherlich gedämpft worden, hätte er verstanden, daß Chong seinen Kollegen gerade beauftragte, das blöde Arschloch an die Luft zu setzen. Dann wäre er erleichtert gewesen zu hören, daß jener erwiderte, er habe zu tun und der Holzkopf von Kommunist sollte sich doch selber seinen Weg suchen.

»Dann eben nicht. Jetzt raus mit dir!« schnauzte Chong.

Mit einem törichten Grinsen zog sich Wang zurück und

fuhr mit dem Lift zum Parterre hinunter. Von dort stieg er über die Treppe wieder zum fünften Stock hinauf. Wenn er ins Büro von Golden Dawn wollte, mußte er an einer der Kameras vorbei. Devise: So tun, als ob du mit vollem Recht hier bist. Drei Schritte zur Tür, Verwunderung, daß das Schloß nicht sofort aufgeht, wonach es mit dem Rücken zur Kamera geknackt wird. Dann die Tür aufstoßen und festen Schrittes hineingehen. Wenn eine Alarmanlage losgeht, nichts wie weg. Wenn nicht, einige Minuten warten, ob nicht woanders die Alarmglocken läuten. Nach einem Versteck Ausschau halten und etwas greifen, falls Gangster auftauchen. Wenn es Polizisten sind, den Ausweis zücken und behaupten, das sei ein Auftrag von oben …

Wang schritt zur Tür. Er konnte das Auge der Kamera förmlich auf seiner Haut spüren. Aber das Schloß ging ganz leicht auf, und eine Alarmanlage schrillte auch nicht. Im Büro duckte sich der Kommissar hinter einen Schreibtisch und wartete eine Weile ab. Nichts geschah.

Er trat an den erstbesten Schreibtisch und blätterte die aufgestapelten Papiere durch. Lieferantenrechnungen. Golden Dawn hatte keine hohe Zahlungsmoral. Die Forderungen lagen Monate zurück. An einigen hingen wütende Briefe. Wang las ein paar durch, fand jedoch nichts Besonderes darin. Auf dem nächsten Schreibtisch wieder Rechnungen, aber solche der Firma. Golden Dawn kaufte offenbar Rechner und Zubehör und stellte daraus Systeme für seine Kunden zusammen. Software kam hinzu, für die die Firma ihren Kunden Tausende von Dollars abknöpfte. Wang hatte bisher allerdings keine einzige Rechnung gefunden, die darauf hinwies, daß Golden Dawn irgendwo Software eingekauft hatte.

Eine Person, der Chef, wie Wang annahm, hatte ein Büro für sich. Das Schloß stellte kein Problem dar. Drinnen ein sorgfältig aufgeräumter, fast leerer Schreibtisch. Eine Lampe, ein Namensschild, ein Computer, ein Mousepad und ein Karteikasten halb voll Namen und Adressen. Wang blätterte sie durch, aber keine sagte ihm etwas. Zhang Fei oder ein anderer Beamter vom Festland war nicht darunter, auch keine der Firmen, an die sich Wang aus der Liste der Zollbehörde erinnerte. Trotzdem schrieb er sich alle Namen ab. Dann durchsuchte er die Schubkästen im Schreibtisch des Chefs: Broschüren, Projektentwürfe, Finanzen, Porno- und Kongfu-Magazine. Zuletzt ein Blick auf den Computer. Norton hätte ihn sicher geknackt, aber Wang wußte nicht, wie er das anstellen sollte.

Zurück ins Hauptbüro. Auch die Durchsicht einiger weiterer Schreibtische brachte nichts von Interesse.

Wang schaute auf die Uhr, schüttelte ärgerlich den Kopf und ging zurück zur Tür. Hochaufgerichtet trat er heraus und lief so selbstverständlich, als tue er das jeden Tag, durchs Gesichtsfeld der Kamera.

Hinauf zum sechsten Stock. Wang nahm, wie bereits geübt, die Treppe. Er ging über den Gang und probierte die Klinken der Räume, die keine Schilder trugen. Der erste war leer, nur ein paar Bänke und Teetassen standen darin. Der zweite sah genauso aus.

Wang schaute auf die Uhr. Ein wenig Zeit blieb ihm noch.

Ein weiterer leerer Raum und dann ein vierter. Wofür wurden die wohl genutzt? Bürofläche war teuer in Shamshuipo.

Dann endlich stieß er auf sie. Auf die Kisten, deren Ausladen er beobachtet hatte. Litschis, Marke »Glücklicher Hahn« aus Guangzhou in China.

Wang überlegte einen Augenblick, ob er sich jetzt zurückziehen und die Firma so rasch wie möglich offiziell durchsuchen lassen sollte. Das war ganz sicher angebracht. Aber dann siegte die Neugier. Wenn die Hongkonger Polizei nun zu langsam war? Schon zerrte er am Klebeband einer der Kisten, während ihm sein Kopf sagte, er sollte es lieber lassen.

Das Spiel nicht aus der Hand geben.

Er zerrte weiter. Raubkopien von Software, Tausende Dollars wert, in einem Raum gelagert, den sich Zhang Fei besonders notiert hatte!

Das letzte Stück Klebeband gab nach. Es ging ganz glatt ab, so daß er das Band hinterher wieder aufkleben konnte. Wang öffnete den Deckel und griff hinein.

Dosen.

Er nahm eine heraus.

Litschis, stand darauf.

Er schüttelte die Dose, vielleicht war ja Schmuggelware darin. Drogen? Es gluckerte, wie eingemachte Früchte eben gluckern.

Litschis, Marke »Glückloser Kommissar«?

Siebentes Kapitel

»Ich habe mehrere Kisten getestet, aber drin war nichts als harmloses Zeug«, erklärte Wang enttäuscht. »Noch eine Dose gefällig? Einige mußte ich schon mitgehen lassen. Um sicher zu sein.«

»Die schmecken toll«, lobte Norton. »Warum haben Sie nicht gleich einen ganzen Karton mitgenommen?«

Wang mußte lachen, und gemeinsam löffelten sie die Litschis aus.

»Wenn Golden Dawn eine unbedeutende Firma ist, die die Raubkopien nur weiter verhökert, warum haben sie ihre Computer dann so abgesichert?« fragte Wang und warf die letzte leere Büchse in den Papierkorb.

»Es gibt hier jede Menge Wirtschaftsspionage«, meinte Norton. »Von den Hackern mal ganz abgesehen, die sich nur so aus Spaß einklicken. Und ganz sauber ist Golden Dawn doch auch nicht, oder?«

»Das nicht ...«

»Sie sind dran, *Lao* Wang ...«

Bei *1997* wurde der Kommissar immer besser, wenn er auch meistens noch verlor. Diesmal hatte er sich bereits bis zum 4. September 1998 halten können. Die chinesische Kriegsmarine zog Schiffe im Südchinesischen Meer zusammen. Vietnam und die Philippinen protestierten vor der UNO. Der Hongkonger Aktienindex Hang Seng sackte um 400 Punkte ab. Die Studenten der Polytechnischen Universität gründeten ein Komitee »Keinen Krieg auf den Spratly-Inseln«. Peking bestand darauf, dieses sofort wieder aufzulösen – »mit allen Mitteln«. Der Legislativrat faßte einen Beschluß zur Unterstützung der Studenten ...

»Ihre Zeit läuft ab«, warnte Norton. »Noch eine halbe

Minute, und der Computer wählt eine Option für Sie. Meistens führt er einfach die Pekinger Befehle aus.«

Wang schüttelte den Kopf. »Mit allen Mitteln ...?« Und wenn er wieder verlor, er blieb bei seinen Grundsätzen. Man mußte Peking zu etwas anderem raten, auch wenn es unmöglich schien. Es mit Unterstützung für seine Gebietsforderungen beschwichtigen. Vielleicht sollte man hohe Geschäftsleute zusammenrufen, um den Hang Seng wieder ins Lot zu bringen? Letztes Mal hatte das nicht funktioniert, aber irgend etwas mußte er tun. Egal, er versuchte es einfach noch einmal.

»Gute Entscheidung«, bestätigte Norton. »Und was mach' ich jetzt?«

Während der junge Mann noch über seine Entscheidung als virtueller Chef einer Verwaltung von sechs Millionen virtuellen Menschen nachgrübelte, holte Wang die Ausdrucke hervor und überflog sie noch einmal.

Zwei weitere Firmen waren auf Zhang Feis Liste und auf der der Zollverwaltung aufgetaucht. Deren Computerabsicherung war nicht besonders gut, und Norton hatte in ihre Systeme eindringen können. Stundenlang hatten er und Wang in deren Rechnungen, Terminkalendern und Adreßdateien herumgewühlt. Etwas Faßbares hatten sie nicht gefunden. Entweder mußte man noch tiefer graben, oder Zhang Feis Kontakt mit ihnen war eher zufällig gewesen.

»Sie sind wieder dran«, kam es von Norton. »11. September. Ein chinesischer Zerstörer hat ein Schiff der vietnamesischen Küstenwache versenkt. Die Studentendemonstrationen geraten außer Kontrolle. Krawalle und Plünderungen in Mongkok ... Die Krise strebt jetzt wohl ihrem Höhepunkt zu.«

Der Kommissar schüttelte den Kopf. Die virtuelle Krise vielleicht, aber das Rätsel um Zhang Fei ...

Wang lag auf seinem Bett und fand keinen Schlaf. Konnte man sich an diese Hitze und Schwüle überhaupt gewöhnen? Sie war wie ein Geschöpf, das über ihn hinkroch, jede Bewegung lähmte und ihn mit tausend kleinen Nadelstichen quälte. Dabei wanderte sein Geist ruhelos von Golden Dawn über die Triaden nach Stanley und von dort wieder in einen flachen Schlummer: Plötzlich aß er aus einer Büchse CDs, die nach Litschis schmeckten ... Dann war er bei Rosina. Wüste erotische Träume zogen vorüber – die Nacht und die mörderische Hitze hatten längst jedes Zartgefühl vertrieben. Eine unvermittelte, starke Begier war das einzig Reale in dieser verschwimmenden Welt voller Trugbilder und lähmender Feuchtigkeit.

In Maos China, der Welt, in der Wang aufgewachsen war, hatte Masturbation als dekadent und bürgerlich gegolten. Der Mann hatte seine Kraft für den Aufbau des Sozialismus zu bewahren. Wang war diese Propaganda immer ziemlich gleichgültig gewesen, aber er fand solche Praktiken irgendwie unmännlich. Sollte er Bauhinia anrufen und offen sagen, was er wollte? Keine Nähe, kein Gefühl, nur einen animalischen Akt, weil er in einer Zwangslage steckte?

Damit jedoch würde er ein Versprechen brechen, das er vor vier Jahren in einem winzigen Pekinger Standesamt gegeben hatte: im europäischen Anzug, mit rotem Schlips und roter Nelke, Rosina in einem atemberaubenden roten Kleid, das sie sich für diese Gelegenheit gekauft hatte. Rot – die Farbe des Glücks! Die Westler trugen Weiß zur Hochzeit, was ganz bestimmt Unglück brachte: In der Farbe des Todes die Ehe schließen?! Wang schüttelte heftig den Kopf, griff nach dem Buch auf dem Nachtschränkchen, las einige Zeilen, ließ sich dann wieder zurücksinken und starrte zur Decke.

Diese verdammte Ermittlung ... Er hatte die Liste mit den Namen von Golden Dawn Luard gezeigt. Dem Triadenfachmann sagte keine dieser Firmen etwas. Auch die Idee mit den Geburtstagen brachte ihn nicht weiter. Veronica Chow hatte den 1. Juli angegeben, und von den ermittelten Verwandten Zhang Feis hatte niemand Grund, sich auf den 18. Juni oder den 17. Februar zu freuen. Die Zahlen mußten etwas anderes bedeuten.

Da läutete das Telefon.

Bauhinia? Wang war nicht sicher, ob er der sanften Stimme diesmal würde widerstehen können. Aber er rollte sich aus dem Bett, quälte sich hoch und tappte wankend in Richtung des schrillenden Apparates.

»*Xiao* Wang!«

»Hallo, Gruppenleiter.«

»Entschuldigen Sie, daß ich so spät anrufe. Ich muß mit Ihnen reden.«

»Schießen Sie los.«

»Ich meine, hier, in Stanley. Paßt es Ihnen morgen abend, 18.30 Uhr? Selbstverständlich bleiben Sie dann gleich zum Essen.«

»Natürlich paßt es mir«, gab Wang überrascht zurück.

Das Taxi hielt vor dem Tor des Gästehauses. Wang zahlte und legte ein Trinkgeld drauf. Er hatte ein schlechtes Gewissen. Der Fahrer war freundlich gewesen und wollte sein Hochchinesisch üben. Wang hatte nur einsilbige Antworten gegeben, denn mit seinen Gedanken war er bereits bei dem bevorstehenden Gespräch.

»Ausweis!« schnarrte der Posten kurz und abgehackt. »Warten Sie hier, bis Chen Runfa Sie abholen kommt.«

»Können Sie ihn nicht anrufen?«

»Nein.«

Schweigen.

»Zigarette?« fragte Wang.

»Nein, danke. Die Partei sagt, Rauchen ist eine schlechte Angewohnheit, die der Gesundheit schadet und das Zusammensein stört.«

Wang zückte eine »Panda« und wollte sie sich gerade anzünden, als Gruppenleiter Chen auftauchte.

»Xiao Wang! Kommen Sie herein. Sie hätten doch gleich bis zum Hauptgebäude gehen können!«

Im Haus führte Chen seinen Gast in einen kleinen Raum, wo Wang noch nicht gewesen war. An den Wänden die traditionellen chinesischen Landschaften in Wasserfarben, eine Emaillevase auf einem Tischchen und auf dem Boden ein weicher Teppich aus Tianjin.

»Nehmen Sie Platz.« Eine Bedienung tauchte auf, und Chen bestellte Tee.

»Oder möchten Sie lieber ein Bier?«

Wang schüttelte den Kopf. »Tee wäre gut.« Er wollte einen klaren Kopf behalten.

»Wie gefällt es Ihnen in Hongkong?«

»Also …«

»Viel Zerstreuung, nicht wahr?«

»Ich ermittle hier in einem Mordfall.«

»Natürlich. Aber es geht doch sehr gut vorwärts. Sekretär Fang und ich sind fast sicher, worum es sich hier handelt.«

»So?«

»Um eine Verschwörung. Der Briten.«

»Ach, ja …?«

»Sie versuchen die Gemeinsame Erklärung zu sabotieren, seit wir sie 1984 unterzeichnet haben. Die Sache mit dem Legislativrat …«

»Und was hat Zhang Fei damit zu tun?«

»Zhang Fei war einer unserer fähigsten Männer. Sein Tod ist ein großer Verlust, und die schmutzigen Gerüchte, die sich darum ranken, sollen uns demütigen. Das Ganze ist ein großer Propagandacoup unserer Gegner, bedeutender noch, als wir zunächst angenommen haben.«

Wang nickte, war aber durchaus nicht überzeugt.

»Geschichte, *Xiao* Wang. Bedenken Sie die Geschichte.«

Wieder nickte Wang. Die Geschichte kannte er.

Die Briten waren nach China gekommen, um Handel zu treiben. Sie kauften Tee, Seide und Porzellan. Da sie nichts bieten konnten, was China dafür haben wollte, begannen sie Opium zu verkaufen. Die letzten Qing-Kaiser waren durch und durch dekadent. Sie taten nichts dagegen, bis es zu spät war und die Drogenhändler sich überall in China eingenistet hatten – in Hongkong, in Guangzhou, in Schanghai … Als China sich schließlich zur Wehr setzen wollte, schickten die Briten ihre Soldaten und Kanonenboote. Die Qing-Armee war korrupt und rückständig. China wurde besiegt und mußte Land abtreten. Das lockte weitere Imperialisten an – die Franzosen, die Deutschen und die Japaner. Wären sie nicht uneins gewesen und wäre nicht Mao gekommen, der China den Willen zum Widerstand gab, dann hätten sie es zerstückelt wie Afrika.

»Die schrecken vor nichts zurück«, faßte Chen zusammen.

»Bestimmt nicht«, pflichtete Wang ihm bei. »Aber ein Motiv ist noch kein Beweis.«

»Auf wessen Seite stehen Sie?« fuhr Chen ihn an.

»Auf unserer natürlich. Aber können Sie sich vorstellen, was wir für eine Figur abgeben, wenn sich Ihre Theorie als Seifenblase erweist? Wenn sie einfach nicht stimmt?«

»Fällt Ihnen was Besseres ein?«

Wang seufzte tief auf. Chen legte ihm die Hand auf den Arm.

»Essen Sie mit uns zu Abend, *Xiao* Wang. Dann nehmen Sie sich ein paar Tage frei. Entspannen Sie sich. Genießen Sie Hongkong. Sekretär Fang und ich haben alles unter Kontrolle.«

»Es ist nicht sehr amüsant, wenn man allein hier ist«, antwortete Wang.

»Hm. Ich bin sicher, die nötige Gesellschaft wird sich finden.«

»Mir steht der Sinn nur nach einer bestimmten.«

»Bürgerliche Gefühlsduselei«, erklärte Chen kategorisch. »Wir haben unser eigenes Budget für diesen Fall.«

»Sie stimmen also unserer Theorie nicht zu?« fragte Sekretär Fang.

»Ich weiß nicht«, erwiderte Wang zögernd. »Sie haben

keinen Beweis, und ohne den kann ich mich nicht festlegen.«

»Keinen Beweis? Und was ist mit dem Motiv?«

»Das allein reicht nicht aus.«

»Aha. Sie fragen nach Mittel und Gelegenheit. Ich verstehe durchaus etwas von Ermittlungsarbeit. Ich bin sicher, der britische Geheimdienst hatte beides. Denken Sie an die Prostituierte. Sie könnte eine Agentin sein ...«

Das Gespräch trieb nun in ziellose, laienhafte Spekulation ab. Da Wang sich darauf nicht einlassen wollte, konzentrierte er sich auf das hervorragend zubereitete Huhn und goß sich Maotai ein. »Auf ...«, setzte er an, »unseren Erfolg!«

»Darauf haben wir schon getrunken«, bemerkte Chen. »Auf weitere Erfolge!«

Sekretär Fang schüttelte den Kopf. »Nein, da weiß ich etwas Besseres. Auf Büroleiter Rong. Auf seine Beförderung!«

Rong lächelte verlegen. Alle tranken.

»Leiten Sie jetzt ein anderes Büro oder das bisherige?« fragte Wang.

»Sein bisheriges, für Verkehrswesen, sein Spezialgebiet«, erklärte Sekretär Fang. »Dort bläst ein scharfer Wind, nicht wahr, *Xiao* Rong?«

Der frischgebackene Büroleiter lächelte wieder und blickte noch verlegener drein.

Das Essen war noch üppiger als beim letzten Mal gewesen. Wang brauchte dringend Luft und Bewegung.

»Sie wollen schon gehen?« fragte Sekretär Fang enttäuscht.

»Nein. Nur ein paar Schritte, der Verdauung wegen.«

»Die Verdauung funktioniert am besten, wenn man sich entspannt, nicht, wenn man sich anstrengt.«

»Ich werde langsam gehen.«

»Sie müssen aber unbedingt noch auf einen Likör zurückkommen.«

»Ganz bestimmt«, versprach Wang. Chinesische Liköre aus frischen Früchten sind unvergleichlich gut.

Erst als er vor die Tür trat, wurde ihm klar, daß es draußen noch drückender war als drinnen. Aber wenigstens brauchte er seine Gefühle jetzt nicht mehr zu verbergen. Diese Verschwörungstheorie war einfach absurd. Er hätte es Fang und Chen in Anwesenheit von Frau Wu, dem schweigsamen Dr. Ba und dem beförderten Büroleiter Rong laut ins Gesicht sagen müssen:

»Ihre Idee ist blanker Unsinn, und das wissen Sie auch!«

Er nahm eine Zigarette aus der Packung und klickte mit dem Feuerzeug. Sofort ging es ihm besser. Wer konnte diesen Leuten ihre Idee ausreden? Mit jedem Zug wurde er ruhiger, die Sorgen fielen von ihm ab, und er sah, wie schön der Abend war: Das letzte Blau, Rot und Gold des Tages versank hinter der gezackten Silhouette eines fernen Kaps. Überall zirpten Zikaden. Der Ton, den sie erzeugten, indem sie endlos ihre Beine aneinanderrieben, erinnerte Wang immer an den Süden. Und an Krieg. Als junger Mann hatte er an Chinas Grenze zu Vietnam gekämpft. Er war ein guter Zugführer gewesen. Er hatte sich um seine Männer gekümmert, aber immer geglaubt, wenn sie alle ehrenvoll ihr Leben ließen, wäre das in Ordnung. Dann hatte es zwei seiner Besten getroffen. Wan fiel, und Yi war fürs Leben ein Krüppel. Es hatte lange gedauert, bis Wang wieder Truppen im Einsatz sah, diesmal als Zuschauer im Juni 1989 …

»Ihren Ausweis, bitte.«

Wang zuckte zusammen. Der angeborene Respekt vor der Obrigkeit wirkte, den einer niemals ganz ablegte, der die Mao-Zeit erlebt hatte. Aber er fing sich sofort wieder und schaute dem Posten voll ins Gesicht. »Ich gehe nicht hinaus«, gab er zurück. »Was wollen Sie von mir?«

Der lenkte sofort ein. »Nichts, nichts. Entschuldigung.«

Beim trüben Lampenlicht schaute sich Wang den Mann genauer an. Nein, das war nicht der, der ihn vorhin so grob behandelt hatte. Er bedauerte seine scharfe Reaktion. Aufbrausen zeugt von schlechtem Benehmen, bringt Gesichtsverlust für alle ringsum. »Ich mache nur einen kleinen Spaziergang«, erklärte er und fügte dann freundlich hinzu: »Das Essen hier ist zu gut.«

»Wir essen getrennt von den Gästen.«

»Ist Ihr Essen schlecht?«

»Es geht.«

Das sollte sicher nein bedeuten, aber Wang interessierte das Thema nicht mehr, denn der Akzent des Mannes fiel ihm auf. »Sie sind aus Shandong, nicht wahr?«

»Das stimmt.«

»Ich auch.«

»Sie ...? Bei Ihnen hört man es gar nicht.«

Wang mußte lachen. »Zu lange von zu Hause weg. Woher sind Sie genau?«

»Aus Jinan.«

»Ah, ein Städter. Ich komme aus den Bergen. Aus Nanping. Das kennen Sie bestimmt nicht. Ein kleines Dorf im Kreis Wentai.«

Der Posten nickte. Er hatte einen Cousin in der Gegend. Die beiden begannen von ihrer Heimat zu schwärmen – dem guten Shandonger Essen, der Lebensweise, der Landschaft, dem Shandonger Bier, dem Humor und den Shandonger Frauen. Wang bot dem Mann eine Zigarette an. Der nahm sie und lud den Kommissar seinerseits in das Pförtnerhäuschen ein. Als Wang sich dort setzte, vermerkte er bereits für sich, wie es ausgestattet war. Es hatte Kabelfernsehen und einen großen stählernen Waffenschrank.

»Was haben Sie während Ihres Dienstes zu tun?«

Bald kannte Wang auch die Sicherheitsvorkehrungen.

»Wenn ich das Gelände verlassen hätte, als Sie mich angehalten haben, hätte ich mich dann austragen müssen?«

»Unbedingt.«

»Aber ich bin schon früher hier gewesen, und das hat noch keiner von mir verlangt.«

»Wahrscheinlich hat es Ihr Gastgeber für Sie getan. Wann waren Sie das letzte Mal hier?«

Wang nannte den Tag. Der Pförtner holte ein ledergebundenes Buch aus einer Schublade und blätterte darin. »Hier ist es. Chen Runfa hat für Sie unterschrieben.«

»Aha. Wie weit geht dieses Buch zurück?«

»Ziemlich weit.« Der Pförtner schlug die erste Seite auf. »Bis zum 4. September 1996.«

Wang fluchte innerlich. »Darf ich mal sehen?«

»Bitte.«

Er schlug den 17. Februar 1997 auf. Nichts.

Wo wohl das Buch davor war, das den 18. Juni 1996 enthielt? Aber Wang spürte, daß er nicht zu weit gehen durfte. Wenn es nötig wurde, konnte er immer noch danach fragen. Lieber jetzt nur blättern und einen Verbündeten gewinnen ... Zhang Fei schien das Gästehaus nicht häufiger verlassen zu haben als andere. Zumindest offiziell. Wenn er sich eingetragen hatte, dann meist in einer Gruppe und stets in Parteiangelegenheiten. Keine Überraschungen.

»Wie fanden Sie Zhang Fei?« fragte er.

»Er war sehr angesehen wegen seiner Tüchtigkeit.«

»Danach habe ich nicht gefragt.«

»Na, Sie wissen doch, wie man in Shandong Leute nennt, die denken, ihr Furz stinkt nicht.«

Wang nickte. Und blätterte weiter. Da fiel ihm etwas auf.

»Die hohen Herrschaften scheinen sich nicht oft auszutragen. Sekretär Fang zum Beispiel. Er verläßt das Gästehaus doch sicher oft, aber sein Name taucht hier überhaupt nicht auf.«

»Funktionäre oberhalb einer bestimmten Stufe brauchen nicht zu unterschreiben«, erklärte der Pförtner. »Nur, wenn sie wollen.«

Wang nickte wieder. Er las weiter bis zu dem Tag, an dem Zhang Fei verschwunden war. Wer war an jenem Abend draußen? fragte er sich. Zumindest offiziell.

Sekretär Fang hatte unterschrieben, was Wang mit Interesse feststellte. Gemeinsam mit zwei weiteren Funktionären hatte er an einer wichtigen Sitzung im Regierungsgebäude teilgenommen. Noch jemand? Einer namens Qi war im Kino gewesen. Und der stellvertretende Büroleiter Rong – jetzt Büroleiter – hatte sich ebenfalls ausgetragen. Grund: »Freizeit«. Ziel: Ein Karaoke-Club. In Kowloon.

Achtes Kapitel

»Singen muß ich ja vielleicht nicht«, sagte sich Wang, als er in sein Jackett schlüpfte. »Dazu können sie mich nicht zwingen, oder?«

Er schaute in den Spiegel und rückte sich den Schlips zurecht. Bestimmt zogen sich die Leute, die solche Etablissements aufsuchten, schick an. Japaner sahen immer schick aus. Der Karaoke-Club war sicher voll von ihnen. Und auch die Preise waren zweifellos japanisch. Wang warf einen Blick in seine Brieftasche und zuckte die Schultern. Doch ihm fiel kein anderer Weg ein, Bürochef Rongs Alibi nachzuprüfen.

Der Club lag in einer Querstraße, die von der Nathan Road abging. Mit grünen Neonleuchten waren die Schriftzeichen *ka la* und dann die lateinischen Buchstaben *OK* abgebildet – die rührende chinesische Version des japanischen *Karaoke*. Der Türsteher fixierte Wang von oben bis unten, bevor er ihn eine schmale Treppe hinaufsteigen hieß. Am Eingang knöpfte man ihm hundert Dollar ab. Die Kassiererin mit einem geschminkten Puppengesicht und langem, glattem Haar nahm den Schein lächelnd entgegen und sagte etwas auf kantonesisch.

»Sie sind vom Festland?« fügte sie dann auf hochchinesisch hinzu, als Wang nicht reagierte.

»Ja«, antwortete er zögernd.

»Wir haben viele Gäste aus China. Sie sind uns besonders willkommen.« Wieder das bezaubernde Lächeln. Wang konnte sich vorstellen, wie man die britischen Kolonialherren hier behandelt hatte, bevor das Jahr 1997 heraufzog. Freundlichkeit aus Eigennutz. »Treten Sie ein. Unser Barmann Alfred spricht ausgezeichnet Hochchinesisch.«

Der Club war auf merkwürdige Weise gemütlich und protzig zugleich. Er war kleiner, als Wang erwartet hatte, höchstens fünfzehn Meter lang und noch fast leer. Der Mann, der sicher Alfred hieß, putzte Gläser hinter einem Tresen nahe beim Eingang. In der Tiefe des Raumes sah man einen großen Bildschirm und zwei Lautsprechersäulen. Längs der Wände standen mit geblümtem Plüsch bezogene Sitzbänke hinter winzigen Marmortischchen. Im vorderen Teil ein Teppich in Rot und Gold, im hinteren eine glänzende Tanzfläche. Wang schlenderte zur Bar hinüber und sprach Alfred an.

»Guten Abend.«

»Guten Abend, Sir.« Er beherrschte sogar den Pekinger Akzent.

»Was kostet ein Bier bei Ihnen?«

Alfred gab Auskunft. Im ersten Moment dachte Wang, das Hochchinesisch des Barmanns sei doch nicht so gut. Aber ein Bier kostete hier offenbar wirklich so viel, ging es ihm dann durch den Kopf.

»Sie haben viele Gäste vom Festland?« fragte Wang.

»O ja. Wir sind stolz, Chinesen zu sein.«

Wang konnte sich ein Lächeln nicht verkneifen.

»Es wird bald voller werden«, meinte Alfred und schob Wang das Bier hin. »Haben Sie einen Lieblingssänger?«

»Ich höre nur gern Musik. Ich bin auf Empfehlung eines Freundes hier. Rong Dongfeng.«

Auf den Namen reagierte Alfred nicht.

»So ein kleiner. Arbeitet für die Nachrichtenagentur Xinhua.« Wang zog ein Foto von Rong aus der Tasche und zeigte es dem Barmann, der ihn verwundert ansah, dann aber den Kopf schüttelte.

»Es sind jeden Abend so viele Leute hier ...«, sagte er entschuldigend. »Soll ich etwas Musik für Sie auflegen?«

»Ja!« erwiderte Wang und tat begeistert. »Warum nicht?«

In dem Augenblick, als die Musik einsetzte, wußte Wang, warum er sie besser hätte ablehnen sollen, aber es war zu spät. Er setzte sich an einen Tisch und begann mit den Cocktailspießen aus Plastik zu spielen, die in einem imitierten Kristallbecher vor ihm standen. Sie waren unterschiedlich gefärbt, aber Blau und Rot schienen zu dominieren. Waren es nun mehr blaue oder mehr rote? Wenn die roten in der Mehrzahl waren, wollte er noch eine halbe Stunde bleiben und abwarten, was geschah, waren es mehr blaue, wollte er aufstehen und sofort gehen. Er zählte noch, als die Tür aufsprang und eine Gruppe Männer in Hemdsärmeln hereinströmte. Sie ließen sich sofort an der Bar nieder und bestellten Sekt. Wang, der ihnen genau gegenüber saß, ignorierten sie zunächst. Dann rief ihm einer etwas auf kantonesisch zu.

»Ich verstehe nicht ...«, stammelte Wang.

»Ach, Sie sind aus dem Norden!« sagte ein anderer auf hochchinesisch.

»Ein Genosse!« meinte ein Dritter, und alle lachten.

»Ich muß mich für meinen Freund entschuldigen«, sagte der erste. »Er ist ein Dummkopf. Nehmen Sie einen Drink mit uns.«

Wang war von dieser Aussicht gar nicht begeistert, aber abzulehnen wäre unhöflich gewesen. »Danke«, sagte er statt dessen. Man reichte ihm ein Glas Sekt und brachte einen Toast aus.

»Auf den 1. Juli 1997!«

»Auf den 1. Juli 1997!« rief ein zweiter. »Ich habe keine Angst davor. Es wird gute Geschäfte geben! Wenn mich die Leute fragen: ›Was kommt nach 1997?‹, dann sage ich immer: ›1998!‹ Prost!«

Wang nahm einen Schluck.

»Also, wer singt als erster?«

Im Club war es jetzt voll und eng. Die meisten von Wangs neuen Bekannten hatten bereits vor dem Bildschirm gestanden und zum Video ihres Lieblingsliedes gesungen. Wer den Text nicht beherrschte, konnte ihn von den Untertiteln ablesen. Im Moment hatte sich eine Gruppe japanischer Banker um das Mikrofon geschart, und Wang hoffte, das würde so bleiben, bis er sich unbemerkt absetzen konnte.

»I did it … my way«, sang gerade einer voller Inbrunst. Der letzte Ton ging daneben, aber seine Kollegen klatschten begeistert Beifall.

»Haben Sie sich jetzt für einen Titel entschieden?« fragte Wangs Nachbar. Er war Teilhaber einer Spielzeugfabrik im chinesischen Sonderverwaltungsgebiet Shenzhen. Nach einem Prospekt, den er Wang stolz gezeigt hatte, war sein wichtigstes Produkt ein sprechendes Huhn.

Wang schüttelte den Kopf. »Die kenne ich alle nicht.« Die Titel mit hochchinesischem Text kamen offenbar sämtlich aus Taiwan.

»Na, einen werden Sie doch kennen.«

»Nein, wirklich nicht.«

»Auch nicht ›Meine Liebe ist so fern von mir‹?«

»Das habe ich mal gehört, aber …«

»Also, das singen Sie jetzt! Schließlich geht es um die Ehre Ihres Landes! Wie wollen Sie hier regieren, wenn Sie sich nicht mal trauen, vor uns einen Schlager zu singen?«

»Singen ist da sicher weniger gefragt …«

»Das chinesische Volk ist aufgestanden, sagte schon Ihr Vorsitzender Mao«, kam es von dem Spielzeugfabrikanten. »Jetzt sind Sie an der Reihe!«

Nachdem ein weiterer japanischer Banker »My Way« gesungen hatte, wurde es still. Der widerstrebende Wang wurde förmlich zum Mikrofon geschleppt. Die Frau, die die Karaoke-Box bediente – entweder eine Schwester oder ein Klon der Kassiererin –, lächelte ihm aufmunternd zu.

»Meine Liebe ist so fern von mir«, sagte Wang. Sie suchte die CD heraus, legte sie ein und zeigte auf das Mikrofon. Der Bildschirm belebte sich: Ein junger Mann saß trübselig am Ufer eines Gewässers, das wie der Westsee in Hangzhou aussah. Musik erklang. Wang hatte keine Ahnung, wann er einsetzen mußte.

»Meine …«, kam es aus seinem Mund, aber das Vorspiel

war noch im Gange. Wang brach abrupt ab. Dann setzte der Sänger ein, und Wang wollte ihn einholen. Dabei sang er zu schnell und war der Begleitung bald ein Stück voraus. Der Text auf dem Bildschirm war schlecht zu lesen. In der Mitte des Songs, daran erinnerte er sich, wechselte die Tonart, aber er wußte nicht, wie er damit umgehen sollte. Dann mußte er feststellen, daß dieser Mittelteil aus einem anderen Schlager stammte. »Jede Nacht lieg ich wach in meiner Einsamkeit«, stammelte er tonlos die Zeilen auf dem Bildschirm nach – was für ein sentimentales Gewäsch! Als er glaubte, das Ganze beginne von vorn, erschien kein Text mehr auf dem Bildschirm. »Meine Liebe …«, setzte Wang laut ein, aber es war eine Orchesterstelle …

Schließlich schwand die Musik einfach dahin. Der junge Mann starrte immer noch in das Wasser des Westsees. Wang fragte sich, ob er sich wohl hineinstürzen wollte. Hatte Zhang Fei vielleicht doch Selbstmord begangen? Stürmischer Beifall brandete auf.

Diese Heuchler, dachte Wang. Aber so viel schlechter als die anderen war er wohl auch nicht gewesen.

»Sie erkennen ihn also nicht?«

Die Kassiererin schüttelte den Kopf. Sie blickte Wang mißtrauisch an. Warum zeigte der hier ein Foto herum und stellte Fragen?

Der Kommissar seufzte. »Mein alter Kumpel. Er fehlt mir so sehr!«

Ihr Blick wurde etwas sanfter, und sie hielt das Bild ins Licht, um es genauer zu betrachten.

»Nein«, sagte sie. »Aber die Beleuchtung ist hier so schlecht. Ich würde nicht mal die Hälfte unserer Gäste wiedererkennen. Tut mir leid. Ich hoffe, Sie finden ihn«, fügte sie hinzu.

»Büroleiter Rong? Bleiben Sie mir mit dem vom Hals!« erklärte Norton nachdrücklich.

»Sie kennen ihn also?«

»Na klar. Der hängt dauernd hier rum. Bildet sich ein, er kennt sich mit Computern aus. Etwas Ahnung hat er ja auch. Im Unterschied zu anderen hohen Tieren, die nicht mal wissen, wo man das Teil einschaltet.«

»Aber Sie mögen ihn nicht?«

»Den? Der ist aufgeblasen wie sonst was, läßt keine andere Meinung gelten. Niemand darf wissen, was er eigentlich treibt.«

»Vielleicht ist es geheim?«

Norton mußte grinsen. »Kein Stück. Ich hab' mich schon oft in seinen Rechner eingeloggt, wenn er dran saß. Einmal hat er mit einer Newsgroup gechattet. Dann hat er Summen nachgeprüft, die mit dem Bau des neuen Flughafens in Chek Lap Kok zu tun haben. Kosten-Nutzen-Analyse – so heißt das Ding. Klingt nicht sehr geheim.«

Wang nickte zustimmend. »Was ist eine Newsgroup?« Es war ihm peinlich, Norton solche Dinge zu fragen, aber in der traditionellen chinesischen Vorstellung, das Alter sei stets an Wissen überlegen, war nicht vorgesehen, daß sich die Technik so rasend schnell entwickelte.

»Eine Art Diskussionsforum im Internet. Es gibt Tausende davon. Zu allen Themen. Man gibt eins ein, jemand hat garantiert schon eine Newsgroup dafür eingerichtet, und ein anderer sagt einem, daß die eigenen Ideen dazu nur Müll sind. Redefreiheit nennt man das«, fügte der junge Mann hinzu.

»Erinnern Sie sich, worum es in Rongs Newsgroup ging?«

»Nein.« Norton überlegte. »Aber vielleicht hat er etwas davon heruntergeladen.« Er hämmerte eifrig auf seiner Tastatur. »Die meisten Internet-Freaks laden sich Zeug runter, auf das sie besonders abfahren. Bestimmt hat der ein Verzeichnis auf seiner Festplatte, wo er solche Sachen speichert.«

»Damit jeder sie lesen kann?«

Norton schüttelte den Kopf. »Ich hab' das System selber aufgebaut und darauf geachtet, daß die Verzeichnisse vor fremdem Zugriff sicher sind. Sekretär Fang hat sich wahnsinnig darüber aufgeregt, weil er immer alles kontrollieren will. Ich hab' behauptet, das wäre technisch unmöglich. Das stimmt natürlich nicht, aber ich will nicht, daß er überall herumschnüffeln kann. Redefreiheit heißt Gedankenfreiheit. Dafür aber braucht man eine Privatsphäre.«

»Sie klingen ja schon wie Ihr Freund aus Amerika!« stichelte Wang.

Norton lachte. »Der ist ein Spinner. Ich gehe einfach mit der Zeit!«

»Und für Sie bin ich bestimmt in der Xia-Dynastie stehengeblieben, nehme ich an ...«, bemerkte Wang aufgeräumt.

Norton reagierte nicht. Der Eifer hatte ihn gepackt. Unablässig klapperte die Tastatur.

»Und da haben wir's schon, *Lao* Wang«, verkündete er schließlich stolz. »Schauen Sie sich das an. Wie ich mir gedacht habe – seine Newsgroup. Seite um Seite. ›Lieber namenloser Funktionär, ich stimme mit dem überein, was Sie am 11. Januar geschrieben haben. Religiöser Glaube ist mit den Grundsätzen des dialektischen Materialismus unvereinbar. Eine Partei, die sich für marxistisch hält, darf keine Gläubigen in ihren Reihen dulden. Viel Glück bei Ihrer Kampagne! Wu Zhili, Nanning.‹«

»Was für eine Kampagne?« fragte Wang verwundert.

Norton klickte zum 24. Januar zurück. »›Lieber namenloser Funktionär, es tut gut zu hören, daß jemand auf die Grundlagen der wahren Ideologie zu sprechen kommt. Religiös Gebundene müssen entlarvt, aus der Partei ausgeschlossen und streng bestraft werden ...‹«

»Was für ein lächerliches Thema!« schimpfte Norton. »Wacht auf, Jungs, wir schreiben fast das Jahr 2000!«

Wang runzelte die Stirn. »Ist etwas vom 17. Februar dabei?« fragte er erregt.

Wieder klapperten die Tasten.

»Sieht nicht so aus«, sagte Norton.

Wang schüttelte den Kopf. Mit diesen verdammten Zahlen kam er einfach nicht weiter. »Hat Zhang Fei sich auch an solchen Internetdebatten beteiligt und das Zeug – wie sagen Sie? – heruntergeladen?«

»Das weiß ich nicht. Auf jeden Fall war er nicht so scharf auf Computer wie Rong. Schauen wir mal.«

Norton hämmerte erneut auf seine Tastatur ein. Der Bildschirm blieb leer. Der junge Mann blickte enttäuscht auf.

»Zhang Fei hat also das Internet gar nicht benutzt?« fragte Wang.

»Vielleicht, aber er hat nichts abgespeichert. Oder man hat es gelöscht.«

»Wer könnte so etwas tun? Außer ihm selber natürlich.«

»Ich zum Beispiel. Aber ich war's nicht. Auch der junge Chu dort drüben hätte so was drauf, aber ich glaube nicht, daß er in Frage kommt.«

»Könnte es Sekretär Fang getan haben?«

Norton schüttelte den Kopf.

»Und wenn sich jemand von außen eingeloggt hat?«

Norton schaute ihn beleidigt an. »Der müßte schon ziemlich clever sein. Der Beste.«

Wang saß allein in seinem Zimmer. Wieder einmal fertigte er eine Zeichnung an, wie er es bei kniffligen Fällen immer tat. Im Zentrum Zhang Fei, um den die Hauptfiguren kreisten. Sie waren jeweils durch Striche mit dem Toten verbunden. In eine Ecke hatte er die magischen Zahlen geschrieben: 18-6, 17-2. Er war sicher, sie hatten eine Bedeutung. Aber welche? Noch einmal nahm er sich jede Verbindung einzeln vor, aber kein Licht ging ihm auf. Lauter vage Vermutungen, die in verschiedene Richtungen auseinanderliefen. Er wischte sich den Schweiß von der Stirn und seufzte tief auf.

Wenn es doch nur einen einzigen klaren Hinweis gäbe!

Da schrillte das Telefon. Wang haßte das Ding, das so aufdringlich sein konnte.

»Wer ist da?«

»*Xiao* Wang?«

»Hallo, Gruppenleiter!«

»Äh … Ein Problem ist aufgetaucht.«

»Oh.«

»Die hiesige Polizei macht Ärger. Sie haben aus Zhang Feis Geliebter, Veronica Chow, eine neue Aussage herausgeholt.«

Wang war plötzlich hellwach. »Und was sagt sie?«

»Sie kommen wohl besser in die Nachrichtenagentur.«

Neuntes Kapitel

Veronica Chow schien um Jahre gealtert. Sie hatte abgenommen, ihre Augen waren gerötet, ihr Gesicht verhärmt. Wie weggeblasen war die herausfordernde Art, mit der sie den Polizisten bisher gegenübergetreten war. Jetzt hielt sie die Augen gesenkt und blickte keinem ins Gesicht – offenbar aus Scham, nicht aus Verachtung.

»Diese Beamten sind aus der Volksrepublik«, erklärte man ihr, als Wang, Chen und Dolmetscher Hu sich gesetzt hatten.

»Erzählen Sie ihnen bitte, was Sie mir erzählt haben«, forderte die Vernehmerin sie auf.

Veronica sah die Neuankömmlinge nicht an. »Ich habe ihren Beamten nicht umgebracht«, erklärte sie.

»Nein. Aber sagen Sie ihnen, was Sie über die Triade wissen.«

Veronica erschauerte. Auch Wang lief es kalt den Rücken hinunter.

»Lassen Sie sich ruhig Zeit ...«

Sie hielt eine Weile inne, dann jedoch sprudelte es aus ihr heraus: »Die haben mich bezahlt. Ich war ihnen ausgeliefert, den verdammten Hunden. Sie verlangten von mir, mit dem Schwein zu ficken. Ich mußte es tun. Und alles ertragen, was er mit mir gemacht hat. Er war ein Monster! Ich bin froh, daß er tot ist. Aber ich habe ihn nicht umgebracht.«

»Eine Triade hat Sie gezwungen, Sex mit Zhang Fei zu haben?« fragte Wang.

»Ja.«

Nun nahm Gruppenleiter Chen das Wort. »Diese Frau ist wohl kaum ...«

»Welche Triade?« fragte Wang. Chen warf ihm einen zweifelnden Blick zu, gab dann aber Hu ein Zeichen, Wangs Frage zu übersetzen.

»Die ... Su Fong«, war die Antwort.

»Wissen Sie, warum die Su Fong das von Ihnen verlangt hat?«

»Sie wollten ihm einen Gefallen tun, nehme ich an. Ich habe nicht gefragt. Das steht Leuten wie mir nicht zu.«

»Und wie lange ging das so?«

»Ungefähr sechs Monate.«

»Wann war es zu Ende?«

Zum ersten Mal hob Veronica ihren Blick zu Wang. Er las Überraschung und Furcht darin. »Wann es zu Ende war?«

»Ja.«

Sie senkte die Augen wieder. »Ungefähr vor einem Monat.«

»Woher wußten Sie ...?« griff Chen ein.

»Hat man Ihnen gesagt, warum?« fragte Wang.

»Nein. Es hieß nur, Zhang Fei sei der Bruderschaft nicht mehr würdig. Das hätte ich denen gleich sagen können. Zhang war keiner Bruderschaft würdig, auch nicht einer, der so ein Abschaum wie der Dicke angehört.«

»Der Dicke?«

»Der dicke Lee. Mein Zuhälter.«

Wang nickte verstehend. »Was hat der Dicke Ihnen gesagt, als Zhang Fei tot war?«

»Nichts.«

»Haben Sie ihn denn nicht gefragt? Waren Sie nicht neugierig?«

»Nein, ich war nur froh.«

»Ich an Ihrer Stelle wäre vor Neugierde fast geplatzt.«

»Sie sind ja auch ein verdammter Bulle. Müssen Ihre Nase überall reinstecken.«

Die Vernehmerin machte eine scharfe Bemerkung auf kantonesisch, aber Wang gebot ihr mit einer Geste Einhalt.

»Lassen Sie sie. Auf ihre Weise hat sie ja recht. Wir Goldkokarden sind nun mal von der wißbegierigen Sorte. Dafür schäme ich mich nicht. Aber« – und er wandte sich wieder Veronica zu – »ich glaube einfach nicht, daß Sie den Dicken nicht gefragt haben.«

»Okay. Ich habe ihn gefragt. Doch er hat mir nichts gesagt. Jedenfalls nichts von Interesse. Er meinte nur: ›Mit uns hat das nichts zu tun.‹ Und wenn einer von der Triade so was sagt, hat man den Mund zu halten.«

Wang nickte wieder. »Meinen Sie, daß es stimmt?«

»Der Dicke hat noch nie im Leben die Wahrheit gesagt.«

Wang mußte lächeln. »Erzählen Sie mir von ihm.«

»Da gibt es nicht viel zu erzählen. Er ist ein Zuhälter. Die sind doch alle gleich. Vielleicht hat er Zhang Fei umgelegt.«

»Warum sollte er?«

Veronica überlegte. »Auf Befehl?«

Es wurde still im Raum. »Erzählen Sie mir von der Su Fong«, nahm Wang den Faden wieder auf.

»Ich weiß nicht viel über die. Nur daß der Dicke dort Mitglied ist und daß sie den Club kontrollieren, wo ich arbeite. Wenn sie mir was befehlen, muß ich es tun.«

»Und wenn nicht?«

»Dann setzt es Prügel. Und es gibt keine Arbeit mehr. Ich habe eine Familie zu ernähren – draußen in Poi Toi. Vater ist krank und kann nicht mehr arbeiten. Mein Bruder ist ein Schwächling, er nimmt Drogen. Außerdem hab' ich zwei Schwestern, die noch nicht verheiratet sind. Sie würden alle hungern, wenn ich nicht wäre.«

Die Vernehmerin sah bedrückt drein. Sie hatte sicher schon viele solcher Geschichten gehört, aber diese schien ihr wohl glaubhaft zu sein.

»Und genau das wird jetzt passieren ...«, murmelte Veronica bei sich.

»Es muß doch niemand wissen, was Sie uns gesagt haben«, warf die Vernehmerin ein.

»Die Su Fong wird es schon aus mir herausprügeln.« Veronica schüttelte verzweifelt den Kopf.

»Ich bin sicher, die Hongkonger Regierung wird alles tun, um Ihnen ein neues Leben zu ermöglichen«, sagte Wang, nachdem Hu ihre Bemerkung übersetzt hatte. »Wenn nicht jetzt, dann auf jeden Fall nach dem Juli. Kommunisten sind verpflichtet, den Schwachen zu helfen.«

»Bleiben Sie bei der Sache«, warf der Assistant Commissioner Ng ein, der bisher nur als schweigender Beobachter dabeigesessen hatte.

»Tut mir leid«, erwiderte Wang, obwohl es nicht stimmte. Schließlich hatte die Hongkonger Polizei die Pflicht, sich um die Frau zu kümmern.

»Sie hat Ihnen alles gesagt, was sie auch uns gesagt hat«, fuhr Ng fort. »Ich denke, wir sollten die Befragung jetzt beenden.«

»Ja ...«, antwortete Wang zögernd. »Darf ich noch eine letzte Frage stellen?«

Ng überlegte und nickte dann zustimmend.

»Ihr Geburtstag«, fragte Wang Veronica. »Es ist nicht zufällig der 1. Juli?«

Sie mußte lachen. »Nein.«

»Und wann ist er?«

»Am 14. Oktober.«

Ah ... Schade.

»Wollen Sie mir ein Geschenk schicken?«

»Was Sie über den Kommunismus gesagt haben, hat mir gefallen«, erklärte Gruppenleiter Chen, als sie den Korridor entlanggingen.

»Danke«, antwortete Wang. An seinen Gruppenleiter hatte er dabei nicht gedacht.

»Warum haben Sie sie nach dem Geburtstag gefragt?«

»Ich wollte nur einen Fakt abklären.«

Chen nickte. »Gut.« Dann wandte er sich Wang voll zu: »Wollen Sie mir nicht heute abend beim Essen Gesellschaft leisten?«

»Sehr gern. Das ist nett von Ihnen.«

»Ach wo. Jetzt muß ich aber los. Haben Sie heute noch viel zu tun?«

»Nein.«

»Schön für Sie«, meinte Chen. »Kommen Sie, Hu, auf uns wartet noch eine Menge Arbeit.«

Wang ließ seinen Gruppenleiter und den Dolmetscher von dannen ziehen. Dann ging er langsam die Stufen ins überfüllte Vestibül des Gebäudes der Hongkonger Polizei hinunter. Er hörte nicht, daß jemand hinter ihm mehrmals seinen Namen rief. Es war ein Westler, und die sprechen chinesische Namen nie ganz richtig aus. Schließlich reagierte er doch. Als er sich umwandte, lief Edwin Luard auf ihn zu.

»Kommissar Wang! Ich gratuliere Ihnen!«

»Danke.«

»Haben Sie Zeit für einen Plausch?«

»Die Su Fong ...«, sagte Luard nachdenklich. »Wer hätte das gedacht?«

Wang zuckte hilflos die Schultern. »Wir wissen noch nicht, ob sie wirklich etwas mit dem Raub von Software zu tun haben«, meinte er.

»Es sieht mehr und mehr danach aus. Welchen Grund sollte es sonst geben, Ihren Mann so hereinzulegen?«

»Er hat auch in anderen Bereichen gearbeitet. Verkehr, soziale Dienste und so ...«

Luard kratzte sich am Kopf. »Hm. Verkehr – dort haben sie sich schon immer gern getummelt. Die meisten Taxifahrer zahlen Schutzgeld und bekommen dafür ihre Lizenzen leichter als andere. Der Spur sollten wir nachgehen. Hat sich Zhang Fei irgendwann mit dem Taxigewerbe befaßt?«

»Ich glaube, er hat sich mehr um den neuen Flughafen gekümmert.«

»Bauaufträge?«

»Etwas ausgefallenere Sachen, denke ich. Kosten-Nutzen-Analyse.«

»Da wird noch viel Geld gewaschen«, bemerkte Luard. Er überlegte einen Augenblick. »Was war der andere Bereich, von dem Sie sprachen?«

»Soziale Dienste.«

»Ach ja. Selbst da gibt es Geld zu verdienen, wenn man das nach der Propaganda auch gar nicht vermutet. Fast die Hälfte der Hongkonger Bevölkerung lebt in Sozialwohnungen. Dieser Haushaltsposten ist enorm.«

»Ich glaube nicht, daß sich Zhang Fei in der letzten Zeit mit solchen Dingen befaßt hat, aber ich werde es nachprüfen.«

»Die Triaden denken langfristig, wie alle guten Geschäftsleute. Vielleicht hatten sie ihn noch in der Hinterhand.«

»Kann sein«, sagte Wang. »Andererseits – er hat sich vor über einem Monat von ihnen getrennt.«

»Von einer Triade trennt man sich nicht, das wissen Sie genau, Kommissar. Wenn man einmal die 36 Schwüre abgelegt hat, gilt das fürs Leben.«

Wang nickte. »Und auf Fahnenflucht steht der Tod.«

»Die tausend Schnitte.«

»Wie wahr ...« Wang hatte Triadenopfer in Peking gesehen, die man mit Fleischerbeilen in Stücke gehauen hatte. Jemand, der gefesselt und ertränkt wurde, war ihm allerdings noch nicht unter die Augen gekommen. Aber alles geschah irgendwann zum ersten Mal. »Ich würde gern mit der 489 sprechen«, erklärte er.

Luards Gesicht verzog sich zu einer Grimasse. Er sog den Speichel durch eine Zahnlücke. »Das halte ich aber für keine gute Idee.«

»Zhang Fei ist bis ganz nach oben vorgedrungen. Das sollten wir auch.«

»Dafür haben wir nicht genug Beweise. Wir sind nicht einmal sicher, von welcher Art Verbrechen wir reden.«

»Ich schon. Von Mord.«

Luard seufzte. »Ja.« Er schaute wieder zum Fenster hinaus. Über die Sportplätze hinweg sah man von dort das majestätische Panorama von Victoria Harbour, Kowloon Bay und Lion Rock. Eine Macht, die bald vorüber war, ging es Wang durch den Kopf. »Nein«, kam es von Luard, »ich kann das Drachenhaupt nicht zum Verhör bestellen.«

»Vielleicht ist das die einzige Möglichkeit, jemals herauszufinden, wer Zhang Fei auf dem Gewissen hat.«

»Vielleicht. Aber für mich ist es viel wichtiger, daß die Su Fong tatsächlich in den Raub von Software eingestiegen sein könnte. Und da möchte ich schon ein sehr dickes Dossier haben, bevor ich das Drachenhaupt auf diesen Stuhl hole.«

Wang schwieg einen Augenblick. Er konnte Luards Haltung gut verstehen, aber auch er hatte eine Aufgabe zu erfüllen. »Wer ist das Drachenhaupt?«

»Keine Eigenmächtigkeiten, wenn ich bitten darf.«

»Ich habe viele Möglichkeiten, herauszufinden, wer es ist. Sie zu fragen geht allerdings am einfachsten und schnellsten.«

»Lassen Sie die Finger davon«, wiederholte Luard. »Um Ihrer selbst willen, aber auch wegen meiner Ermittlungen.«

»Sagen Sie mir, wer es ist, und ich verspreche Ihnen, den Mann nur zu behelligen, wenn es gar nicht anders geht.«

Luard seufzte tief auf. »Okay. Sein Name ist Choy. Er wohnt ganz oben auf dem Berg in einem Haus namens Dragon's Walk. Es wird sehr gut bewacht, und er mag keine ungebetenen Gäste.«

»Sind tatsächlich schon Beamte umgekommen, die sich dort Zugang verschaffen wollten?«

»Nein. Das ist nicht unsere Art vorzugehen. Ich weiß nicht, wie Sie im Norden das machen, aber wir hier versuchen die Triaden unter Kontrolle zu halten, statt sie zu zerschlagen. Bisher sind wir damit ganz gut gefahren ...«

Wang nickte, und es wurde wieder still.

»Ich kann den dicken Lee vorladen, wenn Sie wollen«, hob Luard an. »Ich denke, wir sollten uns mal mit ihm unterhalten.« Er warf Wang einen Blick zu. »Meinen Sie nicht?«

»Ich mache mir Sorgen wegen Veronica. Wenn ich mit dem Drachenhaupt spreche, muß ich mich nicht auf sie beziehen, denn Zhang Fei hat uns einen halben Hinweis hinterlassen. Mit dem Dicken dagegen …«

»Dieses Risiko müssen wir eingehen, fürchte ich. Wenn sie vor Gericht gegen Lee aussagt, können wir ihr helfen, ein neues Leben anzufangen. Im vergangenen Jahr haben wir eine Frau in einem ähnlichen Fall nach Indonesien geschickt. Dort leben viele Chinesen. Wenn man mit ein wenig Geld und einer gut gemachten neuen Identität dort auftaucht, stellt niemand unnötige Fragen.«

Wang nickte. Die Sache schmeckte ihm gar nicht, aber vielleicht hatte Luard recht.

»Sobald wir den Dicken haben, sage ich Ihnen Bescheid«, fuhr der Brite fort. »Sie werden dabeisein, wenn wir ihn verhören. Das ist das mindeste, was wir tun können, um Ihnen für Ihren Tip zu danken.«

Wang fühlte bei diesen Worte einen merkwürdigen Stolz in sich aufsteigen. »Es würde mich freuen.«

»Die Prostituierte hat natürlich gelogen«, erklärte Sekretär Fang.

»Das glaube ich nicht«, erwiderte Wang.

»Sie verstehen mich nicht. Sie hat gelogen.« Fang blickte ihm kalt ins Gesicht.

Wang blieb ungerührt. »Erzählen Sie mir von Zhang Feis Arbeit. Was hat er gemacht, bevor er sich mit dem Raub von Software beschäftigte?«

»Das wissen Sie doch schon. Er hat sich mit Verkehrspolitik befaßt.«

»Ich weiß nichts Genaues.«

»Ich auch nicht. Erkundigen Sie sich bei Bürochef Rong.«

»Und davor?«

»Ich kann wirklich nicht erkennen, was Ihre Fragerei für einen Sinn haben soll. Die Sache klärt sich doch mehr und mehr. Diese Chow lügt. Zhang Fei ist von britischen Agenten umgebracht worden.«

»Die Fragen könnten dazu beitragen, gewisse Einzelheiten zu erhellen«, beharrte Wang. Er wußte, daß er Ärger riskierte, besonders, da sein Gruppenleiter anwesend war, aber er brauchte Fakten.

»Ich weiß nicht, was er im Sozialwesen getrieben hat«, meinte Fang irritiert. »Ich weiß nur, daß er von dort um Versetzung gebeten hat. Das ist ewig her, es war irgendwann 1995. Er suchte wohl nach einer neuen Aufgabe.«

»Und die hat er im Verkehrsamt gefunden, wo er sich mit dem Bau des neuen Flughafens beschäftigte, nicht wahr?«

»Ja.«

»Und dann hat er wieder gewechselt?«

»Das habe ich Ihnen doch schon alles gesagt. Wir brauchten einen Spitzenmann für die Softwarepiraterie. Nominell blieb er weiterhin Leiter des Verkehrsbüros, damit sein bisheriger Stellvertreter sich einarbeiten konnte. Das hat Rong Dongfeng ja nun gepackt.« Der Parteisekretär griff sich noch ein Stück Huhn mit Zwiebeln. »Jetzt ist es aber genug mit der Fragerei nach Zhang Fei.«

Als das Essen vorüber war, blieb Wang mit seinem Gruppenleiter allein. Er machte sich auf einen schweren Rüffel gefaßt. Er wußte selbst, daß er etwas zu weit gegangen war.

»Mir ist das alles furchtbar unangenehm«, sagte Chen statt dessen. »Der Sekretär ist ärgerlich über die Geschichte mit Veronica Chow.«

»Wieso …?« entfuhr es Wang.

»Ich weiß, daß Sie unsere Verschwörungstheorie nicht teilen, aber …« Chen seufzte tief auf. »Wollen wir nicht ein Stück gehen? Es ist wunderschön hier. Besonders unten am Wasser.«

»Gern«, antwortete Wang, der aus dem Staunen nicht herauskam.

Was die Gegend betraf, hatte Chen recht. Und es war ein wunderbarer Abend. Die Hitze des Tages war verflogen, und eine kühle Brise strich sanft über plätschernde, im Dunkel der Nacht kaum sichtbare Wellen. Nur von fernen Bars tönten ein paar Klänge herüber, sonst herrschte am Strand von Stanley tiefe Stille.

»Der Alkohol wird den Westen zerstören«, sagte Chen in Richtung der Bargeräusche. »Sie haben uns mit Opium vernichten wollen, und jetzt sind sie an der Reihe.«

Wang mußte an seinen Bruder Anming denken, der verzweifelt gegen die Trunksucht kämpfte, nickte aber zustimmend.

»Ein guter Kommunist schützt seinen Körper«, fuhr Chen fort und lehnte sich an das Geländer. »Er ist ein Werkzeug der Revolution, das man nicht mißbrauchen darf. Oje ...« Er schüttelte den Kopf. »Wir sind doch ein gutes Team, *Xiao* Wang, nicht wahr?«

»Meinen Sie?«

»Reden Sie nicht so. Sekretär Fang hat ... also ... eine politische Mission zu erfüllen. Ich tue alles, damit Sie hier in Ruhe Ihren Ermittlungen nachgehen können.«

Im scheidenden Licht des Tages blickte Wang seinem Chef ins Gesicht. Der schien wirklich zu meinen, was er sagte.

»Ich bin auf Ihrer Seite«, erklärte Chen.

»Es tut gut, das zu hören.«

»Aber ... ich brauche Ihre Hilfe.«

»Inwiefern?«

»Ich kann doch auf Ihre Verschwiegenheit rechnen?«

»Haben Sie jemals Grund zur Klage gehabt?«

»Nein. Wie stehen Sie zu, äh, persönlichen Beziehungen?«

»Was meinen Sie damit?«

»Ehe. Treue.«

Wang war verblüfft. »Das bedeutet mir viel, obwohl ich mir manchmal wünsche, es wäre nicht so. In der alten Zeit hat man sich einfach eine Konkubine gehalten. Dann hat die Partei uns das verboten. Heute wissen wir, daß Mao sich über jede hergemacht hat, die ihm in die Finger kam ...«

»Kommissar Wang! Das sind alles Lügen, die Chinas Feinde verbreiten!«

»Tatsächlich? Eigentlich ist es mir auch ziemlich egal.«

»Das darf uns nicht egal sein. Aber selbst wenn es stimmt – der Vorsitzende Mao war ein Führer. Für Menschen wie ihn gelten andere Gesetze. Ich rede von gewöhnlichen Leuten wie Ihnen und mir.«

Der Gruppenleiter, ein Mann in mittleren Jahren, seufzte. Lange schwiegen beide. Dann nahm Chen wieder das Wort. »Ich weiß nicht, wie ich es Ihnen sagen soll. Ich bin schwach gewesen. Ich brauche Hilfe. Medizinische Hilfe ...« Er hielt inne. »Sind Sie auch angerufen worden, als wir hier ankamen? Von einer Frau?«

»Wahrscheinlich ist es gar nichts«, meinte Wang. »Er hat einmal mit einer Prostituierten geschlafen und fürchtet jetzt, daß er sich jede Geschlechtskrankheit der Welt eingefangen hat und in einer Woche tot ist, wenn er sich nicht behandeln läßt. Zu einem Arzt hier am Ort will er nicht gehen, weil er Angst hat, daß es herauskommt und einen Skandal gibt. Der Arzt im Gästehaus kommt gleich gar nicht in Frage, denn der würde es sofort Parteisekretär Fang berichten. Er braucht also medizinische Hilfe, die garantiert vertraulich ist, und wenn sie aus Peking eingeflogen werden muß.«

»Wann geht das Flugzeug?« fragte Rosina.

»Morgen. Falls jemand fragt, schiebst du alles auf mich. Ich habe hier verrückt gespielt und darauf bestanden, daß du herkommst. Wenn es funktioniert, das wäre schön ...«

Der Dicke kam wie immer spät aus dem Bett. Er tappte zum Fenster und zog das Rollo hoch. Von seiner Wohnung in Huangpu hatte er einen majestätischen Blick über den

Hafen bis zur Insel Hongkong. Das sollte für die nächsten Jahre so bleiben, doch vor kurzem hatte man begonnen, vor seiner Nase neue Blöcke hochzuziehen. Scheiße.

Lees Blick fiel auf den Hometrainer am Fenster. Den hatten ihm seine Kumpel geschenkt – als zarten Hinweis. Die Blödmänner. Er schickte Maomao auf das Ding, weil er wollte, daß sie schlank und fit blieb, außerdem machte sich ihr Hintern gut auf dem Sattel.

Die Dusche, Frühstück (richtiges Frühstück, nicht dieser westliche Quatsch mit Kaffee und Brötchen), dann zum Club, um zu checken, was die Mädchen am Abend zuvor eingenommen hatten.

Eigentlich, dachte er schlechtgelaunt, als das heiße Wasser über seinen massigen Körper rann, bin ich nur ein mieser kleiner Buchhalter. Wieviel hat jede verdient? Ist es genug? Wenn nicht, warum? Haben sie nebenbei etwas laufen? Oder sind sie nicht mehr auf Zack? Da wurde der Job interessant. Erfahrung und ein gutes Auge waren gefragt. Auch ein paar Hiebe, wenn nötig.

»Der Reisbrei ist kalt«, knurrte er, als er mit dem Essen beginnen wollte.

»Ich stell' ihn noch mal in die Mikrowelle«, sagte Maomao.

»Das nächste Mal ist er heiß auf dem Tisch.«

»Natürlich.« Maomao sprach in unterwürfigem Ton, wie es der Dicke erwartete. Dieses Miststück von Tanka-Weib hatte auch so mit ihm geredet. Deshalb hatte er sie dem Kommunisten geschickt. Nun hatte er den Salat. Man sollte sich eben nicht mit solchen Kerlen einlassen, das brachte nur Ärger. Und auch mit Tankas nicht.

»Schon besser«, grunzte der Dicke, als der Reisbrei wieder vor ihm stand.

Zeit, zur Arbeit zu gehen. Zum Club waren es nur wenige Schritte am Strand entlang, oder was davon geblieben war, seit diese verdammten Betonburgen hochschossen – überall, in Huangpu wie in Yaumatei. Es war nicht weit, aber der Bauplatz hatte dem Dicken den kurzen Spaziergang gründlich verleidet. Nun schickte der Club jeden Morgen Punkt elf einen Wagen. Der Dicke rückte den Schlips zurecht, prüfte noch einmal sein Outfit im Spiegel und trollte sich dann zur Tür.

»Gib mir einen Kuß«, sagte er zu Maomao, die gehorsam herbeieilte und ihre Pflicht tat. Der Dicke öffnete die Tür.

»Lee Chek Sui?« Draußen standen zwei Polizisten – eine Langnase und einer mit einem Haftbefehl.

»Der ist – nicht da.«

»Keine Tricks, Dicker«, sagte die Langnase. »Entweder Sie kommen freiwillig mit, oder wir nehmen Sie fest. Sie haben die Wahl.«

»Scheißkerle«, empörte sich der Dicke. Und zu Maomao: »Ruf an und sag denen, daß ich später komme. Ich hab was Wichtiges zu erledigen. Wenn du ihnen was pfeifst, dann ...« Der Rest blieb unausgesprochen, aber ein Blick in Maomaos Gesicht sagte ihm, daß sie verstanden hatte.

»Keine Handschellen«, bat der Dicke, als sie den Korridor entlanggingen. »Ich bin ein respektabler Geschäftsmann.«

»Haben Sie Probleme mit Handschellen?« fragte die Langnase.

»Leck mich«, brummte der Dicke.

»Von einem Zhang Fei habe ich noch nie gehört. Sollte ich?«

»Er war Kunde in Ihrem Club.«

»Da kommen Hunderte von Leuten. Außerdem ist es nicht mein Club ...«

»Nein, der gehört der Su Fong. Nun erzählen Sie schon von Zhang Fei.«

»Geht doch zum Teufel.«

»Wir können Sie hier lange festhalten.«

»Weswegen?«

»Unmoralische Einkünfte.«

»Beweise?«

»Die bekommen wir, wenn wir wollen.«

»Von diesem Miststück ...«, entfuhr es dem Dicken, dann verstummte er wieder.

»Welches Miststück?«

Der Dicke preßte die Lippen zusammen.

»Sie reden ja sehr nett von den Frauen, die Ihnen das Geld bringen.«

»Du kannst mich kreuzweise.«

Luard übersetzte Wang den Wortwechsel, aber das meiste war ohnehin klar. Er zündete sich eine Zigarette an.

»Sie auch eine?« fragte er den Dicken und hielt ihm die Packung hin.

»Die kannst du dir angezündet in den Arsch stecken.«

»Der Paradiso-Club kann leicht Probleme mit der Lizenz bekommen, wenn Sie sich nicht ein bißchen kooperativer zeigen. Also reden Sie schon von Zhang Fei.«

Der Dicke stieß weiter Flüche aus. Einige kamen Wang von seiner Aktion als Sushi-Lieferant bekannt vor.

»Soll ich ihn erst mal zur Abkühlung nach unten bringen, Sir?« fragte Luards Mitarbeiter.

»Nein. Lassen Sie den respektablen Geschäftsmann gehen.« Und zu dem Gangster: »Wenn Sie es sich anders überlegen, Mr. Lee, wissen Sie, wo Sie mich finden.«

»Rutsch mir den Buckel runter, langnasiger Teufel. Mitsamt deinem Kommunistenkumpel. Geht doch alle zur Hölle.«

»War das klug?« fragte Wang Luard, als der Dicke verschwunden war.

»Ich gebe jedem eine Chance, freiwillig zu reden«, sagte Luard. »Das ist nur fair. Wir behalten ihn natürlich im Auge. Und der Brandschutz wird den Paradiso-Club kontrollieren. Außerdem achten wir darauf, daß Veronica Chow nichts passiert. Ich will sehen, wie ernst die Su Fong die Sache nimmt.«

Wang mußte lächeln. »Sie glauben doch nicht wirklich, daß das alles fair ist?«

Luard stutzte einen Moment, mußte dann aber lachen. »Typisch britische Heuchelei, das denken Sie doch, nicht wahr?«

»Wo ich herkomme, sieht man das so.«

»Vielleicht haben Sie recht. Ich weiß, daß wir Briten sehr unaufrichtig sein können. Dann wieder denke ich, nein, wir meinen doch, was wir sagen. Wir begreifen nur nicht, daß andere die Dinge anders sehen.«

Jetzt mußte Wang lachen. »Sie reden wie manche meiner chinesischen Bekannten. Meistens sehr hochgestellte.«

Luard lächelte. »Ich hoffe, Ihr Parteisekretär hört jetzt nicht zu.«

»Nein. Und Ihrer?«

»Auch nicht.«

Einträchtig schwiegen beide eine Weile. »Wie ist England?« fragte Wang unvermittelt.

»Das kann ich kaum noch sagen. Ich lebe schon so lange in Hongkong. Außerdem stamme ich aus Schottland. Wie überall ändert sich dort alles sehr schnell. Wahrscheinlich haben Sie nicht den Richtigen gefragt.« Luard schüttelte nachdenklich den Kopf. »Meine Eltern hatten ein sehr festgefügtes Weltbild – früher war alles besser, außerhalb Schottlands lag die Fremde, die einen nichts anging. Ich bin nach Hongkong gekommen, um aus dieser Welt auszubrechen. Meine Kinder aber halten mich für hoffnungslos beschränkt und altmodisch. Für einen richtigen Dinosaurier.« Luard mußte lachen. »Sich selbst sehen sie als Weltbürger, die keinem bestimmten Land zugehören. Ist das in China auch so? Mit der Jugend, meine ich.«

Wang mußte an Norton denken und dann an seine eigene Familie. »Bei uns hat meine Frau die modernen Ideen. Ich bin wohl irgendwo auf halbem Wege stehengeblieben.«

Luard zuckte die Achseln – eine Geste, die Chinesen ungehobelt finden. Aber man hatte Wang bereits erklärt, daß sie im Westen wenig bedeutete. »Vielleicht ist es gar nicht so schlecht, hier zu leben …« Er verstummte, als ob er über etwas nachgrübelte. Dann sagte er: »Ich denke, ich sollte Sie mal zu uns zum Essen einladen.«

»Ich … also …«

»Meine Frau spricht Hochchinesisch«, ergänzte Luard. »Sie hat Sinologie studiert. Sie würde sich sehr freuen.«

Wang schwankte noch, nickte aber schließlich.

»Danke. Ich komme.«

Der dicke Lee fuhr direkt ins Büro. Dem Manager tischte er irgendeine Lüge über seine Verspätung auf und machte sich sogleich daran, die Rechnungen des vergangenen Abends durchzusehen. Das war einfach, seit man an jedem Tisch ein Lesegerät für Kreditkarten installiert hatte. Die Mädchen hatten darauf zu achten, daß ihr Gast als erstes seine Kreditkarte durch den Schlitz zog, was eine Uhr in Gang setzte. Das gleiche hatte er zu wiederholen, wenn er ging, allerdings wurde es oft vergessen. Nur wenige Gäste prüften je ihre Rechnungen.

Heute hatte Lee jedoch Schwierigkeiten, sich zu konzentrieren. Was wußten die verdammten Hunde? Er mußte das Drachenhaupt warnen, aber wie? Die Telefone im Club und in seiner Wohnung wurden garantiert abgehört. Sicher beobachtete man ihn. Er mußte einen Boten finden. Wem konnte er vertrauen? Diese verfluchten Bullen …

Kommissar Wang war viel zu früh am Flughafen Kai Tak. Nun stand er in der Ankunftshalle und schaute zu, wie die Namen ferner Städte auf der Anzeigetafel erschienen. Bangkok, London, Bombay, Lagos, San Francisco, Tokio, Paris – er fühlte sich am Mittelpunkt der Welt. Eine erregende Vorstellung! Bald war sie jedoch wieder verflogen. Wo war er schon gewesen? In Peking konnte man sich am Mittelpunkt der Welt fühlen, wenn man China als seine Welt sah. Aber China war nicht die Welt. Es war nur ein

Teil von ihr, zwar ein größerer, als der Westen zugeben wollte, aber eben nur ein Teil.

Sich der Welt zugehörig fühlen ...

Peking! sagte die Tafel. China Airlines. Verspätung. So ein Mist.

Es gab noch eine andere Welt, aus der Wang sich ausgeschlossen fühlte – die Welt der Gefühle, der Emotionen. Als er ein junger Mann war, hieß es, sie sei so unwichtig wie all diese fernen Punkte auf der Erde. Jetzt war er an einem solchen Punkt und spürte plötzlich mit Erschrecken, daß diese Welt in Stücke fallen könnte.

Also Verspätung. Es war doch nichts passiert?!

Zehntes Kapitel

Rosina Wang stieg die Röte ins Gesicht, als der Chef ihres Mannes sich von seinem Platz erhob. Wie sie diese Reden, dieses formale, aufgeblasene Getue haßte!

»Ich möchte Lin Xiangyu mit ein paar Worten willkommen heißen«, verkündete Chen mit törichtem Grinsen. Als Rosina ihren chinesischen Namen hörte, quälte auch sie sich ein Lächeln ab.

Der Kerl hat sich eine gewöhnliche Infektion geholt, ging es ihr durch den Kopf. Wenn er Glück hat. Und ausgerechnet ich muß ihn untersuchen.

»Besser gesagt, Genossin Lin Xiangyu«, fuhr Chen fort. Ihren Mann schien das aus einem unerfindlichen Grund zu amüsieren. »Ich weiß natürlich, daß manche diese Anrede heute für antiquiert halten, aber ich hänge nun einmal daran. Genossin Lin ist als Parteimitglied in einer wichtigen Institution unserer Hauptstadt tätig. Zugleich erfüllt sie die Pflichten der Gattin eines unserer besten Kommissare der mittleren Ebene. Sie ist uns eine echte Gefährtin im Kampf gegen die Feinde der Volksrepublik im In- und Ausland. Dieser Kampf wird so schnell nicht zu Ende sein. Hier in Hongkong zum Beispiel hat eine fremde Macht über hundert Jahre lang geherrscht und zieht sich erst jetzt zurück, weil wir stark genug sind, sie dazu zu zwingen. Diese Leute werden ihre Aggression aber mit anderen Mitteln fortführen, raffinierter als die Kanonenboote, mit denen sie dieses Land einst angegriffen haben, aber nicht weniger gefährlich. Denn was ist der sogenannte Liberalismus anderes als ein ausländisches Kanonenboot? Ein Kanonenboot aus Worten und Gedanken, daher noch mächtiger. Unsere Volksbefreiungsarmee wird jedoch mit jedem Kriegsschiff fertig, das der Westen in die Mündungen unserer Flüsse schickt. Aber was ist mit den Kanonenbooten, die er gegen die Köpfe in Bewegung setzt?«

»Oje«, murmelte Rosina für sich. Zwar waren solche Reden für sie nicht ungewohnt, aber immer wieder ärgerlich. Mehr noch: eine Zumutung. Sie war in den achtziger Jahren aufgewachsen, dem Jahrzehnt bis zum Juni 1989, da Chinas Türen zur Welt sich öffneten. Aufgeweckt und wißbegierig, ein echtes Kind der Hauptstadt, hatte sie 1979 die Wandzeitungen an der Mauer der Demokratie gelesen – nicht, weil sie die Leute gekannt hätte, die sich dort zu Wort meldeten, sondern aus reiner Neugier. Sie hatte auch gesehen, wie man die Blätter wieder abriß. Da war ihr klargeworden, daß die Schreiber recht hatten und jene, die die Demokraten mundtot zu machen suchten, eine alte, absterbende Lebensweise ohne Zukunft verteidigten. Was in den neunziger Jahren folgte, hatte sie – mit einer einzigen schrecklichen Ausnahme – in dieser Haltung bestärkt. Durch die offene Tür war die Welt nach China gekommen: Europa, Amerika und Japan. Bücher, Filme und Ideen – eine neue, globale Sprache. Und am merkwürdigsten – die Ausländer selber, vor allem die jungen Leute mit ihren Rucksäcken: langnasig, kontaktfreudig, oft etwas verwahrlost, aber von einem Geist erfüllt, den die junge Rosina intuitiv erfaßte: Freiheit.

Freiheit. In dieser Zeit gründeten Freunde ihr eigenes Geschäft und kamen zu Wohlstand. Die Menschen begannen sich bunt, eigenwillig und sogar sexy zu kleiden. Es gab Musik aus der ganzen Welt. Aber die besten Titel kamen von jungen Chinesen, die über ihre Gefühle sangen, so wie es die alten Dichter getan hatten, nur nach modernen Rhythmen und mit ungeheurem Drive. Das Jahrzehnt schritt voran, und die Veränderungen gewannen an Kraft. Nichts schien diesen Prozeß aufhalten zu können. Mit historischer Gewalt, wie von Marx verkündet, führte er zu Wohlstand und Freiheit statt zu Plackerei und Konformismus. Überall in der Welt stürzten Mauern ein. Der Platz des Himmlischen

Friedens wurde wieder zum Brennpunkt von jugendlichem Mut und Idealismus. Obwohl selbst schon spürbar älter, hatte sich Rosina mit Erregung und Leidenschaft in den Pekinger Frühling gestürzt, mit den jungen Leuten diskutiert, Musik gehört, gesungen und geträumt …

Sie wußte, daß es schiefgehen mußte. Ihre größere Lebenserfahrung sagte ihr, daß die Studentenführer den Bogen überspannten, als sie anfingen, sich über das Politbüro lustig zu machen, alte Männer, die nur Schmeichelei und Unterwürfigkeit kannten. Die Stimmung auf dem Platz löste sich von der Realität, und Rosina war bereits mehrere Wochen vor dem schrecklichen Ende der Proteste nicht mehr dorthin gegangen.

Seit dem Juni 1989 hatte sie zurückgezogen gelebt und viel gearbeitet. Kein Geheimpolizist klopfte an ihre Tür. Und das neue Leben war ihr keine Last: Die Medizin war ihre Leidenschaft geblieben, auch in den schwindelerregenden Tagen auf dem Platz vor dem Tiananmen. Es war ihr nicht schwergefallen, ihre Träume zu begraben, so wie einst die Gelehrten unter dem grausamen Kaiser Qin Shihuang ihre Bücher verbrannt hatten. Und der Eintritt in die Partei? Damit war es nicht so einfach gewesen, aber er war notwendig. Viele Menschen vor ihr hatten diesen Schritt getan, um in ihrer Arbeit voranzukommen, mehr Verantwortung zu erhalten, mehr Gutes tun zu können.

Und dann hatte ausgerechnet sie einen Polizisten geheiratet. Wie konnte das geschehen?

Ihr Blick schweifte zu Anzhuang hinüber. Er war kein Bulle wie die anderen – stumpfsinnig, gehorsam und mit einem Hang zur Brutalität. Das hatte sie auf den ersten Blick gesehen. Inzwischen aber hatte sie lernen müssen, daß Politik und Privatleben nicht immer miteinander harmonieren. In den achtziger Jahren hatte sie eine Affäre mit Wu Yuan, einem Bildhauer, gehabt, von der nur wenige wußten. Er hatte kühne Ideen und großes Talent, das meinten zumindest die Leute, die ihn verehrten. Sie hatte lange gebraucht, um Wu zu durchschauen. Wenn er wirklich Talent hatte, dann war er einfach faul. Seine Unlust zur Arbeit rechtfertigte er mit hochtrabenden philosophischen Reden. Die mußten immer herhalten – wenn er seine Launen hatte, wenn er Rosina kalt abfertigte, wenn er sich mit anderen Frauen einließ. Nach sechs langen, quälenden Jahren begriff sie schließlich, daß Wus radikalen Ideen sein eigener Charakter im Wege stand, auf dessen Grund eine Selbstsucht lauerte, die eines Mao Zedongs würdig gewesen wäre.

Aber es ist eine Sache, zu erkennen, daß jemand, den man liebt, nur an sich selbst denkt, und eine ganz andere, sich von ihm zu trennen. Als Rosina das unter Schmerzen gelungen war, begrub sie mit ihren Gefühlen auch ihre Ideale und stürzte sich in die Arbeit. Zu lieben und geliebt zu werden – das war für sie wohl vorbei, sagte sie sich. Dann tauchte dieser Mann auf, der ihr jetzt gegenübersaß und nervös mit den Eßstäbchen spielte, weil das Gerede seines Chefs ihm auf die Nerven ging … War sie vielleicht seine Frau geworden, weil sie sich an dem anarchischen Wu Yuan rächen wollte? Sie mußte zugeben, sie hatte davon geträumt, daß ihr neuer Geliebter mit einer Truppe von Jungkommunisten in Wus Atelier eindrang und all die pompösen Figuren in Stücke schlug. Viele waren es ohnehin nicht, denn Wu hatte seine Kreativität stets mehr in Worten als in Taten ausgelebt.

»Wir kämpfen weiter«, erklärte gerade Gruppenleiter Chen. »Der Westen wird nicht ablassen, seine Kanonenboote gegen unsere Kunst, unsere Ideologie und unsere Kultur vorzuschicken. Wir haben unsere Gegner aus Hongkong vertrieben, und wir werden sie von jedem Zentimeter unseres heiligen Vaterlandes vertreiben, das sie zu betreten wagen! Es lebe die Partei! Es lebe die Volksrepublik! Nieder mit dem Westen!«

»Nieder mit Idioten wie dir, die uns noch einen sinnlosen Krieg auf den Hals holen werden«, murmelte Rosina und kochte vor Zorn. Aber sie hob das Glas zum Toast, weil sie es mußte, weil es ohnehin nichts genutzt hätte, es nicht zu tun. Ein Teil von ihr lehnte sich gegen diese Heuchelei auf, aber sie fügte sich.

»Erlauben Sie mir, Sie ein wenig herumzuführen«, bat Sekretär Fang. Anfangs war er Rosina kalt und offiziell begegnet, aber nach und nach wurde er freundlicher, und am Ende überschlug er sich fast vor Liebenswürdigkeit. Rosinas langes schwarzes Haar, ihr klares, intelligentes Gesicht und ihr ziemlich gewagtes Kleid (eines der westlichen »Kanonenboote«, die man in jeder Pekinger Einkaufspassage erstehen konnte) waren daran sicher nicht ganz unschuldig. »Sie haben doch nichts dagegen, daß ich Ihrer Frau unser Haus zeige?« fragte er Wang wie nebenbei.

Der konnte mit Rosina keinen Blick wechseln und willigte daher ebenso beiläufig ein. »Aber bitte nicht zu lange«, fügte er hinzu. Es sollte eine witzige Bemerkung sein, was aber keinem auffiel. Der frischgebackene Bürochef Rong und Frau Wu entfernten sich ebenfalls – ersterer nervös wie immer, letztere mit noch mürrischerem Gesicht als gewöhnlich. Dr. Ba beobachtete die Szene schweigend.

»Hat Ihnen mein Toast gefallen?« wandte sich Chen an Wang.

»Natürlich.«

»Ich hoffe, Ihrer Frau auch. Ich habe mir große Mühe gegeben.«

»Ich bin sicher, sie weiß das zu schätzen.«

Chen lächelte. »Einen Likör?«

»Nachher vielleicht. Ich brauche erst mal frische Luft.«

Chen nickte verständnisvoll. Er kannte bereits Wangs eigenartige Angewohnheit, nach dem Essen in die Nacht hinauszustürzen, obwohl es im Hause kühler war. Aber der Kerl hatte ja mehrere solcher Marotten. Wie schaffte es nur ein Mann, der sich so merkwürdig gab, eine derart schöne Frau an sich zu binden? Chen verstand die Welt nicht mehr.

Wang wollte vor allem der drückenden Atmosphäre in der Residenz entkommen. Er rannte förmlich den Weg hinunter, vorbei an den Bauhinia-Sträuchern und am Pförtnerhäuschen, wo er seinen Namen in das dort ausliegende Buch kritzelte. Erst am Küstensaum machte er halt, lehnte sich gegen das Metallgeländer und starrte auf die Wellen hinaus. War es wirklich so wichtig, wer Zhang Fei umgebracht hatte? Vielleicht sollte er seine Ermittlungen einstellen. Rosina war hier. Er könnte ein paar schöne Tage mit ihr verbringen – auf die Bergspitze hinauffahren, zur Ocean World und zum Stadthafen. Sollten doch Fang und Chen ihre Version durchziehen.

Langsam schlenderte er zum Gästehaus zurück.

»Ein schöner Abend«, meinte er zum Wachposten, an dem er eben vorbeigerannt war. Es war der Mann aus Shandong. Wang bot ihm eine Zigarette an.

»Wollen Sie sich die alten Ausgangsbücher anschauen?« fragte er. »Die schienen Sie doch zu interessieren.«

»Das ist nett von Ihnen«, erwiderte Wang. Sie interessierten ihn überhaupt nicht, aber da der Wachmann sie ihm so freundlich anbot ... Er schlug den 18. Juni 1996 auf. Nichts von Belang. »Trotzdem vielen Dank«, sagte er. Als der Mann das Buch wieder wegschloß, schaute sich Wang in der Wachstube um. Dieser Waffenschrank ...

»Was ist da drin?« fragte er.

»Nur das Allernötigste. Die Behörden hier erlauben nicht, daß wir bewaffnet sind, aber schließlich müssen wir uns verteidigen können. Wollen Sie mal sehen?« Er zog eine Karte durch einen Schlitz und gab einen Zahlencode ein. Wie die Zimmer im Gästehaus hatte der Waffenschrank ein elektronisches Schloß. Im Schrank lagen Pistolen, Gewehre, Schlagstöcke und zwei Paar Handschellen. Das eine Paar sah sehr neu aus.

»Wer hat Zugang zu dem Schrank?« fragte Wang.

»Ich und meine Kollegen. Und der Sicherheitschef natürlich«, antwortete der Wachmann.

»Parteisekretär Fang?«

»Der auch.«

»Sonst noch jemand?«

»Nein.« Der junge Mann warf ihm einen verwunderten Blick zu.

»Alles in Ordnung«, meinte Wang nur.

»Mir ist das sehr unangenehm«, sagte Wang. »Ich weiß doch, was du von solchen Banketten hältst, aber Chen hat darauf bestanden.«

»Ist schon okay. Nur mit diesem Parteisekretär hättest du mich nicht allein lassen sollen.«

»Hat er sich danebenbenommen?«

»Nein, wo denkst du hin. Aber hast du seine lüsternen Blicke nicht bemerkt?«

»Nein. Ich dachte, es macht dir Spaß, sonst hätte ich eine Ausrede gefunden.«

»Schon gut.« Rosina ging zum Fenster und schaute hinaus. Vor ihr der enge Innenhof, der mit Bambusstangen eingerüstet war. »Hongkong ...«, meinte sie nachdenklich.

Wang trat zu ihr und legte seinen Arm um ihre Schultern, ganz wie es junge Verliebte tun. »Morgen fahren wir nach Tsimshatsui. Der Blick vom Strand ist überwältigend.«

»Das wäre schön«, sagte Rosina und wandte sich ihm lächelnd zu. Sie küßten sich.

»Laß uns zu Bett gehen«, sagte Wang.

»Ja.«

Aber als es soweit war, fühlte sich Rosina zerschlagen wie selten. »Der Flug, dieses Abendessen – es war alles ein bißchen viel. Ich fühle mich wie tot ...«, murmelte sie.

»Das verstehe ich doch«, entgegnete Wang. Er küßte sie noch einmal, dann rollte sie sich zusammen. Sie fiel augenblicklich in tiefen Schlaf, aber er lag noch lange wach.

Am nächsten Morgen brachte ein Dienstwagen Rosina nach Stanley, wo sie sich dem »medizinischen Problem« von Gruppenleiter Chen widmen sollte.

»Bitte verstehen Sie, wie ... äh ... politisch delikat die ganze Sache ist«, stammelte Chen nervös, als sie allein in seinem Apartment saßen.

»Das verstehe ich schon. Also – haben Sie ein Kondom benutzt?«

»Selbstverständlich. Aber ich habe sie geküßt.«

»Wohin?«

Chen lief rot an. »Auf die Wange!«

»Und sonst?«

»Nirgendwo! Müssen Sie mich so was fragen?«

»Ich muß wissen, was geschehen ist.«

»Hm. Das ist mir so peinlich. Der Vorsitzende Mao hatte recht: Halte deinen Körper rein ...«

Er erinnerte Rosina an Wu Yuan, den Bildhauer, wenn dieser die Parteilinie zur Sexualität gnadenlos verhöhnte. Meist hatte er das getan, nachdem sie miteinander geschlafen hatten.

»So, nun muß ich Sie untersuchen«, erklärte sie.

»Ist das wirklich nötig?«

»Ja, wenn Sie mir nicht genau sagen, was passiert ist.«

Da endlich war Chen bereit, seine Begegnung mit der Prostituierten in knappen Worten zu schildern. Die arme Frau, dachte Rosina. »Haben Sie Schmerzen beim Wasserlassen?« fragte sie schließlich.

»Nein.«

»Bläschen, Ausschlag oder entzündete Stellen im Genitalbereich?«

»Nein.«

»Wenn Sie so etwas feststellen, dann sagen Sie es mir. Ich denke, es wird nicht dazu kommen.«

»Aber ich habe sie doch berührt! Sie ist schmutzig. Alle Frauen von der Sorte sind schmutzig.«

»Soweit ich sehen kann, ist alles in Ordnung.«

»Und was ist mit dieser ... westlichen Seuche?«

»Ich habe die Frau gefragt, die das Bordell führt. Die Mädchen werden regelmäßig auf HIV getestet. Wenn mit der Prostitution überall so effizient und umsichtig umgegangen würde wie dort, wäre die Welt ein besserer Ort.«

»Nanu«, meinte Chen. »Woher haben Sie gewußt, mit wem Sie sprechen müssen?«

»Auch mein Mann wurde von so einer Frau angerufen. Von ihr habe ich die Nummer bekommen und mich dann dort gemeldet. Aber keine Angst, ich habe nicht gesagt, um wen es geht.«

»Oh«, lächelte Chen erleichtert. »Da bin ich Ihnen dankbar. Sie haben mir einen großen Dienst erwiesen. Und China. Das Ansehen unseres Landes ist hier so enorm wichtig ...«

Veronica Chow saß in ihrer Zelle. Sie hatte sich an sie gewöhnt und fühlte sich nun fast wohl hier. Was war ihr Boot denn anderes? Auch nur eine Zelle, die schaukelte, wenn Wind aufkam, wo es nach den Dingen stank, die die Nachbarn über Bord warfen. Eine Zelle, in der Männer auftauchten, die sie anwiderten, sie benutzten und sich dann trollten, nur Dollars und Verachtung zurücklassend. Hier war es sauber, sie bekam regelmäßig zu essen, und vor der Tür stand ein Wachmann zu ihrem persönlichen Schutz. Zum ersten Mal fühlte sie sich unter Menschen, denen sie etwas zu bedeuten schien.

Sie war nicht dumm und wußte, daß das Ganze ein Geschäft war. Sie sollte vor Gericht aussagen, zumindest einen Teil der Geschichte erzählen. Das war riskant. Aber sie hoffte auf eine Belohnung. Sie hatte immer riskant leben müssen. Nie hatte sie sicher sein können, was Zhang Fei als nächstes einfallen würde, wann die kleinen Demütigungen, die sie ertragen mußte, in brutale Mißhandlungen umschlugen. Wäre das geschehen, war von dem Dicken und seinen widerlichen Chefs keine Hilfe zu erwarten, das hatte sie immer gewußt. Hier dagegen ...

Das vergitterte Fenster in der Zellentür ging auf. »Besuch für Sie«, sagte der Posten.

»Wer soll mich schon besuchen?«

»Ein Anwalt.«

»Ich habe nicht um einen Anwalt gebeten.«

»Er sagt, er sei geschickt worden. Sie brauchen einen Anwalt.«

Veronica erschrak für einen Augenblick. Dann beruhigte sie sich wieder. Ein Anwalt. Warum nicht?

»Okay«, sagte sie.

Die Tür öffnete sich, und auf der Schwelle stand ... der Dicke.

Elftes Kapitel

Der Toyota trug kein besonderes Kennzeichen, aber das gellende Martinshorn und das wild blinkende Blaulicht ließen niemanden im Zweifel darüber, daß der Weg frei zu machen war. Selbst die Schlange am Hafentunnel schien sich vor ihm aufzulösen.

»Die Beschreibung paßt auf ihn?« fragte Wang.

»Leider ja.« Inspektor Luard schüttelte den Kopf. »Größe, Statur ... Er hat sich sehr gut verkleidet, aber ...«

»Die haben ihn eingelassen?«

»Jeder hat das Recht, mit seinem Anwalt zu sprechen. Unter vier Augen.«

»Und entwischt ist er ihnen auch noch ...«

»In der Regel schauen wir nicht nach, ob ein Anwalt seiner Mandantin etwas angetan hat!«

Wang wollte wütend etwas entgegnen, aber was hätte das genutzt? Auch Luard schien von dem Mord schockiert. Immerhin war er auf die Idee gekommen, Wang mitzunehmen.

Der Toyota schoß an dem merkwürdigen Huangpu-Schiff vorbei, einem auf Grund gesetzten Dampfer, der nun ein japanisches Kaufhaus, eine Eisbahn und mehrere teure Restaurants beherbergte.

»Der ist längst verduftet!« meinte Wang trocken.

»Aber vielleicht finden wir einen Hinweis darauf, wohin er verschwunden sein könnte.«

Mit quietschenden Reifen hielt der Wagen vor dem Wohnblock, wo der Dicke logierte. Luard, Wang und zwei Polizisten rannten die Treppe hinauf. Ein weiteres Fahrzeug bog um den Block, um den Balkon zu sichern.

»Aufmachen!« bellte Luard auf kantonesisch. Drinnen blieb es still. Luard gab den Polizisten ein Zeichen, und eine Sekunde später flog die Tür auf. Sie stürmten hinein.

Der Dicke hatte keine Zeit gehabt, viel mitzunehmen. Herausgerissene Schubladen, Stapel von Wäsche, das Bettzeug auf dem Fußboden. Am Fenster stand verloren der Hometrainer und erinnerte an einen alten Gaul, den die Film-Crew vergessen hatte.

»Die Su Fong hat sichere Verstecke für gefährdete Leute«, meinte Luard düster. »Das ist eine internationale Organisation. Lee taucht mit einer neuen Identität in London, Singapur oder San Francisco wieder auf, wo er ein neues Leben anfangen kann. Von der gleichen Art.«

»Sie schalten doch Interpol ein?«

»Natürlich. Aber trotzdem gehen uns viele Triadenmitglieder durch die Lappen.«

»Bei Interpol sitzen vor allem Westler«, ging es Wang durch den Sinn. Aber er verkniff sich die Bemerkung.

Luard schaute ins Badezimmer, wo ein Polizist bereits Fingerabdrücke von einem Spiegel nahm. Wang blickte sich um. Das alte Schuldgefühl überkam ihn. Hätte er seine Ermittlungen nicht so vorangetrieben, wäre Veronica Chow vielleicht noch am Leben. Eine Frau, die niemandem etwas getan hatte, nur außerhalb der Regeln lebte und dafür nun diesen Preis hatte zahlen müssen ... Aber an den Verbrechen war schließlich nicht die Polizei schuld, sie suchte sie nur aufzuklären.

»Wenigstens eins wissen wir jetzt«, sagte Luard, als er wieder ins Zimmer trat.

»Was?«

»Daß es der Su Fong mit der Sache bitter ernst ist.«

Wang nickte. »Werden Sie nun das Drachenhaupt zum Verhör bestellen?«

Luard zögerte.

»Das ist ein Mordfall! Vielleicht sogar ein Doppelmord!«

»Ich brauche noch mehr Informationen.«

»Mehr Informationen?«

»Ja«, fügte Luard in entschuldigendem Ton hinzu. »Ich weiß, was Sie jetzt denken.«

»Was denn?«

»Wenn Veronica eine Frau aus dem Westen oder zumindest reich wäre, dann hätten wir uns das Drachenhaupt schon längst geholt. Habe ich recht?«

»Durchaus.«

»Aber Sie irren sich. Ich arbeite mein Leben lang hier. Ich fühle mich als Hongkonger wie Veronica Chow. Ihr Tod nimmt mich genauso mit wie jeder andere Mord, den die Triaden verübt haben. Aber es ist nicht der erste und wird wahrscheinlich auch nicht der letzte sein. Das ist doch bei Ihnen nicht anders.«

»Nein ...«, sagte Wang leise. »Entschuldigen Sie.«

»Schon gut. An die Arbeit!«

Arbeit. Luard nahm sich jede Schublade einzeln vor. Wang sah zu. Er wußte, daß er sich nicht ganz professionell verhalten hatte, und es war ihm ein bißchen peinlich. Aber die Hongkonger Polizei mußte sich mit dem Drachenhaupt befassen. Ein Gedanke ließ ihn nicht mehr los. In den siebziger Jahren galten die Ordnungshüter der Stadt als zutiefst korrupt. Hohe Offiziere hatten sich mit den Triaden eingelassen und ihre Bankkonten zum Bersten gefüllt. Das sollte sich nun alles geändert haben?

Zumindest hatte es den Anschein.

Nachdem Rosina ihre medizinische Pflicht erfüllt hatte, beschloß sie, sich einen Bummel zu gönnen. Eine Frau, die neben ihr im Flugzeug gesessen hatte, war auf die Einkaufspassage von Shatin zu sprechen gekommen, die etwas preiswerter sein sollte als die an den Uferstraßen. Chen bot ihr an, sie dorthin fahren zu lassen, aber sie stieg schon am Zentralbahnhof aus und nahm die Metro.

Während der Fahrt hinaus nach Shatin beruhigte sie sich wieder. Durch den Tunnel gelangte sie in eine Welt, wo Berge und sogar grüne Felder sie umgaben. Als sie aus der Station heraustrat, brauchte sie nur dem Menschenstrom zu folgen, der sich zielstrebig zu der Einkaufsmeile hinbewegte. Jeder, der dort eintrat, schien sich erst einmal orientieren zu müssen. Auch Rosina blieb stehen und schaute sich staunend um.

Sie war in einem riesigen Konsumtempel gelandet – mit Säulen aus glänzendem Stahl und einem weit geschwungenen Dach, durch das Tageslicht hereinströmte. Rosina ging wie im Rausch umher, schwebte Rolltreppen hinauf und hinab, murmelte Markennamen wie Mantras: Armani, Versace, Cardin …, starrte wie gebannt in die glitzernden Vitrinen. Diese goldenen Schuhe! Sie sprachen ganz deutlich zu ihr: Wir sind nichts für schmutzige Pekinger Straßen im Winter. Schleppe uns nicht in ein Krankenhaus zwischen lauter plumpe Treter. Wir werden in schicken Limousinen von Party zu Party gefahren … Und dieses Kleid! Rosina hatte geglaubt, sie hätte sich für jenes Abendessen bereits gewagt angezogen … Die Männer werden dich mit ihren Augen verschlingen, versprach es ihr, gebannt wie die Kaninchen vor der Schlange. Die Frauen werden dich anstarren, denn Neid brennt so stark wie Begierde. In mir wirst du durch die Welt tanzen, jung, strahlend, und nichts kann dich aufhalten. Du mußt es nur kaufen …

Kaufen!

Dann sah sie den Preis.

Am Ende genehmigte sie sich eine billige Handtasche – ihre alte war doch zu schäbig – und ein Sporthemd für Anzhuang. Und eine Tasse sehr teuren Kaffee, den sie auf einem hohen Barhocker trank, wo sie sich noch ein letztes Mal in jenes Kleid träumte. Als sie sich in der Damentoilette die Hände in einem Becken aus imitiertem Marmor wusch, schaute sie in den Spiegel und sagte sich, sie sei auch so eine schöne Frau. Zumindest sagte ihr das Anzhuang sehr überzeugend. Und andere Männer sagten es mit ihren Blicken … Als sie das Einkaufszentrum verließ, war der Zauber endgültig gebrochen.

»Danke für den Traum«, dachte Rosina, als sie ins Freie trat. Sie atmete tief durch.

Wang kam spät in die winzige Behausung zurück. Er war nicht sicher, wie Rosina reagieren würde. Aber sie hielt ihm zur Begrüßung ein Päckchen hin. Lächelnd packte er es aus.

»Schick«, sagte er und besah sich das Hemd. »Von Giordano! Das hätten wir uns in Peking niemals geleistet, auch bevor sie die Markenläden alle wieder zugemacht haben. Ich danke dir.« Er stockte einen Augenblick. »Und was hast du für dich gekauft?«

Rosina zeigte ihm die Handtasche.

»Sehr schön«, sagte Wang nicht allzu begeistert. Er hatte gehofft, es werde etwas anderes sein, aufregender und sexy. »Was ist mit Chen?«

»Bis jetzt kann ich nichts Genaues sagen. Aber wahrscheinlich hat er Glück gehabt. Er ist ein Schwein. Und wie war dein Tag?«

»Schrecklich.« Wang erzählte ihr von Veronica Chow.

Rosina war schockiert. »Die arme Frau. Hatte sie Familie?«

»Soviel ich weiß, irgendwo auf den Inseln.«

»Und die haben bestimmt von ihrem Verdienst gelebt.«

»Keine Ahnung. Vielleicht.«

Rosina war eine Weile still, dann sagte sie plötzlich: »Ich muß etwas unternehmen, wenn ich schon mal hier bin.«

»Ja. Das wäre gut. Mein Fall spitzt sich zu, aber ich habe dir versprochen, daß ich Zeit finde, um dir einiges zu zeigen. Das ist mir ernst.«

»So meine ich das nicht. Ich möchte etwas für andere tun. Für Leute, die nicht das Geld haben, ihren Tag in Einkaufszentren zu verbringen. Die, um überleben zu können, sich an widerwärtige, undankbare Kerle wie Chen Runfa oder deinen Zhang Fei verkaufen müssen. Der soll in der Hölle schmoren, wenn es nach mir geht.« Sie schaute ihrem Mann voll ins Gesicht. »Es ist so ungerecht.«

»So ist der Kapitalismus«, sagte Wang.

»Das glaubst du doch selber nicht. So sind die Männer!«

Wenn Rosina von Zeit zu Zeit solche Bemerkungen fallenließ, blieb Wang in der Regel gelassen. Dabei störte ihn die Unterstellung schon, die meisten Männer seien schlechte Menschen. Aber er hatte einen harten Tag hinter sich und mußte damit fertig werden, daß er irgendwie für den Tod von Veronica Chow mitverantwortlich war. »Westlicher Unsinn!« entfuhr es ihm.

»Was weißt du schon vom Westen?« schoß Rosina zurück, die sich nun auch erregte. »Du hast doch den ganzen Tag nur solche Leute wie Chen Runfa um dich, die kommunistische Sprüche von sich geben.«

Wang schaute auf das neue Hemd, dann auf seine Frau und schließlich auf das winzige Zimmer, das ihm jetzt wie ein Käfig vorkam. Er konnte sich kaum noch gegen die irrationale, unwürdige Wut wehren, die in ihm aufstieg. Da schrillte das Telefon.

»Um Mitternacht schlagen wir zu«, erklärte Luard. Mit dem Zeigestock wies er auf die Karte. »Durch den Haupteingang. Der wird aufgebrochen, ohne zu fackeln. Die Polizisten Fung und Yap sichern die Notausgänge. Da und dort stehen die Computer. Die Disketten müssen in der Nähe liegen. Ich will sie alle. Den Verein nehmen wir auseinander.«

Wang verstand das Kantonesisch nicht, aber Luards Plan war ihm klar. Es tat ihm gut, daß endlich etwas geschah. Mit dieser Aktion konnten sie Veronica Chow nicht wieder lebendig machen. Aber wenn ihr Tod die Hongkonger Polizei dazu brachte, die Verbindungen zwischen der Su Fong und dem illegalen Handel mit Software aufzuklären, dann war er nicht völlig umsonst gewesen.

»Kommissar Wang Anzhuang vom Festland wird uns begleiten«, fuhr Luard fort und wies auf Wang. »Natürlich nur als Beobachter, obwohl er ein Meister im *Wushu* ist, sollten wir in Schwierigkeiten kommen!«

Wang mußte lächeln, als er das Wort für die chinesische

Kampfkunst hörte. Insgeheim hoffte er, er könnte sie an diesem Abend anwenden.

Die Firma Prosperity Electronic and Computing Emporium war nicht auf der Liste gewesen, die die Zollbehörde Wang übergeben hatte. Sie hatte geheimgehalten, was sie über deren illegale Geschäfte bereits wußte. Luard sagte Wang, er habe mit dem Chef sprechen müssen, um eine vollständige Aufstellung der verdächtigen Firmen zu erhalten, nicht die bereinigte, die man Wang anfangs ausgehändigt hatte. Dieser prüfte sie noch einmal auf die Unternehmen, mit denen Zhang Fei in Kontakt getreten war. Dabei stellte sich heraus, daß dieser mit einem Mann von Prosperity Electronic mehrfach lange telefoniert hatte.

»Ihre Leute vom Zoll hätten uns viel Arbeit ersparen können, wenn sie gleich mit der ganzen Wahrheit herausgerückt wären«, meinte Wang zu Luard, der ihm nur zustimmen konnte.

»Warum haben sie das wohl nicht getan?«

Nun rollten zwei Polizeiwagen langsam durch die Verkehrstunnel, über die Gascoigne Road hinauf zur Ferry Street, wo Wang einen Blick über das Erschließungsgebiet von Yaumatei hatte. In Shamshuipo hielten sie vor dem Gebäude, in dem Prosperity Electronic saß. Zwei stämmige Männer aus Swatou schlugen die Tür mit Hämmern ein. Eine Alarmsirene heulte auf, wurde aber bald zum Schweigen gebracht. Wang ging mit den Männern hinein und sah zu, wie sie Notebooks und Disketten in großen Kartons fortschafften. Er schaute sich eingehend um, ob vielleicht etwas auf eine Verbindung zu Golden Dawn hindeutete. Dieser Wandkalender. Wo hatte er den schon einmal gesehen? Er trat heran, um ihn genauer zu betrachten.

Mit den besten Wünschen an alle Kunden: Lebensmittelfirma »Glücklicher Hahn«, Guangzhou.

»Wir gehen.« Luard legte Wang seine Hand auf die Schulter. »Wir haben, was wir brauchen.«

»Ich will da nicht hin«, erklärte Rosina.

»Es ist doch nur dieser eine Abend«, bat Wang. Das Taxi bog um die nächste Ecke. Durch die Scheibe, über die Regentropfen rannen, blickte der Kommissar auf Insel und Hafen tief unter ihnen.

»Ach, wäre ich doch schon wieder zu Hause«, sagte Rosina.

Wang nickte. Ihr Streit war noch nicht beigelegt, er ruhte nur. Der Alltag forderte sein Recht. Ein gemeinsamer Feind in Gestalt dieser merkwürdigen Stadt, die sich zu ihren Füßen ausbreitete, war da sehr willkommen.

»Elegance View«, verkündete der Fahrer und ließ den Wagen vor zwei riesigen Wohnblöcken ausrollen. Wang und Rosina liefen durch den strömenden Regen zum hell erleuchteten Eingang hinüber.

»Inspektor Luard? 18. Stock«, gab der Concierge Auskunft.

Der Offizier der Hongkonger Polizei erwartete sie schon am Aufzug. »Anzhuang!« sagte er mit einem warmen Lächeln. »Und Sie müssen Rosina sein. Herzlich willkommen!«

Die Wohnung, die sie nun betraten, war so luxuriös, wie er es bisher nur erlebt hatte, wenn er, was äußerst selten vorkam, Funktionäre der höchsten Kreise aufsuchte. Ein Mahagonitisch, der glänzte, als sei er lackiert, darauf Silbergeschirr, das im Licht der Kerzen blinkte, die ebenfalls in silbernen Leuchtern steckten, ein dicker Teppich in tiefem Braun, chinesische Bilder an den Wänden, vor den Fenstern der Balkon mit einem majestätischen Blick auf den Hafen. Wang warf Rosina einen kurzen Blick zu und bemerkte das Staunen in ihren Augen. Er hoffte, daß man ihm seine Gedanken nicht so deutlich ansah. Wie konnte sich Luard all das von einem Polizistengehalt leisten?

»Und das ist meine Frau Louisa«, stellte er vor. Eine unscheinbare Frau in elegantem Kleid drückte den Besuchern die Hand. Wie Luard beherrschte auch sie das Hochchinesische ausgezeichnet. Ein junger Mann namens Ben rundete die Gesellschaft ab. Er sprach nur Englisch, gab sich aber Mühe, mit Gesten zu kommunizieren. Er war ein Studienfreund von Luards Sohn und befand sich gerade auf einer Weltreise.

»Eine Weltreise ...«, staunte Rosina.

Der junge Mann lächelte geschmeichelt. Luard holte einen Atlas herbei, und der junge Mann begann zu schwärmen, wo er schon überall gewesen war. Wang hörte, wie Rosina verträumt Städtenamen murmelte. Paris. Florenz. Rom. Istanbul. Delhi. Agra ...

Das Essen begann mit der Suppe. Merkwürdig, dachte Wang, der als Chinese gewohnt war, mit der Suppe das Mahl zu beschließen. Aber schließlich zäumten diese Westler oft das Pferd von hinten auf. Die Namen waren bei ihnen zum Beispiel umgedreht. Im Westen müßte er sich Anzhuang Wang nennen, was für ihn einfach absurd klang. Die Suppe war ihm zu sämig, aber er lobte sie wortreich.

»Sie müssen sich bei Maria bedanken, nicht bei mir«, sagte Louisa. Die philippinische Köchin lächelte, als sie die Teller abräumte. Noch ein Posten im Budget.

»Fehlt Ihnen England?« fragte Rosina.

»Schottland«, erwiderte Mrs. Luard rasch. »Ja, es fehlt mir sehr. Wir wollen bald zurückgehen. Ins Hochland, wo Edwin aufgewachsen ist.«

Auch das wird eine Stange Geld kosten, durchfuhr es Wang. Aber dann schalt er sich insgeheim für sein Mißtrauen. »Ich bin ebenfalls in den Bergen aufgewachsen«, erzählte er lächelnd.

»Sie sagten, Sie seien aus Shandong«, meinte Luard. »Ist es dort nicht ganz flach? Vom Taishan natürlich abgesehen.«

»Überhaupt nicht. Wir haben eine Menge Berge. Wenn Sie den Atlas noch einmal holen, zeige ich es Ihnen.« Luard brachte den dicken Band herbei, und Wang umkreiste mit dem Finger das Hochland seiner Heimatprovinz. Er fand sogar seine Kreisstadt Wentai auf der Karte, allerdings nicht Nanping, ein Dorf, wie es Millionen in China gibt. Nun mußte Wang seinerseits anschauen, wo ein kleines Dorf in Ross-shire und Louisas Heimatstadt Edinburgh lagen.

»Wir sind heute alle weit weg von den Orten, wo wir eigentlich hingehören«, sagte Luard nachdenklich. »Aber gerade das ist es, was Hongkong ausmacht. Die Chance für einen Neuanfang, die hier jeder hat. Zu sein, was er ist, nicht, was sein oder ihr Vater einmal war. Das ist das Beste an diesem Ort, das ihn zu etwas Besonderem macht ...«

Als der Regen nachgelassen hatte, traten sie auf den Balkon hinaus und betrachteten das majestätische Panorama Hongkongs bei Nacht. Jedes Geräusch war weithin zu hören: Autos quälten sich die Stubbs Road herauf, ein Flugzeug streifte fast die Dächer von Kowloon Tong, in Wanchai und an der Causeway Bay rollte noch der Verkehr. Und über allem das endlose Zirpen der Zikaden in der feuchtheißen Nacht.

»Probieren Sie das«, bat Luard und bot seinen Gästen schwere Gläser mit einem Schluck Whisky an. »Single Malt. Zwanzig Jahre alt. Aus einer Brennerei, nur wenige Meilen von meinem Zuhause entfernt.«

Wang nahm das Glas.

»Auf Hongkong«, prostete Luard. »Auch das ist mein Zuhause. *Ganbei.* Aber nehmen Sie den Trinkspruch nicht ernst und trinken Sie besser nicht auf ex!«

»*Ganbei!* Auf Hongkong!« Wang kostete nur einen winzigen Schluck von der braunen Flüssigkeit, weil er etwas Widerliches erwartete. Aber dem war nicht so. Der Whisky schmeckte angenehm mild und wirkte entspannend. Zweifellos war er sehr teuer.

»Sie waren zum Essen bei denen?« fragte Sekretär Fang ungläubig.

»Ja. Ist das nach dem Grundgesetz verboten?«

»Mir ist nicht nach Scherzen zumute. Sie wissen, daß Sie so etwas vorher mit Ihrem Gruppenleiter absprechen müssen.«

»Ich bin sicher, Chen Runfa hat nichts dagegen.«

»Darum geht es nicht. Er hätte es mit mir besprechen müssen, und ich hätte schon etwas einzuwenden gehabt.«

»Weshalb?«

Fang blickte Wang wütend an. »Ich verstehe Sie nicht. Und ich begreife nicht, wieso man aus Peking Leute wie Sie an Orte wie diesen schickt. Leute, die kein politisches Gespür haben. Sie sollten sich um das Verkehrswesen in Gansu kümmern.«

»Es gibt nicht viel Verkehr in Gansu.«

»Ihre Belehrungen können Sie sich sparen. Sie haben sich mit den Briten nicht zu verbrüdern, und Sie haben von jetzt an auch mit diesem Fall nichts mehr zu tun. In keiner Weise, weder der Form noch dem Inhalt nach. Verstanden?«

»Ich verstehe«, sagte Wang. »Aber ...« Die Stimme versagte ihm, weil Zorn in ihm aufstieg und er unmöglich in Worte fassen konnte, was er dachte.

Zwölftes Kapitel

Tief einatmen. Spüre den Luftstrom, aber denke nicht daran, daß du ihn spürst, denn der Kopf muß frei sein. Noch einmal durchatmen.

»Alles, was mit Worten ausgedrückt werden kann,
ist endlich.
Das Dao allein währt ewig, denn es ist nicht in Worte
zu fassen.«

Spüre, wie dieses Wissen in dir aufsteigt! Erkenne seine Stärke!

»Das Dao hat weder Anfang noch Ende.
Es ist die Quelle aller Kraft.
Es ist unerschöpflich ...«

In der Nähe bohrte jemand ein Loch in die Wand.

»Verdammt noch mal!« fluchte Wang, der sich bei diesem Lärm nicht konzentrieren konnte. Er war selber überrascht, wie heftig er reagierte. Er sprang auf und lief erregt im Zimmer umher. Wie er Untätigkeit haßte!

Rosina kam vom Einkaufen zurück. »Ich habe eine Wassermelone mitgebracht«, erklärte sie stolz.

Wang mußte lächeln: Wenn es ihm nicht gut ging, waren solche kleinen Gesten ein wahrer Rettungsanker. Rosina schnitt die große Frucht geschickt auf. Dann saßen sie sich an dem Plastiktischchen gegenüber und versenkten ihre Gesichter in die süß duftenden, feuchten Scheiben.

»Köstlich!« stöhnte Wang, nachdem er das dritte Stück verschlungen hatte.

»Sehr gut«, pflichtete Rosina ihm bei.

Dann schwiegen beide, angenehm entspannt. Plötzlich wieder das Bohren.

»Wir müssen etwas unternehmen«, meinte Rosina.

»Stimmt. Aber was?«

»Ich weiß auch nicht. Was ist mit deinem neuen Freund bei Xinhua? Der in jeden Computer hineinkommt.«

»Norton? Als ich ihn das letzte Mal gesehen habe, war er sehr beschäftigt. Sekretär Fang hat ihn sicher angewiesen, uns zu meiden. Außerdem dachte ich, du fändest ihn langweilig.«

»Nicht ihn. Die Computer. Ich weiß nicht, was sie uns bringen sollen. Wir haben einen auf der Station, aber der macht uns mehr Probleme, als er löst.«

Wieder schwiegen sie. »Du könntest zum Beispiel Louisa Luard besuchen«, meinte Wang nach einer Weile. »Ich darf mich mit keinem von der Hongkonger Polizei treffen, aber das gilt ja nicht für dich.«

»Allein macht es mir keinen Spaß«, antwortete Rosina. »Da bin ich zu schüchtern.«

Wieder das Bohren. Wang fluchte, hielt sich aber in Gegenwart seiner Frau mit den Ausdrücken zurück. Dann kam ihm ein Gedanke, den er erst eine Weile hin und her wälzte, bevor er ihn aussprach. »Matilda Yip«, sagte er schließlich.

»Wer ist das?«

»Matilda Yip? Eine Frau aus China, die ich im Zusammenhang mit dem Fall verhört habe. Sie hat offenbar nichts damit zu tun, aber sie hat von einem taubstummen Kind erzählt, um das sie sich kümmert. Wenn du etwas für andere tun willst – sie braucht bestimmt Hilfe. Und verdient sie auch. Sie hat viel Mut bewiesen.«

»Und was machst du, während ich mich als braver Soldat Lei Feng betätige?«

»Ich denke, du willst jemandem helfen.«

Rosina hörte eine kleine Verstimmung aus den Worten ihres Mannes heraus. Sie konnte es ihm nachfühlen. »Du hast recht. Das will ich wirklich. Meinst du, ich sollte sie mal besuchen?«

»Nur, wenn du willst.«

Schweigen, dann wieder der Bohrer.

»Gut. Warum nicht? Wie kann ich mit ihr in Kontakt kommen?«

»So richtig weiß ich es auch nicht. Ich habe zwar ihre Adresse, aber du kannst ja nicht einfach dort aufkreuzen und sagen, wer du bist.«

»Weshalb sollte ich das nicht können?« erwiderte Rosina. Wenn sie sich einmal entschieden hatte, konnte sie sehr energisch sein. »Aber du mußt dir auch eine Beschäftigung suchen, Anzhuang. Dir geht's nicht besser als mir, wenn du nichts zu tun hast.«

»Ich werde natürlich weiter ermitteln.«

»*Xiao* Wang! Ich sitze hier und warte auf eine Antwort von dir. Hast du meine Nachricht nicht bekommen?«

»Nein.«

»Der Kerl am Telefon wollte dir aber Bescheid sagen.«

»Der wird wohl seine Anweisungen haben.«

»Ein britischer Spion?«

»Nein«, erwiderte Wang. »Das glaube ich weniger …«

»Ich weiß jetzt einiges mehr über Zhang Fei als beim letzten Mal«, fuhr Räder-Zhai fort, denn er war der Anrufer.

»Hast du die Lücke in seinem Lebenslauf schließen können?«

»Nein, ich habe mich auf seine Finanzen konzentriert. Und die sind sehr interessant.«

»Ich höre.«

»Als er nach Hongkong kam, besaß er offenbar solide Ersparnisse. Aber als man ihn umbrachte, waren alle seine Konten leer.«

»Hm. Es ist nicht schwer, hier viel Geld durchzubringen. Rosina war heute in einem Einkaufszentrum. Der Hongkong-Dollar scheint Flügel zu haben!«

»Zhang Fei hat in unregelmäßigen Abständen große Beträge in bar abgehoben.«

»Wann zum letzten Mal?«

»Ungefähr vor acht Monaten.«

»Oh, das ist interessant ...«

»Was denkst du? Glücksspiel? Erpressung? Oder Rauschgift?«

»Von Drogen war nichts zu sehen, als ich seine Wohnung durchsucht habe. Erpressung ist eine Möglichkeit. Aber aus einem Erpresser wird in der Regel kein Mörder, wenn man sich gegen ihn zur Wehr setzt. Wenn man allerdings Spielschulden nicht zahlt ... Zhai, du bist ein Schatz. Es gibt ein großes Bankett zu deinen Ehren, wenn ich zurück bin!«

»Glücksspiel?« fragte Norton.

»Ja«, erwiderte Wang. »Wohin würden Sie gehen, wenn Sie zocken wollen?«

»Zum Pferderennen oder ins Casino.«

»Pferderennen hat er probiert, als sein ganzes Geld schon weg war. Mit kleinen Einsätzen wie ein Anfänger. Die großen Verluste müssen ihn anderswo ereilt haben. Ich dachte immer, in Hongkong gibt es gar keine Spielcasinos.«

»Die sind in Macao, jenseits der Bucht.«

»Sind Sie da schon mal gewesen?«

»Mitarbeitern der Nachrichtenagentur Xinhua ist es nicht gestattet, sich aufs Glücksspiel einzulassen. Aber klar war ich dort. Und habe sogar gewonnen. Man muß nur etwas von Zahlen verstehen.«

Wieder Zahlen. »Sagen Ihnen 18-6 oder 17-2 etwas?«

Norton kam ins Grübeln. »Nicht direkt. Vielleicht hatte er eine Theorie fürs Roulette? Ist Zhang Fei als Millionär gestorben?«

»Nein, er hat viel verloren.«

»Er kann natürlich auch nach einem dieser verschrobenen Systeme gewettet haben. Glückszahlen und ähnlicher Schrott. Auf Wissenschaft kommt's an!« erklärte Norton selbstbewußt und tippte sich an die Stirn. »Nur so funktioniert's!«

»Ich denke, wir sollten uns das anschauen«, erklärte Wang.

»Super! Diesen Sonnabend? Je eher, desto besser. Meine Schwester kommt bald, und sie ist absolut gegen solche Sachen. Sie ist fast gegen alles, was mich betrifft ...« Die Miene des jungen Mannes verdüsterte sich, hellte sich aber bald wieder auf.

»Und jetzt *1997*! Ich fordere Sie heraus!«

»Ich denke, Sie haben zu tun.«

»Das hatte ich. Ist schon alles erledigt.« Norton klickte ein paar Mal mit der Maus, und schon erschien das bekannte Eröffnungsbild des Spiels.

»Es ist Juli 1997. Als Chef der Hongkonger Verwaltung haben Sie die Aufgabe, das neue Sonderverwaltungsgebiet zu führen ...«

»Ich weiß nicht, ob ich mich auf Glücksspiele einlassen kann«, meinte Rosina. »Einer meiner Onkel hat all sein Geld beim Fantan verloren.«

»Norton sagt, er weiß, wie man gewinnt.«

»Norton ist noch sehr jung. Ich werde nur ganz wenig Geld mitnehmen.«

»Das kann doch ein schöner Ausflug sein. Macao ist auch sonst sehr interessant. Die portugiesische Architektur ...«

Rosina nickte. Portugal gehörte zu den Ländern, die sie gern besucht hätte.

»Wie, sagen Sie, funktioniert das Ding?« fragte Wang.

Norton erklärte ihm das Prinzip des Tragflächenbootes. Rosina gab sich alle Mühe, nicht hinzuhören und sich auf ihren Roman zu konzentrieren.

»Toll«, sagte Wang, als Norton geendet hatte.

»Wenn es uns nur heil hin und wieder zurück bringt«, murmelte Rosina.

Unter den Passagieren stieg die Aufregung. Nach fünfzig

Minuten rasender Fahrt durch das Mündungsgebiet des Perlflusses hatten sie Macao beinahe erreicht. Hände tasteten in Taschen nach Amuletten, Stoßgebete an die Ahnen stiegen zum Himmel auf. Der Mann in der Reihe gegenüber warf eine Münze, um ein Hexagramm aus dem I Ching zu bauen. Kein Zweifel, was alle diese Leute im Sinn hatten.

Bei der Ankunft mußten sie sich von der Einwanderungsbehörde kontrollieren lassen. Dann begann der Kampf um die Plätze in den grellbunten Minibussen, die sie die Küstenstraße entlangfuhren. An frischen Baustellen vorbei ging es ins Zentrum der Stadt.

»Da haben wir das Lisboa«, erklärte Norton und zeigte auf ein merkwürdiges rundes Gebäude mit einem Dach, das an die Frisur einer Schönen aus der Peking-Oper erinnerte. »Wenn Zhang Fei Roulette gespielt hat, dann war er hier. Blackjack gibt es hier auch. Das ist ein gutes Spiel. Wenn man sich mit Zahlen auskennt ...«

Der Bus setzte sie ab, und sie spazierten langsam an einer Reihe von Pfandleihen vorbei. Rosina schüttelte nur den Kopf, als Norton vor einem ausgestellten Computer stehenblieb.

»Armer Onkel Hei«, sagte sie. »Er hat das ganze Familienvermögen verspielt, müssen Sie wissen.«

Dann waren sie am Casino.

Die Aura des Geldes traf sie so stark und unmittelbar wie der kalte Strahl der Klimaanlage. Wang zuckt förmlich zusammen. Sie gingen durch eine Ladenpassage und kamen dann in eine Halle voller Spielautomaten. Davor standen Menschen wie gebannt, zerrten mechanisch an den Griffen, sprachen gar mit den Maschinen: »Los doch!« – »Jetzt klappt's!« Oder: »Sei nett zu mir!« Die Geräte blinkten, piepten und schnarrten zur Antwort. Zuweilen – selten genug – spuckten sie ein paar Münzen aus. Über allem eine riesige Anzeigetafel, auf der eine ständig wachsende Summe klickte. Norton erklärte, das sei der Jackpot, den irgendwer irgendwann knacken werde.

»Das hier ist für Gehirnamputierte«, meinte er abfällig. »Schauen wir dahin, wo richtig was abgeht.«

Im nächsten Saal stießen sie auf halbrunde Tische, an denen tiefernste Croupiers – geschniegelte Männer im Frack oder junge Frauen mit geschminkten Puppengesichtern in tief ausgeschnittenen schwarzen Kleidern – Karten verteilten. Norton führte sie an einen Schalter, wo sie Chips kaufen konnten. Wang zückte sein Foto von Zhang Fei und fragte die Angestellten nach ihm. Das Foto sagte niemandem etwas. Sie gingen zu den Blackjack-Tischen zurück.

»Da ist ein Platz frei«, sagte Wang.

Norton flüsterte ihm zu, sich noch ein wenig zu gedulden. »Wir müssen erst eine Weile zusehen«, erklärte er. Das taten sie. Inzwischen betrachtete Wang die Chips und mußte daran denken, was die große Masse der ehrlichen Männer und Frauen in seiner Heimat verdiente. Dann forderte Norton sie auf, Platz zu nehmen.

»Ich sage Ihnen, was Sie setzen sollen«, erklärte er.

»Meinetwegen«, brummte Wang. Es war sowieso fast alles Nortons Geld.

Die erste Karte war eine Sieben. Die nächste ebenfalls.

»Ist das gut?« flüsterte Rosina.

Die dritte Karte – eine Acht. Norton fluchte.

Das nächste Spiel. Acht. Vier. König. Der Croupier sammelte die Einsätze ein.

Rosina sagte diesmal nichts. Es war auch nicht nötig.

Nach einer halben Stunde hatte Norton sein ganzes Geld verspielt.

»Machen Sie sich nichts draus«, sagte Wang. »So ist das Leben.« Das wollte der junge Mann bestimmt nicht hören. Aber Wang fiel nichts Besseres ein.

Rosina meinte, sie zöge Roulette vor. Sie begaben sich in die entsprechende Ecke des Saales und peilten zunächst wieder die Lage. Die Summen, um die es hier ging, klangen in Wangs Ohren pervers. Das Rad schwirrte, eine kleine weiße Kugel tanzte umher, von allen gespannt beobachtet. Menschen schnauften vor Gier, Wut, Freude oder Verzweiflung. Eine kleine Tischrevolution, als das Geld umverteilt wurde. »Bitte machen Sie Ihr Spiel ...«

Norton erklärte die verschiedenen Zahlengruppen, auf die man setzen konnte.

18-6, 17-2? ging es Wang durch den Kopf. War das eine Zahlenfolge, die man von dem Glücksrad erwartete? Wangs Herzschlag setzte aus, als die Kugel einige Sekunden später auf die Achtzehn sprang. Aber die nächsten Zahlen waren die Einunddreißig und dann die Fünf.

»Das ist meine Glückszahl«, behauptete Rosina. »Fünf. Auf die setze ich jetzt.«

Norton runzelte die Brauen und murmelte etwas wie: »Unwissenschaftlich!«

»Soll ich noch warten?« fragte ihn Rosina. »Dann haben andere Zahlen die Chance herauszukommen, bevor wieder die Fünf an der Reihe ist. Wenn ich 35 Spiele abwarte, dann müßte es klappen, nicht wahr?«

Norton schüttelte den Kopf über so viel Unverstand. »Nein! Die Zahlen kommen in ganz zufälliger Folge, es sei denn, das Rad ist manipuliert. Man kann setzen, wann man will.«

»Auch jetzt?«

»Jetzt oder in einer Stunde. Das Risiko ist immer das gleiche.«

»Dann traue ich mich jetzt!«

»Du setzt doch nicht gleich dein ganzes Geld auf einmal?« fragte Wang erschrocken, als Rosina alle ihre Chips auf die erwählte Zahl schob.

»Warum nicht? Lieber verliere ich schnell als langsam.«

»Was wir hier machen, ist völlig sinnlos«, konstatierte Rosina, als der Kellner in dem portugiesischen Restaurant die Rechnung brachte. »Ich habe mich entschlossen, der Frau zu helfen, von der du erzählt hast, der mit dem taubstummen Kind.« Sie lächelte dem Kellner zu und zählte einige frische, knisternde Geldscheine auf den Tisch. Dann schaute sie zu Wang, der besorgt auf die Uhr an der Wand sah. »Ich weiß, wir müssen zu unserem Tragflächenboot.«

Sie gingen zur Bushaltestelle, wo die Leute in der Schlange viel ruhiger zu sein schienen als die, mit denen sie gekommen waren.

»Nur eine einzige Zahl daneben ...«, sagte jemand.

»Ich hatte einen König und eine Dame, und dann kommt die verdammte Bank mit 21 raus!« stöhnte ein anderer.

Rosina schwieg hartnäckig. Ebenso Norton, der sich nur mühsam von seiner Niederlage beim Blackjack erholte. Auch Wang sagte nichts und blickte nur leicht besorgt um sich. Diese Spannung hielt die ganze Fahrt über an. Erst als sie wieder in ihrer Wohnung waren, wurde er etwas ruhiger.

»Okay, morgen eröffne ich ein Bankkonto«, sagte Rosina. »Ich habe doch gesehen, wie du ständig nach Dieben Ausschau gehalten hast. Sehr ritterlich.«

Wang mußte lächeln. »Ich dachte, du merkst es nicht.«

»Hast du welche gesichtet?«

»Nein«, erwiderte Wang. Er sagte nicht die Wahrheit: Man hatte sie verfolgt. Aber er war nicht sicher, ob es derjenige auf ihr Geld abgesehen hatte. Und er wollte Rosina den Abend nicht verderben.

Oi Man Estate lag inmitten der Halbinsel Kowloon auf einem ansteigenden Gelände, das den Blick von King's Park bis Yaumatei freigab. Die Häuser hatte die öffentliche Hand fast sämtlich in den sechziger und siebziger Jahren gebaut, um die Flut von Flüchtlingen unterzubringen. Sie kamen aus meinem Land, mußte Rosina denken, als der Bus vor den Blöcken hielt und sie ausstieg.

Das Viertel wirkte sauber und ordentlich, aber ein wenig verlassen. Nur ein paar Kinder spielten auf einer Betonfläche Volleyball. Rosina ging durch den Sinn, ob die taubstumme

Hua von diesen Mädchen und Jungen wohl angenommen wurde oder ob sie in ihr eine Außenseiterin sahen, seltsam, gar furchterregend. Vielleicht glaubten sie, ihr Leiden sei ansteckend, so wie Chen gedacht hatte, er könne schon durch Berührung HIV-positiv werden.

Da Rosina nicht Kantonesisch sprach, fühlte auch sie sich hier wie stumm. Bei den Läden an der Bushaltestelle wies sie einen Zettel vor, auf den sie ihre Frage geschrieben hatte.

Block 8? Die Straße entlang, der zweite links …

Das riesige Haus war wie alle anderen sauber, aber irgendwie seelenlos. Rosina, die inzwischen die Hütten kannte, die überall in der Umgebung von Peking wie Pilze aus dem Boden schossen, dachte, daß die meisten Bewohner wohl gern hier einzögen. Der Fahrstuhl funktionierte und auch die Klingel an Wohnung 3.

»Wer ist da?« fragte eine unfreundliche, nervöse Stimme.

»Mein Name ist Lin Xiangyu«, antwortete Rosina. »Ich würde gern mit Ihnen reden.«

»Worüber?« fragte die Stimme, die nicht mehr ganz so abweisend klang, vielleicht, weil Rosina Hochchinesisch sprach.

»Sie sind doch aus China? Wie lebt es sich hier? Ich komme auch vom Festland. Ich brauche jemanden, mit dem ich darüber sprechen kann.«

Die Tür ging einen Spalt breit auf. Rosina wurde von Kopf bis Fuß beäugt.

»Wohnen Sie hier im Viertel?«

»Ja.« Eigentlich wollte Rosina nicht schwindeln, aber ihr fiel nichts anderes ein.

»Wie haben Sie von mir erfahren?«

»Es spricht sich herum. Wir Leute vom Festland sollten zusammenhalten.« Die Tür bewegte sich keinen Millimeter. »Ich habe von Ihrer Tochter gehört. Ich möchte Ihnen gern helfen. Ich bin ausgebildete Krankenschwester. Im Moment habe ich keine Beschäftigung. Aber ich brauche etwas zu tun.«

»Ich habe kein Geld.« Die Tür schien sich wieder zu schließen.

»Ich will kein Geld. Ich möchte helfen. Ich finde es furchtbar, wie hier alle dem Geld nachjagen. Ich meine, Menschen müssen sich umeinander kümmern, so wie es bei uns zu Hause ist. Oder wie es sein sollte. Sprechen Sie Kantonesisch?«

»Nicht richtig.«

»Ich verstehe noch kein Wort. Eine teuflische Sprache.«

Jetzt klirrte die Kette, und die Tür ging auf. »Kommen Sie schon rein«, sagte Matilda.

Rosina trat über die Schwelle. Das Apartment war winzig, wie Wang gesagt hatte. Der Raum, den sie betrat, bot kaum genug Platz für zwei Stühle und einen Eßtisch. Auf der einen Seite konnte Rosina in eine Miniküche schauen, auf der anderen in einen Schlafraum mit einem Doppelstockbett. Rosina blätterte manchmal in Zeitschriften aus dem Westen und grämte sich jedesmal, wie eng ihre Wohnung in der Nähe des Himmelstempels war. Als Matilda ihr nun Platz anbot, hatte sie Gewissensbisse. Sie mußte eigentlich sehr dankbar sein.

»Möchten Sie eine Tasse Tee?« fragte Matilda.

»Danke, gern.«

Matilda verschwand in der Küche, und Rosina spürte plötzlich, daß noch jemand im Raum war. Ein kleines Mädchen, das sich bisher scheu im Schlafraum versteckt hatte, lugte nun durch die Tür. Auch hier paßte Wangs Beschreibung genau.

»Du mußt Hua sein«, entfuhr es Rosina, die sich sogleich über den nichtssagenden Satz ärgerte. Aber sie zeigte dabei ein kleines Lächeln, das Hua erwiderte.

»Du bist aber hübsch, Kleine.« Zwar wußte Rosina, daß das Kind sie nicht hören konnte, aber die Worte kamen wie von selbst. Und sie schienen auch Wirkung zu haben, denn Hua trat einen Schritt auf sie zu.

»Wer ist das?« fragte Rosina.

Das Kind schien wieder zu verstehen und hielt ihr den zerzausten Teddy hin. Rosina setzte ihn auf ihr Knie, begrüßte ihn, schüttelte seine Pfote und ließ ihn dann die Stuhllehne hinauf- und hinabklettern. Das Kind lächelte.

»Hier ist Ihr Tee«, sagte Matilda, die von der Küche aus zugesehen hatte.

»Oh, danke.«

»Sie mag Sie«, meinte Matilda.

»Scheint so. Kinder sind aber nicht sehr beständig.«

»Hua hat ein Gespür für Menschen«, lächelte Matilda. »Sie sind also auch Flüchtling?«

»Nicht ganz. Mein Mann arbeitet für ein paar Wochen hier. Und ich muß mir irgendwie die Zeit vertreiben. Die Leute hier finde ich nicht sehr freundlich. Aber ich werfe es ihnen nicht vor. Wenn man ihre Sprache nicht spricht ...«

»Die halten uns alle für dumm«, sagte Matilda. »Und sie haben Angst vor uns.«

»Angst?«

»Wegen der Übernahme. Kann man es ihnen verdenken?«

Rosina wollte schon sagen, ja, ich verdenke es ihnen, denn wir sind doch alle Chinesen, aber sie behielt den Gedanken lieber für sich. »Ich glaube nicht«, sagte sie statt dessen.

Hua führte ihre Hand zur Stuhllehne.

»Sie möchte, daß Sie das mit dem Bär noch mal machen«, erklärte Matilda. Das tat Rosina, ließ den Teddy auf- und absteigen, wobei er immer heftiger mit den Armen schwang und kühne Drehungen machte. Dann tanzte er durch die Luft, seine Beine flogen in die Höhe, er schlug einen Salto – der fliegende Bär, frei und voller Lebenslust, ohne Sorgen. Was wußte er von Einsamkeit, Vorurteilen oder Übergaben?

»Wer ist Ihr Mann?« fragte Matilda.

Wieder log Rosina ganz natürlich. »Er arbeitet für eine Chemiefirma in Shandong.«

Matilda nickte.

Rosina schlürfte ihren Tee. Plötzlich fühlte sie sich schlecht als Lügnerin. Nicht, weil sie die Unwahrheit sagte, sondern weil sie es mußte. Wenn man gute Absichten hat, sollte man nicht lügen müssen.

»Wir haben einen Freund hier, einen Polizisten, auch aus Shandong«, fügte sie plötzlich hinzu, als ob eine Halbwahrheit die Sache besser machte. »Er hat uns von Ihrem Kind erzählt. Wahrscheinlich hat er Routine-Erkundigungen eingezogen und ist dabei auf Sie beide gestoßen. Ich habe ihn dann nach Ihrem Namen gefragt.«

Plötzlich spürte Rosina, daß sich das kleine Mädchen von ihr zurückzog. »Komm zu mir«, sagte Matilda. Und dann zu Rosina: »Sie haben doch nichts mit der Polizei zu tun?«

Ihre Miene war jetzt ganz ernst. »Die fangen an nach Flüchtlingen zu suchen, oder?«

»Nein. Der Polizist meinte nur, es sei nicht richtig, daß Sie zur Arbeit gehen müssen, wo Sie sich doch um das Kind zu kümmern haben. Ich sagte ihm, da könnte ich helfen. Das wollte er mir nicht glauben. Ich will ihm einfach das Gegenteil beweisen. Außerdem sagte er noch, Sie würden sowieso nicht darauf eingehen«, fügte Rosina hinzu.

Matilda schaute bekümmert drein. »Ich will keinen Ärger«, sagte sie und fuhr mit ihren Händen durch das lange schwarze Haar des Mädchens.

»Ich auch nicht«, sagte Rosina. »Sie ist ein liebes Kind. Sie braucht etwas Abwechslung.«

Matilda legte ihre Hände auf die Stuhllehne, als überlasse sie es dem Kind zu entscheiden. Schließlich ging Yip Hua langsam und zögernd wieder zu Rosina hinüber.

»Jetzt fühle ich mich schon viel besser«, verkündete Rosina. »Endlich etwas unternehmen!«

»Ja«, antwortete Wang. »Es ist schön hier oben.«

»Ich meine doch die Sache mit dem Kind. Matilda möchte, daß ich mit Hua zum Ocean Park fahre.«

Wang schaute beleidigt drein.

»Entschuldige«, fuhr Rosina fort. »Natürlich genieße ich unseren Ausflug. Dieser herrliche Blick!«

Sie hatten die Seilbahn zum Gipfel genommen, genauer gesagt, zu der kleinen Vertiefung in dem felsigen Kamm, der über die ganze Insel Hongkong verläuft, und genossen nun die grandiose Aussicht. Sie standen weit über allen Wolkenkratzern, die tief unter ihnen lagen, sich nach ihnen streckten und sie doch nicht erreichen konnten. Selbst die Antennennadel der Bank of China verschwand in dem Häusermeer, das den Hafen umgab ... In der Ferne die natürliche, unverfälschte Skyline: Berge und Hügel. Die fernsten lagen bestimmt schon in China.

»Das fehlt mir in Peking am meisten«, sagte Wang. »Höhe, Fernsicht. Natürlich kann ich auf den Kohlenhügel steigen und über die Verbotene Stadt schauen, aber das ist nicht dasselbe. Du hast unsere Berge in Shandong gesehen, Rosina, und weißt, wovon ich spreche.«

Rosina nickte. Wangs Heimat war wirklich malerisch. Aber was bedeutete das schon, wenn sie an die Kultur und das bunte Leben der Hauptstadt dachte.

»Als ich ein Junge war, haben wir jeden Gipfel erstürmt«, fuhr Wang fort. »Und wenn wir von oben in die Ferne schauten, hat mich der glühende Wunsch gepackt nach einem Leben voller Abenteuer!« Er hielt inne und schaute seine Frau an. »Ich bin stolz auf das, was du für diese Frau und ihr Kind tust«, sagte er.

Der Tag ging zur Neige. Sie standen noch lange und schauten auf das Panorama, das vor ihren Augen im Dunkel versank. Als die Hügel verschwanden, erinnerte die Menschheit an ihre Wichtigkeit mit Hundertausenden von Lichtern – Straßenlaternen, Flutlampen, Neonreklamen, Wohnungsfenstern, Ladenschildern, Autoscheinwerfern und Schiffslaternen, Lichtern über den Docks, den Baustellen und dem Flughafen von Kai Tak. Oben blinkte ein Jumbo mit seinen Positionsleuchten, und direkt vor ihnen kam die Bergbahn wieder in Sicht.

»Ich denke, wir sollten zurückfahren«, sagte Wang.

In der Bahn rückten sie eng zusammen, weil wenig Platz war, aber auch, weil sie sich gut dabei fühlten. In der Metro und auf dem ganzen Rückweg nach Hung Hom hielten sie sich bei den Händen. Das war für Hongkonger Verliebte normal, aber warum sollte es nicht auch ein Ehepaar tun? Ein Paar, dessen Liebe ungebrochen war, das sich täglich darum bemühte. Als sie in die Wohnung zurückkamen, zog es sie sogleich ins Schlafzimmer, beide zitternd vor Erwartung, daß dies ein ganz besonderer Abend werden möge.

Auf dem Bett lag ein Blatt Papier: »Schluß mit der Schnüffelei!« Darauf ein Hackebeil, die traditionelle Waffe der Triaden.

Dreizehntes Kapitel

In Wang stieg eine ungeheure Wut auf.

»Die bring' ich um!« tobte er. »Wie können sie es wagen?«

»Wer sind ›die‹?« fragte Rosina, deren Stimme ebenfalls zitterte, aber vor Angst.

»Die Su Fong. Die werde ich …«

»Nichts wirst du. Ich will nicht, daß du losgehst und etwas Unüberlegtes tust. Bitte.« Sie legte ihrem Mann die Arme um den Hals und barg ihren Kopf an seiner Schulter. Immer noch irrte sein Blick wie wild im Zimmer umher, allmählich aber beruhigte er sich ein wenig. Er strich ihr zärtlich übers Haar. »Komm ins Bett«, bat Rosina. »Über diese Leute denken wir morgen nach. Schließ die Tür von innen ab, das reicht …«

»So kommen die mir nicht davon!« erklärte Wang und begann wieder in dem kleinen Zimmer hin- und herzulaufen.

»Morgen«, flehte Rosina. »Bitte.«

Sie gingen also zu Bett. Sie liebten sich, aber hastig, nervös und gar nicht so, wie es hätte sein sollen. Dann überlegte Wang, inzwischen ruhiger geworden, was das alles zu bedeuten hatte. Wie waren sie überhaupt hier hereingekommen? Er tappte in den Wohnraum, wo das Fenster immer noch offenstand. Sie hatten es auch nicht geschlossen, als sie gegangen waren. War das Gebäude nicht teilweise eingerüstet? Wieso hatte er nicht an Einbrecher gedacht? Und nun das. Wieder stieg Zorn in ihm auf, es trieb ihn hin und her. Aber nach und nach wurde er müde.

Morgen.

Rosina hatte recht: Am nächsten Morgen ging es Wang besser.

»Ich denke, du solltest nach Peking zurückfliegen«, sagte

er zu ihr, als sie den Rest der Wassermelone zum Frühstück verspeisten.

»Das möchte ich nicht«, erwiderte Rosina.

»Hier wird es langsam gefährlich.«

»So?«

»Ich will nicht, daß dir was passiert.«

»Das will ich auch nicht. Aber ich lass' dich doch jetzt nicht allein. Was glaubst du, wie ich mich fühle, wenn ich in unserer Wohnung in Peking herumsitze?«

»Sicher wirst du dich fühlen. Schau, zu Hause trage ich auch jeden Tag meine Haut zu Markte, und trotzdem führen wir ein normales Leben. Hier ist es nicht anders.«

»Hier sind wir ganz auf uns allein angewiesen«, stellte Rosina fest. »Das ist der Unterschied. Und ich lauf' doch vor so einem blöden Fleischerbeil nicht weg wie ein erschrecktes Huhn.«

»Darum geht es nicht«, beharrte Wang. Aber im Grunde hatte sie recht.

»Ich pass' schon auf«, sagte Rosina. »Und ich fliege auch nach Hause, wenn du meinst, daß es dir die Sache leichter macht. Aber wenn du mich fragst, dann möchte ich hier bei dir bleiben.«

Wang nickte. Wenn es nach den moralischen Regeln der Alten ginge, dann hätte er jetzt sein Gesicht verloren, da seine Frau sich ihm so offen widersetzte. Aber zu seinem Erstaunen empfand er Stolz darüber, daß sie so unbeirrt zu ihm hielt.

»Ich will nicht, daß sie dir drohen«, sagte er. »Wenn die Drohung auch dich einschließt, mußt du nach Peking zurück. Wenn nicht, brauche ich dich wirklich hier. Sogar sehr.«

Rosina überlegte eine Weile und meinte dann: »Und wie willst du das herausfinden?«

»Sie fragen.«

»Wen? Den Triadenboß?«

»Ja.«

»Das ist doch absurd!«

»Ist es nicht.« Wang nahm noch ein Stück Wassermelone. »Es ist alles andere als absurd.«

»Dragon's Walk?« fragte der Taxifahrer.

»Ganz oben auf dem Berg.« Wang wies zum Himmel, falls der Taxifahrer nicht so viel Hochchinesisch verstand, wie es den Anschein hatte.

»Ich weiß, wo das ist«, erwiderte der Fahrer. Er warf Wang einen langen, zweifelnden Blick zu, als dieser zu ihm in den Wagen stieg. Dann fuhr er den ganzen Weg düster und konzentriert. Das Radio war auf volle Lautstärke gestellt, damit eine Unterhaltung gar nicht erst zustande kam. Als sie vor dem Haus vorfuhren, nahm er das Geld und war in Windeseile auf und davon. Nun stand Wang allein auf der Straße an einem wunderschönen Sommertag in der Stille einer der vornehmsten Wohngegenden von Hongkong, wo eine Überwachungskamera ihn mit starrem Auge fixierte.

Das Haus des Drachenhauptes der Triade Su Fong war von einer drei Meter hohen Mauer umgeben, die im chinesischen Stil von glasierten Ziegeln gekrönt wurde. Auch das Tor wirkte sehr chinesisch: zinnoberrot lackiert, mit tanzenden Drachen, die Türgriffe gewaltige Drachenköpfe, davor ein riesiges, altmodisches Schloß. Wang nahm an, daß auch hinter dieser Umfriedung chinesische Sitten herrschten – in der Tradition von Qin Shihuang, Hongwu und dem Vorsitzenden Mao, die absoluten Gehorsam gefordert und rücksichtslos durchgesetzt hatten. Aber er spürte keine Furcht. Am 1. Juli würden seine Herren auch die Herren dieses Mannes sein. Außerdem verstand er etwas von Leuten wie dem Drachenhaupt. Man mußte ihnen schmeicheln, so tun, als spiele man nach ihren Regeln, und dabei stets im Auge behalten, was hinter einem geschah ...

Wang schritt auf das Tor zu. Mit einem leisen Quietschen folgte ihm die Kamera, gerade so, daß der Besucher es merkte. Er drückte einen Klingelknopf.

»Wer ist da?« Die Stimme schien aus dem Nichts zu kommen. Sie sprach Kantonesisch. Wang hatte damit gerechnet, daß es Probleme mit der Sprache geben könnte, aber wenn das Drachenhaupt einmal wußte, weshalb er hier war …

»Mein Name ist Wang. Kommissar der Pekinger Kriminalpolizei.«

Schweigen, dann eine andere Stimme auf hochchinesisch: »Was wünschen Sie?«

»Ich möchte Herrn Choy sprechen.«

»Haben Sie einen Termin?«

»Nein.«

»Haben Sie einen Haftbefehl?«

»Ich bin in freundlicher Absicht hier.«

Pause. »Kommen Sie morgen wieder.«

»Es wäre besser, wir könnten heute miteinander reden. Sagen Sie ihm bitte, es geht um Zhang Fei.« Eine längere Pause, dann bat ihn eine weitere Stimme einzutreten. Das Tor im Stil der Ming-Dynastie öffnete sich elektronisch, und Wang betrat den Garten des Triadenchefs.

Schön, sagte sich der Kommissar. Kriminelle hatten zumeist einen grauenhaften Geschmack, aber dies war ein Garten im Stil des Refugiums eines klassischen Gelehrten von Suzhou. Felsen, kleine Bambushaine, im Frühling blühende Bäume und roter Ahorn im Herbst. Er schritt durch ein Mondtor, ging an einem Teich mit einem vom Wasser ausgehöhlten Stein vorbei, so bizarr, wie man sie nur im zentralchinesischen See Taihu findet. Der Weg war gewunden, und alle paar Schritte erfreute ein neuer Anblick das Auge.

Wunderschön, dachte Wang wieder, als er das Hauptgebäude erreichte, das niedrig, langgestreckt und modern war, den Garten jedoch nicht dominierte, sondern ihn ganz natürlich vollendete. Dann wieder der atemberaubende Blick über den Hafen und die Halbinsel Kowloon, den er und Rosina bereits vom Gipfel aus bewundert hatten.

Ein pockennarbiger Leibwächter trat aus einem Blumenpavillon hervor und starrte Wang entgegen. Er sprach etwas in ein Funkgerät und zeigte dann zum Haupteingang. Wang ging in die gewiesene Richtung. An der Tür bat ihn ein weiterer Bodyguard ins Haus, führte ihn in einen kleinen Salon und hieß ihn dort Platz nehmen. Wie im Garten so auch hier überall Zeichen von Reichtum und gutem Geschmack. Ein elegantes Fenster führte auf die Gartenlandschaft hinaus, niedrige Möbel, Teppiche aus Xinjiang, lackgeschnitzte Landschaften, Schriftrollen an den Wänden. »Reichtum« verkündete ein großes Schriftzeichen im offiziellen Gelehrtenstil.

Nicht ablenken lassen.

»Kommissar Wang Anzhuang!«

Wang wandte sich um. Er hatte keine Ahnung, wie das Drachenhaupt aussah, aber hier bestand keinerlei Zweifel: Das war der Mann.

»Verzeihen Sie mein schlechtes Hochchinesisch, Kommissar«, sprach das Drachenhaupt in gemessenem Tempo. »Wie jeder seriöse Hongkonger Geschäftsmann lerne auch ich die Sprache, so gut es geht, aber leider kann ich so wenig Zeit darauf verwenden ... Chat wird für uns übersetzen.« Ein Bediensteter, der neben ihm stand, nickte ergeben.

Wang antwortete mit ein paar schmeichelhaften Worten über die sprachlichen Fähigkeiten des Drachenhauptes, dann bestellte dieser Tee, *Wu Long* natürlich, den besten, den es gab.

»Herr Choy sagt, daß er nur sehr selten Besuch von Justizbeamten erhält«, erklärte der junge Mann, der mühelos übersetzte. »Sie haben offenbar Qualitäten, die anderen fehlen. Ist es Mut?«

Wang lächelte. »Ich kenne meine hiesigen Kollegen nicht gut genug, um darüber zu urteilen, was ihnen fehlt oder nicht fehlt. Was mich selbst betrifft, so weiß ich, wie unvollkommen ich bin. Ich möchte nur ordentlich und gerecht meine Pflicht tun. Meine Pflicht als Beamter und meine Pflicht als Ehemann.«

Bei den letzten Worten zeigte sich das Drachenhaupt überrascht und fragte sogar bei dem Dolmetscher nach, ob er auch richtig übersetzt hätte.

»Ich spreche von der Drohung, die ich gestern abend erhalten habe«, fuhr Wang fort. »Meine Frau war zu Tode erschrocken.«

»Das tut mir leid. Was für eine Drohung?«

Wang nahm sein Gegenüber fest in den Blick. Der Triadenchef schien ehrlich erstaunt zu sein. Natürlich wurde man kein Drachenhaupt, ohne sich verstellen zu können, aber man wurde auch kein guter Kriminalkommissar, ohne Verstellung zu erkennen. Und überhaupt: Warum sollte dieser Mann erst drohen und es dann ausgerechnet in dieser Umgebung leugnen, da er alle Karten in der Hand hielt?

»Die Drohung, die einer Ihrer Leute in unserem Quartier zurückgelassen hat.«

Das Drachenhaupt schaute noch immer verwundert drein. »Ich denke, Sie wollten mit mir über Zhang Fei sprechen ...«

»Über ihn auch«, erwiderte Wang. »Ich bin allerdings, wie Sie zweifellos wissen, nicht mehr offiziell mit dem Fall befaßt ...«

Das Drachenhaupt lachte. »Aber Kommissar! Sie sind immer noch in Hongkong. Und wenn Sie sich heute hierherbemühen, dann wollen Sie doch auch etwas wissen. Ich bin sicher, es ist nur eine Frage der Zeit, bis Ihre Dienste wieder gefragt sein werden. Parteisekretär Fang und Gruppenleiter Chen Runfa sind ja nicht gerade Richter Di oder Bao Gong, die die berühmtesten Kriminalfälle der chinesischen Geschichte gelöst haben. Um die Wahrheit zu sagen: Ich bin genau wie Sie daran interessiert zu erfahren, was nun wirklich mit Zhang Fei passiert ist.«

»Wie soll ich das verstehen?«

»Wie ich es sage.« Der Gangster lächelte freundlich.

»Zhang stand in einem guten Verhältnis zu meiner Organisation.«

»Sie haben ihn bezahlt!«

»Er war in Schwierigkeiten. Wir haben ihm ausgeholfen.«

»Welcher Art Schwierigkeiten?«

Das Drachenhaupt lächelte wieder. »Beim Glücksspiel. Zhang war ganz versessen auf Mahjong. Er nahm Kurse. Er dachte, er werde es schneller erlernen, wenn es bei jedem Spiel um einen kleinen Einsatz geht. Das machen viele Leute so. Zhang Fei setzte einfach mehr, als er sich leisten konnte. Das ist alles.«

»Und Veronica Chow war Teil des Deals?« fragte Wang, der sich immer wieder ermahnen mußte, nicht zu vergessen, wer sein liebenswürdiger Gegenüber wirklich war.

»Freunden tun wir gern einen Gefallen.« Das Drachenhaupt ließ einen gespielten Seufzer hören. »Sie werden nicht erwarten, daß ich etwas zum Tod dieser Frau sage. Ich kann Sie versichern, er hat mir nur Ärger gebracht.«

»Sonst nichts?«

»Absolut nichts.«

Wang dachte nach. Es drängte ihn sehr, nach Veronicas Mörder zu fragen, aber er wußte, daß er keine Antwort erhalten werde. »Und dann hat Zhang Fei nichts mehr von dem Arrangement mit Ihnen wissen wollen?« konstatierte er statt dessen.

»Richtig. Glauben Sie, wir hätten ihn deswegen umgebracht?«

»Das ist zumindest eine Möglichkeit.«

»So zu handeln wäre doch nicht sehr klug von uns gewesen, oder? Zu riskieren, daß Peking einen seiner besten Kommissare hierherschickt, der die Wahrheit herausbekommt, einfach so in mein Haus schneit und mir einen Mord anhängen will? Und der zweifellos irgendwo eine Nachricht hinterlassen hat, die an die richtige Stelle kommt, falls er nicht wieder auftaucht?«

Wang lächelte. »Zweifellos.«

»Ich bekenne, Kommissaar, daß wir Verrat gar nicht mögen. Aber Zhang Fei hat niemandem etwas über die Verbindung zu uns gesagt. In dem Sinne hat er seinen Teil der Abmachung gehalten. Seinen Rückzug habe ich mehr als eine Art Pause gesehen, eine kleine Auszeit, um ›die Tür zu schließen und gründlich nachzudenken‹, wie Ihr Großer Steuermann zu sagen pflegte. Ich hatte keinen Zweifel, daß er schließlich zu uns zurückfinden wird. Soviel ich weiß, hatte er auch bereits wieder im Royal Hongkong Jockey Club zu spielen begonnen.«

»Ich bin sicher, Sie haben ihm dabei geholfen. Dort hat er schon mehrere Monate gewettet, bevor er mit Ihnen brach.«

»Möglich«, meinte das Drachenhaupt. »Wir haben ihm natürlich etwas Taschengeld zukommen lassen. Und auch Veronica hat ihn, soviel ich weiß, einige Male zum Rennen begleitet. Beim Glücksspiel ist kaum etwas zu gewinnen – übrigens Kompliment an Ihre Frau –, so daß ich sicher war, Zhang Fei werde bald wieder Geld brauchen. Und auch Veronica hätte ihm bestimmt bald gefehlt. Soviel ich weiß, haben Ihre hohen Beamten, die allein in Hongkong sind, Anspruch auf sexuelle Befriedigung, aber sicher nur sehr gewöhnlicher Art. Ich habe ihn also jederzeit zurückerwartet. Aber jetzt hat er sich – wie heißt das doch bei Ihnen – zu Marx verabschiedet? Ich weiß ebensowenig wie Sie, wie und warum das geschehen ist. Ich möchte es auch sehr gern erfahren. Ich sage das wahrlich nicht oft zu Polizisten, denn die meisten sind korrupt, aber Ihnen wünsche ich bei Ihren Ermittlungen jeden Erfolg.«

Ein kurzes Schweigen trat ein. Sollte es wahr sein, daß die Su Fong tatsächlich nichts mit Zhangs Tod zu tun hatte? Die Worte des Drachenhauptes klangen bedrückend aufrichtig. Warum sollte er Wang das alles erzählen? Oder war es ein doppelter Trick? Vielleicht auch ein besonders grausamer, und draußen wartete schon sein Mörder?

»Und die Drohung ...?« sagte Wang dann langsam.

»Ach ja. Das verwirrt mich jetzt einigermaßen. Erzählen Sie mir davon.«

Wang schilderte, was geschehen war.

Der Triadenchef hörte ihm aufmerksam zu. Schließlich schüttelte er den Kopf. »Ich hoffe, wir setzen niemals gegen Männer und Frauen Ihres Kalibers so grobe Mittel ein. Ein Hackebeil? Igitt!«

Wang starrte ihn an. War das nun Schauspielerei? Und wenn ja, warum?

»Ich weiß, was Sie mich jetzt fragen wollen«, fuhr das Drachenhaupt fort. »Wenn nicht wir, wer dann? Ich habe keine Ahnung. Ich kann gern einen meiner Leute bitten, sich umzuhören. Mir liegt nichts daran, daß einem von Ihnen etwas passiert, besonders jetzt, da wir dieses Gespräch hatten. Aber an Ihrer Stelle würde ich Sekretär Fang fragen.«

»Fang?«

»Ja. Er hat die verschiedensten Kontakte in allen Kreisen der Hongkonger Gesellschaft von oben bis unten.« Das Drachenhaupt lächelte und schaute dann zu einer antiken europäischen Uhr, einer mit einem vergoldeten Werk unter einer großen Glasglocke. »Entschuldigen Sie mich, Kommissar. Ich bin ein sehr beschäftigter Mann. Es hat mich gefreut, mit Ihnen zu sprechen. Wenn Sie bei Ihren Ermittlungen Hilfe brauchen, zögern Sie nicht, mit mir Kontakt aufzunehmen. Kei wird Sie hinausbegleiten.«

Wang war jetzt entschlossen, das Telefon in seiner Wohnung nicht mehr zu benutzen. Seinen alten Freund Da in Peking rief er von einer Telefonzelle an. Zum Glück war die Verbindung gut.

»Sie haben Ärger«, konstatierte Da. »Das spüre ich selbst hier. Warum geraten Sie immerzu in irgendwelche dummen Geschichten hinein?«

»Warum haben Sie sich Anfang der dreißiger Jahre einer zerlumpten Bande von Revolutionären angeschlossen?«

»Weil ich damals ein dummer Junge war. Was wollen Sie von mir?«

»Ich muß alles über Parteisekretär Fang wissen.«

»Oh. Er ist ein langjähriger Parteifunktionär mit tadelloser Biographie. Und guten Beziehungen.«

»Nichts von Korruption und dergleichen?«

»Nicht, daß ich wüßte.«

Wang überlegte.

»Es gibt Fragen, die kann nicht einmal ein Veteran des Langen Marsches stellen«, gab Da zu bedenken.

»Nein ... Aber vielleicht können Sie herausbekommen, ob Fang jemals versucht hat, Zhang Fei nach Hause zu schicken. Das würde mir sehr helfen.«

»Hm«, machte Da. »Ich kann es versuchen. Wie finde ich Sie?«

»Ich rufe wieder an.«

»Gut. Ich will sehen, was ich tun kann.«

Als nächsten klingelte er bei Räder-Zhai.

»Ich soll Sekretär Fang überprüfen? Aber ich kann immer nur eine Sache auf einmal erledigen, das weißt du doch.«

»Zieh ihn vor.«

»Und was ist mit Zhang Fei? Da fehlt mir immer noch einiges.«

»Vergiß ihn nicht, aber das hier ist wichtiger.«

»Na gut. Darf ich fragen, warum?«

»Natürlich. Jemand hat Rosina und mich bedroht. Entweder ein Einbrecher, der sehr schwindelfrei sein muß, oder jemand vom Personal unseres Blocks, der einen Zweitschlüssel hat und wahrscheinlich für den Parteisekretär arbeitet.«

»Fang soll dich bedroht haben?«

»Scheint so. Finde heraus, was für geschäftliche Interessen er hat. Fabriken in der Provinz Guangdong, die CDs herstellen, wären ideal, aber ich nehme alles, was ich kriegen kann ...«

Zhai mußte lachen.

»Darauf hätte ich auch schon früher kommen können«, fuhr Wang fort.

»Wo habe ich das wohl schon mal gehört?« stichelte Zhai und lachte wieder.

Noch ein dritter Anruf – vor der Zelle hatte sich bereits eine kleine Schlange gebildet.

»Edwin? Anzhuang hier.«

»Oh! Schön, von Ihnen zu hören. Ihre Chefs haben Ihnen doch nicht etwa erlaubt, mit mir zu sprechen?«

»Nein. Das geht auf meine Kappe. Ich habe eine einfache Frage – nach den Triaden und meiner Regierung. Gibt es da Zusammenhänge?«

»Wollen Sie eine Woche lang mit mir reden?«

Wang schaute sich nach der Schlange um. Die Frau, die ganz vorn stand, spitzte die Ohren, ohne es zu verbergen. Wahrscheinlich verstand sie kein Wort. Aber darauf wollte sich Wang lieber nicht verlassen. »Können wir uns heute abend treffen?«

»Natürlich. Wenn es nicht schon zu spät ist. An einem diskreten Ort, nehme ich an?«

»Ja«, antwortete Wang. Im gleichen Augenblick lief ihm ein kleiner Schauer über den Rücken. Zwar sagte ihm sein Gefühl, Luard sei vertrauenswürdig, aber sein Verstand meinte, er sollte besser erst einen Beweis abwarten und Luard bis dahin nur an sehr öffentlichen Orten treffen. Aber schließlich war Diskretion für beide wichtig. Und ohnehin führten Wangs Fragen von dem Schotten fort, so daß er sich nicht in großer Gefahr glaubte. Manchmal mußte man eben etwas riskieren.

»Ich gehe jetzt dorthin«, erklärte Rosina. »Ich habe es ihr versprochen.«

»Du kannst nicht gehen.«

»Warum nicht?«

»Es könnte gefährlich werden.«

»Wer greift schon am helllichten Tag eine Frau mit einem Kind an?«

»Die Triaden greifen jeden an, wann und wo sie es für richtig halten.«

»Hattest du nicht gesagt, mit den Triaden hätte das nichts zu tun …?«

Wang sah sich in dem Zimmerchen um. Verdammt, hier konnte man doch keine solchen Gespräche führen! Wer sagte ihm denn, daß nicht irgendwo eine Wanze saß? Alte Ängste sterben langsam. »Ich will nicht, daß du morgen aus dem Haus gehst.«

»Ich habe es versprochen. Außerdem fühle ich mich mit Matilda und Hua sicherer als in diesem verdammten Zimmer. Wenn das stimmt, was du über die Pförtner hier gesagt hast …«

Wang zuckte zusammen. Dann nahm er einen Bogen Papier und schrieb darauf: »Sag nicht mehr solche Sachen! Die Bude kann verwanzt sein.«

Nun ging man zum Flüstern über. Wang erklärte Rosina, er werde ihr ein Handy kaufen und die Nummern verläßlicher Leute in den Speicher eingeben. Rosina nickte zögernd, willigte aber schließlich ein, ihren Ausflug mit Hua zu verschieben. Dann fragte sie Wang, wohin er an diesem Abend gehe. Laut sagte er etwas von einem Club, schrieb aber auf den Zettel: »Ich muß Edwin treffen.«

»Kann ich mitkommen?«

»Ich … äh …« Wangs Stimme erstarb. In der Tat konnte er kaum von Rosina erwarten, daß sie den ganzen Abend allein in diesem Apartment herumsaß. »Ja. Natürlich.« Er hätte außer dem Handy gern eine Pistole gehabt, wußte aber, daß das viel schwieriger war. Wenn es unter den Beamten nur jemanden gäbe, dem er wirklich vertrauen konnte!

»Heute was Besonderes vor?« fragte der Abendpförtner.

Wang zeigte sein unschuldigstes Lächeln. »Will noch mal

Karaoke probieren. ›Jede Nacht lieg ich wach / mit meiner Einsamkeit …‹ Nicht schlecht, was?«

»Toll«, erwiderte der Wachmann.

»Was sollte denn das eben sein?« fragte Rosina, als sie endlich in einem Taxi saßen.

»Wenn du nicht lieb bist, singe ich dir die ganze Schnulze vor«, antwortete Wang. »›Meine Liebe ist so fern von mir …‹«

Auf einmal sang auch der Fahrer mit. Am Ende der Strophe sagte er auf hochchinesisch: »Sie sind ein Karaoke-Fan! Ich hab' immer ein paar Kassetten mit. Zu denen singe ich, wenn ich allein im Wagen bin. Und wenn meine Kunden wollen, singen wir zusammen. Kennen Sie viele Hongkonger Schlager?«

»Nein …«

»Kein Problem! Die bringe ich Ihnen bei!«

Je näher das Taxi Shek O kam, desto absurder mußte die Szene anmuten. Auf Straßen wie Hung Hom oder Causeway Bay konnte dieser Klangteppich mit den merkwürdigen Stimmen darüber durchaus als normal gelten. Aber in der einzigen Gegend der Insel Hongkong, wo man die ursprüngliche Natur nicht angetastet hatte, war es, als singe der Wagen, um sich im Dunkel der Nacht die Angst zu vertreiben. Als das Taxi die nächste Biegung genommen hatte, wies einer der Fahrgäste auf einen Rastplatz und bat den Fahrer zu halten.

»Hier?«

»Hinter dem Wagen dort.«

»Freunde nehmen uns zu einer Party in der Nähe mit!« fügte Rosina hinzu, so naiv sie nur konnte.

Wang zahlte, dann warteten er und Rosina ab, bis das Taxi verschwunden war. Einen Augenblick kam Wang wieder der alte Zweifel, aber da ging die Tür von Luards Wagen auf.

»Auf den Punkt«, sagte Edwin beim Aussteigen. »Und

Rosina ist auch da. Nett, Sie wiederzusehen.« Er lächelte. »Es klang, als hätten Sie eine gute Fahrt gehabt.«

Wang mußte grinsen.

»Gehen wir ein Stück?« fuhr Luard fort. »Da vorn hat man einen herrlichen Blick auf die Lichter von Shek O. Und Sie sagen mir dabei, was Sie über meine Triaden und Ihre Regierung wissen wollen.«

Vierzehntes Kapitel

»Als erstes muß ich feststellen, daß unsere und Ihre Polizei gut zusammenarbeiten«, konstatierte Luard. »Wir haben einen gemeinsamen Gegner – das Verbrechen –, und wir sind beide sehr daran interessiert, es zu bekämpfen. Das ist übrigens auch der Grund, weshalb ich bis zu meiner Pensionierung hierbleiben will und nicht im Juli den ersten Flieger nehme wie manche meiner Landsleute.

Die Probleme fangen weiter oben an«, fuhr er fort. »Mit Ihren Leuten und möglicherweise auch mit unseren – wer weiß das schon? Auf Ihrer und meiner Ebene sind die Triaden Verbrecher, denen wir das Handwerk legen, wo wir nur können. Weiter oben wird es politisch, und da ist – wenn Sie meine Meinung hören wollen – von Moral und Ehre nicht mehr viel zu spüren.«

Wang nickte. »Wollen Sie damit sagen, daß einige Triaden mit unserer Regierung Geschäfte machen?«

»Dafür gibt es keine Beweise«, fuhr Luard fort. »Aber das ist in der Regel so. Alle großen Triaden führen halblegale Firmen. Die wiederum unterhalten in der Tat Geschäftsverbindungen zu chinesischen Regierungsstellen. Doch ich bin sicher, da ist noch mehr. Hat nicht Ihr Sicherheitschef schon einmal von ›patriotischen‹ und ›unpatriotischen‹ Triaden gesprochen? Auch von Deng Xiaoping gibt es, wenn ich mich recht erinnere, den Ausspruch, nicht alle Triaden seien schlecht, sie müßten nur ordentlich kontrolliert werden …« Der Schotte schwieg eine Weile. »Das Besondere an Zhang Fei war offenbar, daß er sich auf eigene Faust mit den Triaden eingelassen und den Erlös in die eigene Tasche gesteckt hat.«

»So ist es wahrscheinlich gewesen«, sagte Wang. Er berichtete Luard von seinem Besuch beim Drachenhaupt.

»Nun werden Sie auch verstehen, warum ich ihn nicht einfach zum Verhör laden konnte«, bemerkte Luard, als Wang geendet hatte.

Der konnte ihm nur zustimmen. Dann informierte er Luard über die Sache mit dem Hackebeil.

Wieder kam von dem Briten dieses merkwürdig saugende Geräusch. »Hm. Jetzt wird mir allmählich klar, warum Sekretär Fang nicht will, daß die Wahrheit über Zhang Fei ans Licht kommt ...«

»Er hat gedroht, uns umzubringen!« warf Rosina ein.

»Drohungen gibt es viele, und bei weitem nicht alle werden wahr gemacht«, sagte Luard.

»Sie haben gut reden«, meinte Rosina. »Fang hat keine Skrupel. Ich bin sicher, er steckt in dem Fall drin. Bestimmt hat er eine dieser ›patriotischen‹ Triaden angeheuert, um Zhang Fei zu töten. Wie er auch irgendeinen kleinen Bastard beauftragt hat, uns das Hackebeil ins Zimmer zu legen ... ›Patriotisch‹ – klingt toll, nicht wahr? Solange es nur ›patriotisch‹ ist, darf man sogar Menschen umbringen.«

Alle schwiegen peinlich berührt. Sie gingen weiter.

»Was glauben Sie, warum wollte Sekretär Fang Zhang Feis Tod?« fragte Luard.

»Ich vermute, Zhang Fei war zu einer Belastung geworden. Seine sexuellen Ausschweifungen, seine Spielsucht, seine Verbindungen zur Su Fong ... Ich möchte wetten, Fang wollte ihn nach Peking zurückschicken. Aber Zhang Fei hatte vielleicht weiter oben Freunde, die das verhindert haben.«

Luard dachte nach. Nach ein paar Schritten nahm er wieder das Wort: »Für mich ist noch nicht klar, daß Fang, selbst wenn er diese Absicht hegte, Zhang Fei gerade auf diese Weise umbringen ließ. Er mußte doch wissen, daß die Medien sich darauf stürzen werden. Ein Autounfall, ein Flug in einer Maschine, die nie ankommt, wie damals die von Maos ungetreuem Kronprinzen Lin Biao ... Aber so ...«

»Sie sind genau wie mein Mann«, warf Rosina ein, die

inzwischen ihren ironischen Ton wiedergefunden hatte. »Jede Idee wird gleich niedergemacht. Vielleicht haben die Jungs von der Triade die Sache ja auch nur vermasselt. Sie sollten ihn einbetonieren, wie es die Mafia in Amerika macht, und irgendwas ist schiefgegangen?«

»Bei den Triaden geht in solchen Fällen selten etwas schief«, meinte Luard. »Denken Sie an Veronica.«

Eine weitere Biegung, und vor ihnen erstrahlten die Lichter von Shek O. Dahinter sahen sie die in der Bucht vor Anker liegenden Schiffe in voller Beleuchtung und ganz in der Ferne eine Reihe winziger Inseln.

»Ist das schön«, rief Rosina aus.

»Freut mich, daß es Ihnen gefällt«, sagte Luard.

»Zeit ...«, ließ Wang nachdenklich hören.

»Zeit?«

»Ja. Zeit. Vielleicht hatte Sekretär Fang keine Zeit, Zhang Feis Verschwinden perfekt zu organisieren. Vielleicht war Zhang Fei nicht nur peinlich, sondern hatte etwas über seinen Vorgesetzten herausgefunden? Vielleicht hat er es auch immer gewußt und drohte nun plötzlich, es gegen ihn zu verwenden. Zhang Fei mußte sofort zum Schweigen gebracht werden, egal, wie. So was geht leicht schief ...«

Triumphierend wandte sich Wang seiner Frau zu: »Wer behauptet, deine Ideen werden immer niedergemacht?«

Wieder die Telefonzelle. Wangs alter Freund Da bestätigte zunächst die Vermutung, daß Sekretär Fang versucht hatte, Zhang Fei nach Peking zurückzuschicken. Es war ihm nicht gelungen.

»Zhang Fei muß sehr gute Beziehungen haben«, erklärte der Alte. »Ohne Vitamin B klappt so etwas nicht.«

»Haben Sie herausbekommen, wo Zhang Fei solche Beziehungen her hatte?«

»Nein. Er galt als verläßlich, ein Mann, dem man schwierige Aufgaben übertragen konnte.«

»So einer ist auch Fang, nicht wahr?«

»O ja«, meinte der Empfänger des zweiten Anrufs, Räder-Zhai. »Eine fleckenlose weiße Weste. Ich habe keinerlei geschäftliche Interessen feststellen können. Fang behauptet, die könnten einen Funktionär nur davon ablenken, für Partei und Vaterland seine Pflicht zu tun.«

»Dann hat er um so mehr Grund, eine Enthüllung zu fürchten«, antwortete Wang.

»Jetzt wirst du zynisch.«

Wang berichtete von dem Hackebeil.

»Er kann ein Schurke sein. Das macht ihn aber noch nicht korrupt.«

»Irgendwelche sexuellen Unregelmäßigkeiten?«

»Ich habe keine finden können. Das ist wohl eher etwas für die Zhang Feis dieser Welt. Übrigens habe ich festgestellt, daß Zhang Fei in Schanghai gearbeitet hat, bevor er nach Hongkong kam.«

»Was hat er dort gemacht?«

»Das weiß ich noch nicht. Offenbar nichts Dramatisches. Mit der Bekämpfung der Korruption oder anderer illegaler Aktivitäten hatte er jedenfalls nichts zu tun.«

Wang registrierte das. »Ich frage mich, ob Sekretär Fang vielleicht auch zu dieser Zeit in Schanghai war. Möglicherweise hat Zhang dort etwas über ihn erfahren ... Kannst du das herausfinden?«

»Ich will es versuchen.«

»Ich weiß doch, daß ich mich auf dich verlassen kann.«

»Wunder kann ich auch nicht vollbringen. Ich wette, in Fangs Leben hat es nie einen Fehltritt gegeben.«

»Das werden wir ja sehen«, erwiderte Wang. »Sekretär Fang in Schanghai – prüf das nach.«

Wang saß, in einen Morgenmantel gehüllt, im Salon und ließ seinen Blick über Hongkong schweifen, den Hafen, Kowloon und die Bergketten in der Ferne.

»Ihr Kaffee, Kommissar«, sagte eine Stimme hinter ihm.

»Danke«, erwiderte Wang auf Tagalog. Das Mädchen

lächelte. Der Kommissar schlürfte den Kaffee, gähnte, streckte sich und wandte sich wieder dem Panorama zu, das vor ihm lag …

Edwin Luard hatte darauf bestanden. Als ihm klar wurde, daß Wang und Rosina in dem Apartment in Hung Hom wirklich Gefahr drohte, bat er sie, für den Rest ihres Aufenthaltes in Hongkong seine Gäste zu sein.

»Das ist bei uns in Schottland so üblich«, fügte Louisa später hinzu. »In Strathleven hatten wir manchmal zwanzig bis dreißig Gäste.« Ihr Vater, so erfuhr Wang, war Anwalt in Edinburgh gewesen und hatte viele Fäden gezogen. Dabei war er offenbar sehr erfolgreich gewesen, weshalb sich die Luards diesen Lebensstil leisten konnten. Der nun, zumindest für kurze Zeit, auch Wangs und Rosinas Lebensstil war.

Der Kommissar trank den Kaffee aus und kehrte zu dem zurück, was ihn beschäftigt hatte, bevor der atemberaubende Blick aus dem Fenster und der Kaffee ihn ablenkten. Er wollte Sekretär Fangs Apartment im Gästehaus von Stanley durchsuchen.

»Das Risiko ist nicht allzu groß, wenn man es richtig anfängt«, hatte Wang letzten Abend zu Luard gesagt. »In den Gebäuden selbst wird kaum kontrolliert. Nur das Gelände ist bewacht. Die Apartments haben computergesteuerte Schlösser. Ich kenne jemanden, der mir helfen kann, sie zu öffnen. Genau wissen muß ich nur, wo sich der Sekretär wann befindet. Wenn es eine Zeit gibt, zu der er ganz bestimmt fort ist, komme ich auch hinein.«

»Sie haben vielleicht Humor«, hatte Luard ihm geantwortet. »Mich würden Sie nicht dazu bringen, in der Wohnung meines Chefs herumzuschnüffeln.«

Wang hatte sich die Sache gut überlegt. »Das Risiko kann minimal gehalten werden«, hatte er schließlich erklärt. »Ich kenne einen der Wachmänner. Wir kommen aus derselben Provinz, das verbindet immer. Wenn ich ihn dazu bringen kann, mir ein Zeichen zu geben, falls Fang plötzlich auftaucht …«

»Das macht Ihnen sogar Spaß, stimmt's?«

»In gewisser Weise schon. Ihnen nicht?«

Wang nutzte den Tag, um sich sorgfältig vorzubereiten. Unter einem Vorwand tauchte er im Gästehaus auf und lief auf dem Gelände herum, wobei er sich den Plan der ganzen Anlage gut einprägte. Der Wachmann aus Shandong war nicht zu sehen, aber er konnte warten, zumindest eine Weile. Er fuhr wieder zur anderen Seite der Insel hinüber und besuchte Norton Ho in der Nachrichtenagentur. Der junge Mann war nicht sicher, wie das computergesteuerte Schließsystem funktionierte, aber er hielt es für eine lösbare Aufgabe, Wang Zugang zu Fangs Räumen zu verschaffen. Dazu brauchte der Kommissar lediglich eine normale Schlüsselkarte.

Nun zu Fangs Tagesplan …

»So weit bin ich jetzt«, erklärte Wang Luard am Abend. »Wann verläßt Fang definitiv das Gelände? Das erfahre ich morgen.«

»Eine Zeit kann ich Ihnen sagen«, kam es von dem Schotten. »Morgen mittag. Wissen Sie das nicht? Er hat zu einer Pressekonferenz eingeladen, wo er die Ergebnisse Ihrer Ermittlungen im Fall Zhang Fei vorstellen will.«

Rosina, die mit ihnen bei einem Drink auf der Terrasse saß, schaute besorgt drein. »Er läßt bestimmt schon nach uns suchen.«

»Warum sollte er? Ich habe dem Pförtner in Hung Hom gesagt, daß wir für einige Tage in die New Territories fahren. Fang wollte doch nicht, daß ich ihm hier in die Quere komme. Das dürfte also durchaus in seinem Sinne sein.« Wang dachte nach. »Das wäre die ideale Gelegenheit für mich …«

»Meinst du nicht, daß du zu der Pressekonferenz gehen solltest?« fragte Rosina.

Wang überlegte. »Ich rufe in Hung Hom an und frage, ob wir eingeladen sind. Wenn ja, dann sollten wir wohl besser dort auftauchen.«

Gesagt, getan. Tatsächlich lag in Hung Hom die Nachricht von der Pressekonferenz, an der er und Rosina teilzunehmen hätten.

Heute bist du mir noch einmal entwischt, Fang, dachte der Kommissar bei sich.

Die Pressekonferenz fand im Gebäude der Nachrichtenagentur Xinhua statt. An der Stirnseite des kleinen Saales stand ein Tisch mit zwei Sesseln, daneben hatte man einen Overhead-Projektor aufgebaut. Davor Reihen von Stühlen, die nicht sehr bequem wirkten. Journalisten standen bereits im Saal herum und murrten leise, daß man keine Erfrischungen anbot. China wurde von Wang, Rosina, Chen und zwei Leuten von der Nachrichtenagentur vertreten, die auf der anderen Seite der Stuhlreihen standen, so weit wie möglich von den Hongkongern entfernt.

»Wo sind Sie denn gewesen?« fragte Chen.

»Ich habe den Pförtner gebeten, es Ihnen zu sagen«, antwortete Wang pikiert. »Wir waren am MacLehose-Pfad, einem Wanderweg, der durch das ganze Gebirge führt. Dort kann man Tage verbringen.«

Chen schaute ihn wehmütig an. »Sie sind zu beneiden, daß Sie so viel Freizeit haben! Sekretär Fang und ich mußten jede Menge arbeiten. Aber es hat sich gelohnt: Der Fall ist jetzt aufgeklärt.«

»Ach ja?«

»Definitiv. Veronica Chow war eine britische Agentin. Sie hat Zhang Fei auf ihr Boot gelockt – mit der Aussicht auf Sex natürlich. Dort haben zwei Männer vom britischen Geheimdienst SAS ihm aufgelauert.«

»Haben Sie Beweise?« fragte Wang.

»Warten Sie's ab!« Chen lächelte. »Zhang Fei war ein zielstrebiger Funktionär und hat für seine Tüchtigkeit den höchsten Preis bezahlt: Unsere Gegner wollten ihn zum Instrument ihrer Propaganda machen. Eine Absicht, die in den nächsten fünf Minuten offenbar werden wird. Wenn die Wahrheit erst heraus ist, werden der dicke Gouverneur und seine Lakaien von der Presse sehr dumm dastehen.«

Wang nickte. Wie gut für euch, daß Veronica tot ist, dachte er.

Nun tauchten zwei Wachmänner des Gästehauses auf, einer mit einer Schachtel Tortenstückchen, der zweite mit einem prall gefüllten Plastikbeutel vom Supermarkt, der offenbar Getränkedosen enthielt. Letzterer war der Mann aus Shandong. Sie bauten das Mitgebrachte auf einem Tisch auf – unter den belustigten Blicken der Hongkonger Presse, die eindeutig andere Leckereien gewohnt war. Die Leute vom Festland, weniger verwöhnt, gingen zu dem Tisch und taten sich an der Torte gütlich.

»Hm«, brummte Wang genüßlich. Die war wirklich besser als jene, die er verdrückt hatte, als er Golden Dawn beobachtete. Wie lange war das her, und wieviel hatte Wang inzwischen erfahren …

»Lassen Sie noch etwas für die anderen übrig!« warnte der Mann aus Shandong.

»Klar.« Wang blickte sich um. »Ich muß mit Ihnen sprechen. Über etwas Privates. Können wir nicht …« Aber da spürte er, daß die beiden Männer von der Nachrichtenagentur herübersahen. »Wir reden später«, sagte er nur.

»Natürlich.«

Jemand ging zum Mikrofon und pustete hinein. Die Xinhua-Vertreter blickten auf und nickten dem Mann zu, der nun auch den Overhead-Projektor überprüfte. Dann sprach er die Zuhörer auf kantonesisch an. Wang nahm noch zwei Stückchen Torte, wickelte sie in eine Serviette und steckte sie in die Tasche. Jede Art von Verschwendung war ihm zuwider, und es war noch viel übrig. Dann setzte er sich zusammen mit den anderen hin.

Durch eine Seitentür traten Sekretär Fang und Dolmetscher Hu in den Saal. Es wurde still. Die Neuankömmlinge gingen nach vorn. Der Sekretär ergriff das Wort. Er sprach Hochchinesisch, und Hu übersetzte simultan.

»Meine Damen und Herren von der Presse!

Sie haben in den letzten Tagen oft über den plötzlichen Tod von Zhang Fei, einem meiner Kollegen, berichtet. Vieles davon war für meinen Geschmack Sensationshascherei und beruhte auf Gerüchten. Aber ich bin nicht gekommen, um Sie zu kritisieren. Statt Sie wegen solcher Ungenauigkeiten zu schelten, will ich Ihnen einfach die Wahrheit sagen, wie sie uns bekannt geworden ist. Ich hoffe, daß Sie dieses Vertrauen zu würdigen wissen ...«

Aus dem Saal kam ein Zwischenruf auf kantonesisch, den Dolmetscher Hu nicht für übersetzenswert hielt.

»Wie Sie wissen, wurde einer unserer besten Kommissare aus Peking nach Hongkong geholt, um der hiesigen Polizei bei ihren Ermittlungen zu helfen.« Der Sekretär wies auf das kleine Häuflein Festlandschinesen. »Chen Runfa.«

»Verbeugen Sie sich«, flüsterte Rosina. Chen erhob sich lächelnd. Ein paar Blitzlichter flammten auf. Sekretär Fang warf Chen einen wütenden Blick zu, weil der ihm die Show stahl, fuhr dann aber fort: »Wir sind von der Hongkonger Polizei gut unterstützt worden. Aber letzten Endes sind wir auf Informationen gestoßen, die sie nicht hatte, weswegen wir diese Pressekonferenz einberufen haben. Die Sache ist im Grunde ganz einfach: Zhang Fei wurde von britischen Agenten ermordet.«

Die Presse schien von dieser Variante nicht viel zu halten. Sekretär Fang erzählte nun die Geschichte, die Chen Wang bereits angedeutet hatte. Ein überarbeiteter Beamter, weit weg von zu Hause, die ganz gewöhnliche sexuelle Verlockung, Männer vom britischen Geheimdienst SAS im Hinterhalt, die Sadomaso-Kulisse, die nach dem Mord aufgebaut wurde.

»Gibt es Fragen?«

Sofort sprangen mehrere Reporter auf. Hu übersetzte die erste Frage. Welche Beweise könne Fang für diese Behauptungen vorlegen?

»Ich habe hier die Aussage eines Zeugen, der alles mit

angesehen hat.« Fang begann sie zu verlesen. Sie sollte von einem Tanka stammen, einem halben Analphabeten, der auf einem benachbarten Hausboot lebte. Aber die schwülstigen Formulierungen klangen eher nach einem Pekinger Beamten. Fangs Vortrag wurde bald von neuen Fragen unterbrochen.

»Warum sollen wir glauben, daß das stimmt?«

»Wieso liegt diese Zeugenaussage der Hongkonger Polizei nicht vor?«

»Können wir mit dem Zeugen sprechen?«

»Immer eine Frage nach der anderen!« rief Hu. Ein junger Mann, den die anderen zu kennen und zu respektieren schienen, stand auf und begann zu sprechen. Dolmetscher Hu schüttelte heftig den Kopf und rief dann: »Nein!«

Sekretär Fang beugte sich zu ihm hinüber. »Was will er denn?«

»Das ist keine seriöse Frage, Sekretär.«

»Antworten Sie!« rief einer auf hochchinesisch. Einige lachten. Andere, die auch ein wenig Hochchinesisch sprachen, nahmen die Forderung auf, und bald ertönte sie im Sprechchor: »Antworten! Antworten!«

»Übersetzen Sie mir doch endlich die Frage!« herrschte Fang den Dolmetscher ärgerlich an.

»Er ... will wissen, wie lange Sie gebraucht haben, um diese Zeugenaussage zu verfassen.«

»Wie können Sie es wagen!« brüllte Fang.

Schallendes Gelächter.

»Wartet nur!« bellte Fang. »Ich hoffe, ihr habt alle gute ausländische Pässe! Keiner von euch verdient es, in China zu leben! Wir werden hier aufräumen! Für Abschaum wie euch wird es hier keinen Platz mehr geben!«

Plötzlich flog das erste Stück Torte durch den Raum.

Es verfehlte sein Ziel, aber das zweite traf. Die Kameras surrten, und die Fotoapparate blitzten, als Sekretär Fang sich duckte, unter dem Tisch Deckung suchen wollte, es sich dann aber anders überlegte und wieder hoch kam.

Platsch! – landete ein Stück Torte mitten in seinem Gesicht. Unter dem höhnischen Gebrüll der Journalisten und im Hagel der Wurfgeschosse wankte er zum Ausgang, gemessenen Schrittes, um zumindest ein wenig das Gesicht zu wahren.

»Die sind ja wie die Tiere!« fauchte Gruppenleiter Chen.

Die letzten Reporter waren noch nicht aus dem Saal, als Wang bereits in Fangs Büro erscheinen mußte. Der Parteisekretär saß an seinem Schreibtisch, das Gesicht völlig ausdruckslos. Er hatte noch nicht einmal seinen Anzug säubern können.

»Finden Sie den Mörder!« forderte Fang.

»Das wollte ich, bevor Sie mich daran gehindert haben«, erwiderte Wang.

»Kommen Sie mir jetzt nicht mit Spitzfindigkeiten. Tun Sie, was Ihnen gesagt wird. FINDEN SIE DEN MÖRDER!«

Wang blickte den Sekretär lange fest an. Der meinte es offenbar ernst. »Werden Sie mich dabei unterstützen?« wollte er wissen.

»Was soll die Frage?«

»Ich brauche freien Zugang zum Gästehaus in Stanley – jederzeit.«

»Wozu denn das? Der Mörder ist dort draußen, unter diesem … Gesindel.«

»Ich brauche jederzeit freien Zugang, Sekretär.«

»Meinetwegen. Gehen Sie an die Arbeit …«

»Außerdem brauche ich die Genehmigung, mit jedem, den ich für wichtig halte, Kontakt aufzunehmen.«

»Kontakt aufnehmen?«

»Sie haben richtig gehört.«

»Wie soll denn das gehen? Vielleicht auch noch mit dem britischen Geheimdienst, dem dicken Kerl im Gouverneurspalast oder gar der Queen von England?«

»Sie wollen doch, daß ich den Mörder finde?« beharrte Wang.

»Natürlich will ich das, verdammt noch mal. Also gut. Nehmen Sie sich die Freiheit, die Sie zu brauchen glauben. Das heißt doch wohl, daß Sie auch mit diesem Engländer ...«

»Er ist Schotte«, korrigierte Wang. »Außerdem müssen die Wanzen aus meinem Apartment in Hung Hom verschwinden. Und keine Überwachung bei meiner Arbeit mehr – das bitte ich mir aus.«

»Wanzen?«

»Ja, Wanzen. Und die Pförtner gleich mit. Mir hat niemand nachzuschnüffeln.«

»In dem Apartment sind keine Wanzen«, erklärte Fang. »Das sind Unterkünfte für Parteimitglieder ...«

Wang bemerkte nun einen aggressiveren Ton in Fangs Stimme und verwünschte sich innerlich. Er wollte noch eine weitere Forderung stellen, die kühnste, aber auch die wichtigste von allen. Hatte er sein Kapital so schnell verspielt? Für einen Moment zögerte er, und seine Hand glitt unbewußt in die Jackentasche. Dort stieß sie auf die beiden Tortenstückchen, die er in die Serviette gewickelt hatte. Nach kurzem Zögern nahm Wang sie heraus und packte sie aus. Sekretär Fang schaute ihn an, zuerst verblüfft, dann so schockiert, daß es ihm offenbar die Sprache verschlug. Wang schob sich ein großes Stück in den Mund.

»Köstlich«, sagte er.

Fang starrte ihn ungläubig an.

»Als letztes«, fuhr Wang fort, »verlange ich von Ihnen, daß Sie mich nicht mehr anlügen.«

Nun verlor der Parteisekretär völlig die Fassung. Wang mußte lächeln. Er war schon immer ein großer Verehrer von Sunzis *Kriegskunst* gewesen. Aber noch nie hatte er eine so gute Gelegenheit gehabt, die Strategeme des großen Feldherrn in die Tat umzusetzen. Zum Beispiel: »Wenn dein Feind vor Zorn rast, provoziere ihn.«

»Auch ein Stück, Sekretär?«

Fang ließ ein unterdrücktes Grunzen hören.

»Das heißt sicher: ›Nein, ich möchte jetzt nichts essen‹,

nehme ich an«, fuhr Wang fort. »Ich hoffe, es heißt auch: ›Ja, ich werde Ihnen von jetzt an die Wahrheit sagen.‹ Wenn das zutrifft, dann könnten Chen und ich ein gutes Wort für Sie einlegen, wenn wir wieder in Peking sind. Gegen die Hongkonger Presse wäre unser Wort sicher von Gewicht.« Er biß noch einmal von der Torte ab. »Aber natürlich nur, wenn Sie unsere Ermittlungen voll unterstützen ... Wissen Sie, diese Torte schmeckt wirklich ausgezeichnet. Ich werde etwas davon nach Peking mitnehmen.«

Damit war das Hackebeil heimgezahlt. Beinahe.

»Und jetzt heraus mit der Wahrheit, Sekretär Fang ...«

Fünfzehntes Kapitel

»Wer hat uns das Hackebeil ins Schlafzimmer gelegt?« war Wangs erste Frage.

Fang grinste verlegen.

»Das will ich jetzt wissen«, beharrte Wang.

»Der Pförtner«, sagte Fang schließlich.

»Auf Ihre Weisung?«

»Ich ... habe von ihm verlangt, daß er Sie ein bißchen erschrecken soll. Wie, das habe ich ihm überlassen. Ich bin da nicht so geübt. Sie haben mir ja keine andere Wahl gelassen«, fügte der Sekretär hinzu und wirkte plötzlich wie ein ertappter Schuljunge. »Warum haben Sie sich nicht an meine Anweisungen gehalten?«

»Weil die einfach lächerlich waren.«

Fang ging darauf nicht ein, sondern schüttelte nur den Kopf.

»Sie verstehen überhaupt nichts.«

»Dann klären Sie mich auf.«

»Es hat mit Politik zu tun. Sie sind doch nun lange genug hier, um zu begreifen, wie wichtig das Bild ist, das wir abgeben. Zhang Fei hätte es beinahe zerstört. Als er noch lebte und erst recht nach seinem Tod.«

»Haben Sie wirklich geglaubt, die Presse schluckt diesen Unsinn mit den britischen Agenten?«

Wieder dieses Grinsen. »Zu Hause drucken die Zeitungen, was man ihnen sagt.«

»Und hier wird man für so was mit Torte beworfen.«

»Genau. Was sind das nur für Menschen, Kommissar?«

»Menschen, die sich nicht gern für dumm verkaufen lassen!«

»Nein! Wenn sie klug wären, dann würden sie tun, was ihnen nützt. Was im Interesse von Hongkong als Ganzem ist. Bald wird es ein Teil Chinas sein. Wenn es weiter florieren will, dann muß es sich anpassen. Das wäre intelligent. Wovon Sie reden, das ist doch der Widerspruchsgeist von Halbstarken!«

»Ich nehme an, die sehen das nicht so.«

Der Sekretär beruhigte sich etwas. »Sicher nicht ... Aber denken Sie mal nach, Kommissar. Wenn die unsere Story gedruckt hätten, wäre das für alle von Nutzen gewesen, auf die es ankommt. Die Affäre Zhang Fei wäre bald vergessen, wir könnten unsere Vorbereitungen auf die Übergabe fortsetzen, und die Ausländer hätten dumm dagestanden.« Fang schüttelte den Kopf. »Das sind doch Chinesen! Ich verstehe sie einfach nicht. Schließlich kehren sie nach über hundert Jahren ausländischer Herrschaft dorthin zurück, wo sie hingehören. Und was tun sie? Ich kann es nicht begreifen, Kommissar, wirklich nicht.«

Für einen Augenblick herrschte Schweigen.

»Und wer hat nach Ihrer Meinung Zhang Fei nun wirklich umgebracht?« fragte Wang.

»Ich weiß nicht. Die Triaden vielleicht ... Sie sind der Polizist. Sie müssen es herausbekommen.«

»Dabei waren Sie mir bisher nicht gerade eine Hilfe.«

»Nein ... Aber ich habe Ihnen doch nun alles versprochen. Zugang, Kontakte, keine weitere Überwachung.«

»Und Ehrlichkeit.«

»Bin ich vielleicht unehrlich?«

»Erzählen Sie mir mehr von Zhang Fei.«

Sekretär Fang wollte wieder auffahren, überlegte es sich jedoch anders. »Ich wünschte, ich wäre diesem Mann nie begegnet. Er kam mit einer so glänzenden Beurteilung vom Festland. Es hieß, er arbeite viel und gut. Das tat er auch, Teufel noch mal! Er erledigte alles hervorragend, was wir ihm übertragen haben. Dann aber sickerte nach und nach durch, was er in seinem Privatleben so treibt. Bauhinia erzählte, er habe von den Mädchen verlangt ... na, was die Prostituierte ausgesagt hat ...«

Wang nickte. Und wie leichthin hatte Fang diese Frau eine Lügnerin genannt. Jetzt lebte sie nicht mehr.

»Dann kam der Kontakt zu der Triade hinzu«, fuhr Fang fort. »Ich habe es erst nicht glauben wollen. Aber mein Informant war verläßlich und schwor, daß sein Bericht den Tatsachen entspricht.«

»Warum haben Sie ihn nicht nach Peking zurückgeschickt?« fragte Wang und setzte ein Pokerface auf.

»Das habe ich doch versucht. Sogar mehrere Male. Aber es hat nie geklappt. Der Himmel weiß, warum. So habe ich gedacht, ich muß es halt aussitzen. Aber irgendwann hat es mir gereicht. Da habe ich in einer Dienstbesprechung die Triaden erwähnt und ganz allgemein gewarnt, wer sich mit denen einläßt, muß mit harter Bestrafung rechnen. Ich habe geglaubt, es hätte gewirkt. Mein Informant berichtete mir, daß Zhang die Prostituierte nicht mehr aufsuchte und auch kein Geld mehr von der Su Fong bekäme. Es schien also alles im Lot zu sein.« Fang hielt inne. »Und dann war da noch die Sache mit der Bibel ...«

»Was für eine Sache?«

Sekretär Fang seufzte tief auf. »Beim Saubermachen wurde eine Bibel in Zhang Feis Apartment gefunden.«

»Wann? Und warum haben Sie mir das nicht gesagt?«

»Das hat doch mit unserer Geschichte nichts zu tun. Ich dachte, das wäre nicht wichtig. Das glaube ich auch jetzt noch. Außerdem war es ihm nicht ernst damit. Ich habe ihn daraufhin angesprochen, und er sagte, er lese sie nur aus Interesse. Aus Interesse!« Der Sekretär schüttelte heftig den Kopf. »Das war typisch für Zhang Fei. Immer hat er die Regeln ignoriert, sich einen Dreck um die Belange der Allgemeinheit geschert. Wenn ihn etwas packte, dann tat er es eben ... Stellen Sie sich vor, wenn das herausgekommen wäre! Was die Medien, die allesamt von den Briten kontrolliert werden, daraus gemacht hätten! Bei all seiner Intelligenz begriff Zhang Fei die politische Realität in dieser Stadt überhaupt nicht.«

»Aber Sie haben mir doch etwas ganz anderes erzählt«, stellte Wang fest.

Der Sekretär plusterte sich auf. Wang hörte sich seine plumpen Erklärungsversuche eine Weile an, mußte dann aber wieder zu seiner Befragung zurückkehren. Es tat ihm aufrichtig leid, sich nicht länger an Fangs Verwirrung weiden zu können, aber schließlich hatte er Wichtigeres zu tun.

»Hat Zhang Fei mit jemandem über Religion gesprochen?« fragte er.

»Nein. Das wäre mir zu Ohren gekommen.«

»Und die Bibel hat er behalten?«

»Nein, die habe ich eingezogen. Zhang Fei hat das akzeptiert. Ohne Widerstand.«

»Wann war das?«

»Es ist noch nicht lange her. Drei Monate? Oder vier? Er hat in der Bibel gelesen und zur gleichen Zeit die Prostituierten mit Schlägen traktiert«, erklärte Fang kopfschüttelnd.

Wieder schwiegen beide. »Haben Sie eine Idee, was die Su Fong von Zhang Fei wollte?« fragte Wang. Wenn er allerdings an das Drachenhaupt dachte, hatte er das Gefühl, daß diese Spur in eine Sackgasse führte.

»Keine Ahnung. Zhang Fei interessierte sich besonders für das Gesetz, das es der Polizei verbietet, Kriminellen Fallen zu stellen. Danach dürfen Polizisten hier nicht als *Agents provocateurs* auftreten. Ich finde das ziemlich kindisch. Wenn jemand Verbrechen begeht, dann sollte das Gesetz der Polizei helfen und sie nicht an ihrer Arbeit hindern. Ich nehme an, Zhang Fei sollte darauf hinarbeiten, daß das Gesetz bleibt.«

Wang nickte.

»Ich bin froh, Kommissar«, sagte Fang vertraulich, »daß wir uns ausgesprochen haben. Das reinigt die Atmosphäre. Ich muß jetzt ins Gästehaus zurück. Ich will versuchen, den … Schaden zu begrenzen. Das tue ich nicht für mich, sondern für uns alle. Für China. Das verstehen Sie doch? Wenn Sie noch weitere Fragen haben …«

»Im Augenblick nur noch eine einzige.«

»Gut.«

»Haben Sie Veronica Chow umbringen lassen?«

Wieder stieg dem Sekretär die Zornröte ins Gesicht. »Warum hätte ich das tun sollen?«

»Um Ihre Version zu retten.«

Der Zorn war im Augenblick verflogen. Fang sagte nun gar nichts mehr. Dann warf er Wang einen kläglichen Blick zu und meinte: »Sie müssen mich ja für ein wahres Monster halten …«

Der Sekretär wirkte plötzlich sehr erschöpft. Immerhin war Lügen eine kräftezehrende Angelegenheit. Aber wo der Kommissar Fang jetzt auf den Zahn gefühlt hatte, schien der die Wahrheit gesagt zu haben. Die Pressekonferenz hatte der Parteifunktionär offenbar als tiefe Demütigung empfunden. Und noch Schlimmeres stand bevor, wenn die Bilder am nächsten Tag in den Zeitungen erschienen, wogegen weder die Leute in Stanley noch die Nachrichtenagentur etwas tun konnten. Der Sekretär konnte einem beinahe leid tun. Beinahe.

»Das mit dem Hackebeil hätten Sie nicht tun dürfen«, sagte Wang.

Sekretär Fang setzte zu einer Entschuldigung an, senkte dann aber den Kopf. »Ich weiß. Aber wir hätten die Drohung … nie wahrgemacht.«

Der Kommissar war nicht sicher, ob er das glauben sollte. Doch das war jetzt auch ziemlich gleichgültig.

Wang nutzte seinen neuen Status, um sofort ins Gästehaus zu fahren und sich Zhang Feis Apartment noch einmal gründlich anzusehen. Er saß am Schreibtisch des Ermordeten und ließ seinen Blick durch den Raum schweifen. Die alte Frage ging ihm nicht aus dem Sinn:

Wer wollte seinen Tod und warum?

Die Triaden?

Diese Spur schien erschöpft. Zhang Fei war so töricht gewesen, sich mit diesen Leuten einzulassen, aber er war ungeschoren davongekommen. Allerdings nur, um über einen anderen Stein auf seinem Lebensweg zu stolpern.

War es der Neid seines ehemaligen Stellvertreters? Wang begriff nun, wie sehr sich Rong gewünscht hatte, Zhang Fei in Ungnade zu sehen. Aber es war eine Sache, gegen jemanden im Internet zu hetzen, und eine ganz andere, ihn auf so grausame Weise zu töten ...

Seine Brutalität gegenüber Veronica Chow? Wang glaubte der Tanka-Frau, daß sie unschuldig war. Hatte er sich geirrt? Er ließ das Verhör noch einmal vor seinem geistigen Auge vorüberziehen. Nein, sie war nicht die Mörderin, das sagte ihm sein Instinkt. Sie hatte Angst vor der Polizei, aber das war verständlich. Eine von der Gesellschaft Ausgestoßene – wegen ihrer Herkunft und wegen ihres Gewerbes ...

Wieder holte er sein Notizbuch, das er immer bei sich trug, aus der Tasche und konstruierte eines seiner Diagramme – diesmal mit Veronica als Mittelpunkt. Dabei kam ihm der Gedanke, ihre Familie in Poi Toi könnte versucht haben, sie von ihrem Peiniger zu befreien. Und hatte das auf sehr ausgefallene, aber wirksame Weise erreicht.

Nein, diese Möglichkeit schmeckte ihm gar nicht, aber er mußte ihr auf den Grund gehen.

Rosina freute sich, Matilda wiederzusehen.

»Es tut mir leid, daß ich Sie versetzt habe«, sagte sie. »Ich hatte ... ein paar Probleme zu Hause.«

»Das macht doch nichts«, antwortete Matilda. »Womit hat Ihr Mann zu tun?«

»Import und Export«, antwortete Rosina prompt. »Er muß immer so viel arbeiten!«

Matilda nickte. »Sie sind sehr nett zu uns.«

»Das ist doch nicht der Rede wert. Ich fühle mich in Hongkong sehr allein. Es ist schön, mit jemandem von drüben sprechen zu können. Außerdem freue ich mich darauf, mit Hua einen Ausflug zu machen. Ich möchte ihr gern den Ocean Park zeigen. Ich habe neulich im Casino gewonnen!«

Matilda lächelte, schaute aber weiterhin deprimiert drein.

»Wie gedankenlos von mir«, schalt sich Rosina. »Sie selber waren bestimmt auch noch nicht dort, stimmt's? Hier ist etwas Geld. Nehmen Sie Hua und fahren Sie hin. Das wäre viel besser.«

Matilda schüttelte den Kopf. »Nein. Fahren Sie nur, bitte. Ich möchte es so.« Sie zwang sich zu einem Lächeln. »Aber ...«, sie hielt inne. »Bleiben Sie nicht zu lange. Hua wird schnell müde.«

»Ich werde darauf achten«, sagte Rosina.

Dann zogen sie los, Hua vertrauensvoll und ruhig wie immer. Rosina wußte inzwischen, wie Mutter und Tochter sich durch Berührungen verständigten. Wenn Hua also ein Problem hatte, konnte sie es Rosina mitteilen. Aber das erwies sich als nicht nötig. Das Kind genoß den Tag – die Seilbahn, das Füttern der Tiere, die tollen Fahrten. Vor allem letzteres. Hua schleppte Rosina begeistert auf die schlimmsten Achterbahnen. Erst auf der Rückfahrt wurde sie müde. Im Bus sank ihre Stimmung, und sie lehnte sich erschöpft an Rosina. Die sah nun, daß es ein Fehler gewesen war, die Linie zu nehmen, die über Repulse Bay, Tai Tam, Shaukeiwan und Quarry Bay die Küste entlangführte. Sie hätten sich am Expreß-Bus anstellen sollen, der direkt durch den Tunnel von Aberdeen fuhr.

In ihr neues zeitweiliges Domizil bei den Luards kehrte Rosina strahlend und aufgekratzt zurück – der Lohn dafür, anderen eine Freude gemacht zu haben. Ihr Mann saß mit gerunzelten Brauen in einer Ecke und kritzelte etwas auf ein Stück Papier.

»Immer noch keine heiße Spur?« fragte sie ihn.

»Alles nur Stückwerk. Ich will morgen zu Veronica Chows Familie hinausfahren ...« Er blickte düster drein.

»Und wir haben schon wieder eine Einladung zum Essen im Gästehaus. Eigentlich wollte ich wirklich keinen Abend mehr in der Gesellschaft von Sekretär Fang verbringen, nach dem, was er uns angetan hat. Aber es wird uns wohl nichts anderes übrigbleiben.«

»Nimm doch ein paar Tortenstücke mit«, riet ihm Rosina und lächelte spitzbübisch.

Wang fuhr, wie geplant, nach Poi Toi. Rosina begleitete ihn. Während er mit den Leuten sprach, spazierte sie über die Insel. Zumindest sie hatte an diesem Ausflug Spaß. Als sie sich dann wieder trafen, fragte sie Wang, wie das Gespräch verlaufen sei. Sie hätte es lieber nicht tun sollen.

»Das sind vielleicht Heuchler, diese Chows«, brach es aus ihm heraus. »Veronica schickte ihnen Geld, und sie haben sie dafür verachtet. Die Kohle haben sie natürlich genommen. Sie meinen, das sei der Preis für die Schande, die sie über die Familie gebacht hat. Eigentlich stünde ihnen noch viel mehr zu. Da saß ich nun – auf einem Stuhl, den sie bezahlt hat, in einem Zimmer, für das die Miete von ihr kam, kaute Plätzchen, die von ihrem Geld gekauft wurden, und mußte mir anhören, was für ein Miststück sie war und daß sie nun zum Glück keine Schande mehr über sie bringen kann. Mir war richtig schlecht.«

»Vielleicht haben sie dir etwas vorgemacht?«

»Das dachte ich erst auch. Aber so ist es nicht. Dann müßten sie alle hervorragende Schauspieler sein. Vielleicht haben sie ein bißchen übertrieben, um dem Polizisten vom Festland zu zeigen, was für tugendhafte Bürger sie sind. Bestimmt haben sie gedacht, daß ich nach der Übergabe hier ein großes Tier bin. Aber sie haben Zhang Fei nicht umgebracht. Das ist sicher.«

»Da wirst du wohl recht haben. Aber du mußtest der Spur nachgehen, nicht wahr?«

»Leider, ja.« Wang seufzte. »Und heute abend müssen wir auch noch zu Sekretär Fang.«

»Vergiß die Torte nicht!« meinte Rosina.

»Ich werde dich brauchen, damit du ihn ein bißchen ablenkst«, erklärte ihr Wang. »Da kann ich mich noch einmal umschauen. Ich muß eine andere Sicht auf die Dinge bekommen.«

»Du weißt, wie ich solche Gespräche hasse.«

»Aber du bist wunderbar darin.«

»Machen Sie Fortschritte?« fragte Sekretär Fang.

»Natürlich«, erwiderte Wang.

»Na, dann heraus damit!«

»Eine Spur hat sich als falsch herausgestellt. Auch das ist ein Fortschritt.« Der Sekretär runzelte die Brauen, womit er sonst wohl seine Untergebenen zum Erzittern brachte. Jetzt wäre Torte gut, ging es Rosina durch den Kopf. Wang erzählte von ihrem Ausflug nach Poi Toi.

»Die Insel ist eine primitiver Gegend, aber interessant für Besucher«, erklärte Rosina.

Wang mußte lächeln und ließ seinen Blick durch den Raum schweifen – über die solide Ausstattung, die hin und her eilenden Kellner, die Gesichter seiner Tischgenossen. Büroleiter Rong wirkte immer noch nervös. Hatte er Schuldgefühle? Aber weshalb?

Er hat Zhang Fei nicht genug gehaßt, um ihn kaltblütig umzubringen, sagte sich Wang. Oder einen anderen anzuheuern, der es für ihn tat. Er ist rachsüchtig, aber das reicht nicht aus.

Als Polizist hatte Wang erfahren, daß man Gewaltbereitschaft an Stellen finden konnte, wo man es nie erwartet hätte ... Er wandte seinen Blick von dem Bürochef ab, um keinen Verdacht zu erregen.

»Aber die Infrastruktur von Poi Toi muß noch entwickelt werden«, sagte Rosina gerade zu Sekretär Fang. Frau Wu stocherte mit einem Funktionärslächeln, das aufgesetzt wirkte, in ihrem Essen herum. Das hatte wohl nichts mit Zhang Fei zu tun. Dr. Ba ...

Von diesem Mann wußte Wang überhaupt nichts. Vielleicht sollte er sich für ihn interessieren?

»Haben Sie Zhang Fei eigentlich gekannt?« fragte er Ba.

Der blickte überrascht auf. »Äh … nein. Nicht wirklich. Natürlich bin ich ihm begegnet, aber er war nicht sehr gesellig.«

»Das stimmt. Sie haben also gar keinen Eindruck von ihm?«

»Keinen. Was er gesagt hat, klang vernünftig, aber er soll ein wenig auf fromm gemacht haben. Sehr unklug von ihm.«

Wang nickte zustimmend. »Welche Aufgabe haben Sie hier?«

»Parteiinformation. Wie Sie wissen, sind inzwischen viele Parteimitglieder in Hongkong. Ich sorge dafür, daß sie über unsere offizielle Politik auf dem laufenden bleiben. Wir haben inzwischen über 20000 …«

Die Gespräche verstummten, als der Kellner eine Schüssel Rindfleisch, wie es in Hunan zubereitet wird, auf das Karussell stellte.

»Ich war noch nie in Hunan. Dort soll es herrliche Berge geben«, bemerkte Rosina.

Wang sah zu, wie die Schüssel auf dem Tisch kreiste. Hände reckten sich nach ihr – Sekretär Fang, Rosina, Frau Wu, Ba, Bürochef Rong …

»Um Himmels willen!« entfuhr es Wang plötzlich.

»Hallo!« sagte Wang.

»Hallo!« antwortete der Wachmann aus Shandong. »Sie wollten mit mir sprechen …«

»Ja.« Wangs Plan, sich einmal im Apartment des Parteisekretärs umzusehen, hatte sich nun erledigt. Ein wenig verrückt war er ohnehin gewesen. »Sagen Sie, die Handschellen, die Sie in Ihrem Schrank haben. Mir geht die Frage im Kopf herum – so ganz nebenbei natürlich –, ob jemand, der dazu nicht offiziell befugt ist, Gelegenheit hatte, sie an sich zu bringen.«

Der Wachmann reagierte ein bißchen beleidigt. »Wie stellen Sie sich das vor? Unsere Sicherheitsbestimmungen sind sehr streng. Wir haben rund um die Uhr Dienst.«

»Es ist also ständig jemand hier?«

»Natürlich.«

»Keine Rundgänge um die Außenmauer?« deutete Wang vorsichtig an.

»Zuweilen schon. Das ist notwendig. Aber ich schließe das Häuschen immer ab, und meine Kollegen natürlich auch. Das wäre ein Ding, wenn wir die Tür offenstehen ließen.«

»Was für ein Schloß ist das an der Tür?«

»Ein elektronisches Kartenschloß wie die anderen auch.« Der Wachmann zeigte ihm seine Karte. »Mir wäre ein altmodischer Schlüssel lieber, aber einer von unseren Vorgesetzten hatte die Idee, diese Dinger einzuführen.«

Wang meinte nur: »Daß ich darauf nicht eher gekommen bin ...«

»Wenigstens du hast den Abend genossen«, meinte Rosina.

»Ja. Bestimmt mehr als du.«

Sie mußte lächeln. »Daß dieser Fang es wagt, mir so unschuldig in die Augen zu sehen ...«

»Du hast mir sehr geholfen. Wenn es dich tröstet – mir geht es genauso. Aber so sind sie in diesen Kreisen. Ein Gedächtnis wie ein Computer für die eigenen Verdienste und keinerlei Erinnerung an die eigenen Fehler. Edwin sagt übrigens, im Westen ist das nicht anders.«

Rosina seufzte ergeben. »Die Art Leute, die in Dienstwagen herumgefahren werden ...«, meinte sie nachdenklich.

Wang lächelte.

»Gegen Ende des Essens hast du plötzlich geschaut, als hättest du das Rätsel des Universums gelöst, vom Mord an Zhang Fei ganz zu schweigen«, fuhr Rosina fort. »Weihst du mich in dein Geheimnis ein?«

»Es war Rongs Hemdsärmel.«

»Natürlich. Daß ich darauf nicht selber gekommen bin! Und was ist mit dem?«

»Die Knöpfe an seinem Hemd sind die gleichen wie der, den wir in Yaumatei gefunden haben. Aber an einer Manschette war ein anderer angenäht.«

Rosina blickte ihn skeptisch an. »Einen Knopf kann jeder mal verlieren.«

»Ich weiß«, meinte Wang nachdenklich.

»Wenn er in diesem Hemd Zhang Fei umgebracht hätte, dann würde er es wohl kaum anziehen, wenn er mit dir zu Abend ißt.«

»Na, wer macht denn jetzt Ideen nieder?« gab Wang zurück. »Du hast ja recht, es ist wirklich unwahrscheinlich. Aber ausgeschlossen ist es nicht. Natürlich zieht man so ein Hemd nicht mit Absicht an. Aber er weiß doch nicht, daß wir den Knopf gefunden haben. Vielleicht ist ihm nicht einmal aufgefallen, daß er ihm bei dem Handgemenge abgerissen wurde. Oder er hat gar nicht bemerkt, daß er fehlte. Die haben bestimmt Leute hier, die sich um ihre Wäsche kümmern.«

Rosina runzelte die Stirn. »Keine sehr überzeugende Beweisführung.«

»Es ist zumindest eine Spur. Manchmal gewinnen winzige Dinge entscheidende Bedeutung, und wenn andere Informationen hinzukommen ... Ich muß morgen unbedingt mit Norton reden.«

»O ja«, sagte Norton. »Das ist durchaus möglich. Ich hab' mich immer gefragt, was Rong so treibt. Ich dachte mir schon, daß er spannendere Sachen zu tun hat, als sich mit diesem langweiligen Flughafen zu beschäftigen oder sich über Religion aufzuregen. Was die betrifft, so halte ich mich zurück. Meine Schwester war in den Staaten, wo irgendwelche Fundamentalisten ihr eine Gehirnwäsche verpaßt haben müssen. Mein Vater geht dauernd in die Luft.

Er ist ein gutes Parteimitglied, aber sie traktiert ihn ständig: Jesus hat das gesagt, Gott hat jenes verkündet …«

»Erklären Sie mir, wie das mit den elektronischen Schlüsseln funktioniert«, forderte Wang, dem Nortons Abschweifung zuviel wurde.

»Sie haben richtig vermutet. Der Zentralcomputer sagt den Schlössern, welche Codes sie zu akzeptieren haben. Die Codes werden auf die Karten geladen. Wer ein Schloß öffnen will, das er nicht soll, braucht sich nur Zugang zum System zu verschaffen und allen Schlössern zu befehlen, daß sie seinen Schlüssel zu erkennen haben. So kann er jedes Schloß öffnen.«

»Ist das leicht oder schwer?«

»Dazu muß ich mir das System anschauen. Es ist bestimmt nicht einfach, aber ich bin sicher, ich kriege das hin!«

»Könnte es auch Bürochef Rong geschafft haben?«

Norton mußte nachdenken. »Hm. Eigentlich ist er ein bißchen zu alt, um die neuesten System zu checken, aber wenn man will, kann man im Internet alles mögliche über Hacker finden. Er kennt sich mit den Basics ganz gut aus. Wenn er an der richtigen Stelle sucht und es ihm ernst damit ist …«

»Gibt es eine Möglichkeit, zu prüfen, ob das Rong gelungen ist?«

»Kann ich mir nicht vorstellen. Alle Sicherheitssysteme registrieren solche Versuche, aber in diese Speicher muß man erst einmal reinkommen. Und selbst wenn er entdeckt wurde, hat er bestimmt eine falsche Spur gelegt. Ein Hacker arbeitet niemals von seinem eigenen Rechner aus.«

»Kann man feststellen, wessen Schlüssel in welche Schlösser paßt?«

»Das kann man versuchen. Aber ein guter Hacker findet auch da einen Ausweg. Befehle können auf verschiedenen Ebenen gegeben werden …«

Wang entfuhr ein leiser Fluch.

»Das gefällt Ihnen wohl nicht, *Lao* Wang?« kam es von Norton. »Ich habe immer gedacht, ihr Kerle von der Polizei schnappt euch jeden, den ihr für verdächtig haltet, und prügelt dann das Geständnis aus ihm heraus.«

Der Kommissar warf ihm einen düsteren Blick zu. »Ich sammle erst so viele Beweise, daß der Delinquent einfach gestehen muß.«

Norton grinste. »Klingt spannend. Meinen Sie, ich könnte einen guten Bullen abgeben?«

»An Ihrer Stelle würde ich bei den Computern bleiben. Die bringen wesentlich mehr Geld.«

»Vielleicht. Aber Ihre oberen Chargen sacken sicher auch eine Menge ein. Schmiergelder und so ...«

Das Gespräch wurde Wang langsam unangenehm. So dachten also die Jungen über seinen Berufsstand! Er wechselte wohl besser das Thema. »Erzählen Sie mir von Ihrer Schwester«, bat er.

»Die geht mir zur Zeit mächtig auf die Ketten. Dort drüben haben sie ihr eingetrichtert, daß in der Bibel jedes Wort stimmt, sogar daß die Erde in sieben Tagen erschaffen wurde und irgend so ein Methusalem 962 Jahre alt geworden ist. Und sie kann inzwischen jede Menge von dem Zeug auswendig. Wenn man anfängt, mit ihr zu streiten, haut sie einem Zitate um die Ohren – mit Kapitel und Vers. Das Weib ist wie eine Kreuzung von Esel und Papagei!«

»Kapitel und Vers ... Was bedeutet das?« unterbrach ihn Wang.

»Das ist die Angabe der exakten Bibelstelle. Die Heilige Schrift besteht, wie ich jetzt weiß, aus Büchern, diese wieder aus Kapiteln und Versen. Wenn sie ein Zitat raushaut, nennt sie genau die Nummern von Buch, Kapitel und Vers. Wahrscheinlich, damit ich nicht glaube, sie hat sich das ausgedacht. Und natürlich, um zu zeigen, wie schlau sie ist.«

»Aber eben haben Sie von Kapitel und Vers, nicht von Buch, Kapitel und Vers gesprochen.«

So viel Pedanterie störte Norton. »So sagt sie halt. ›Ich

kann Kapitel und Vers nennen.‹ Fragen Sie mich nicht, warum. Vielleicht hat Gott es ihr so eingegeben. Persönlich.«

»Und diese Kapitel und Verse sind alle numeriert?«

»Ja. Sie wollen sich doch nicht etwa auch auf die Religion verlegen, *Lao* Wang? Tun Sie das bloß nicht. Spielen wir lieber noch eine Runde *1997*. Darin werden Sie immer besser.«

Wang schüttelte den Kopf. »Später vielleicht. Jetzt muß ich dringend eine Sache abklären.«

Wang hatte keine Ahnung, wo er möglichst schnell eine Bibel herbekommen sollte. Aus einem Buchladen? Aus der Kirche? Eine lag direkt neben der Nachrichtenagentur. Rechts von einem Friedhof – höchst ungünstiges *Fengshui*! Aber davon verstanden die Westler natürlich nichts. Dem Kommissar war sehr unwohl, als er über die Schwelle des Gotteshauses trat. Drinnen in dem dunklen, kalten Raum ging es ihm nicht besser. Das Echo seiner Schritte schien von überallher widerzuhallen. Auf den Bänken lagen einige Bände, aber es waren Gesangbücher. Am fernen Ende des Kirchenschiffs kniete eine Gestalt in einem Umhang vor dem Altar. Darauf stand ein Kreuz, und Wang fiel plötzlich ein, wo er dieses Symbol zum letzten Mal gesehen hatte. Von dieser Erinnerung hätte er eigentlich überrascht sein müssen, aber er war es nicht.

Wieder schaute er sich um. War denn nicht noch jemand da? Er überlegte, ob er das einzige menschliche Wesen weit und breit in seiner Andacht stören durfte. Nein, das ging wohl nicht. Wie irrational dieser Glaube auch sein mochte, Respekt verdiente er allemal. Außerdem konnte er mit solchem Frevel böse Geister auf sich ziehen.

Aber er sah niemanden, den er sonst fragen konnte. Wang blieb stehen, schaute sich ein wenig um, ging ein paar Schritte und schaute wieder. Schließlich bewegte er sich entschlossen auf die Gestalt zu, darauf hoffend, die Situation werde sich noch irgendwie klären. Und seine Hoffnung wurde nicht enttäuscht: Auf einem Podest erblickte er plötzlich ein offenes Buch. Es war auf Chinesisch geschrieben, hatte numerierte Kapitel und Absätze.

Der Kommissar hatte schon über die Hälfte durchgeblättert, als er fand, was er suchte: 18-6. 17-2.

»Wo fährst du hin?« fragte Rosina.

»Das kann ich dir erst sagen, wenn ich zurück bin«, antwortete Wang. »Ich muß einige Dinge klären. Das wird wohl alles in allem zwei, drei Tage dauern.«

Rosina nickte. Sie kannte das an ihm: Wenn ihr Mann bei einem Fall endlich Klarheit gewann und die losen Enden verknüpfte, dann sprach er meist in Rätseln.

»Du wirst dich doch nicht grämen, wenn ich drüben ... äh ... nicht da bin?«

»Natürlich nicht. Ich gehe mit Louisa ins Kino. Da läuft jetzt dieser neue Film von Zhang Yimou, der zu Hause verboten ist. Außerdem will ich noch einmal einen Ausflug mit Hua machen.«

»Hua? Ach so ... Gute Idee.«

Als Wang wieder zurück war, erzählte er Rosina die ganze Geschichte von Zhang Fei: Was der »Rote Mandarin« getan hatte, wie und warum er zu Tode gekommen war. Darauf forderte sie von ihm, er solle das Ganze vergessen. War er nicht für Gerechtigkeit? Er aber entgegnete, er sei Polizeibeamter und müsse seine Arbeit tun. Darauf erwiderte sie, schließlich sei er auch ein Mensch. Sie stritten heftig miteinander. Dann machte sich Wang auf den Weg, um dem Mörder von Angesicht zu Angesicht gegenüberzutreten.

Sechzehntes Kapitel

»Ich bin froh, daß Sie da sind, Kommissar.«

»Froh?«

»Ja. Ich weiß, warum Sie kommen. Aber ich vertraue Ihnen.«

»Sie vertrauen mir?«

»Ich vertraue darauf, daß Sie respektieren werden, was ich zu sagen habe. Daß Sie verstehen, was ich tun mußte. Daß Sie mich nicht mit Parteilosungen traktieren.«

Wang nickte. »Ich hoffe, Sie haben recht. Erzählen Sie mir Ihre Geschichte.«

»Von Anfang an? Warum nicht?« Sie bat Wang, Platz zu nehmen. Er setzte sich. Sie lächelte. »Ich bin in Schanghai geboren. Ich liebe diese Stadt immer noch, obwohl mir dort so viel Schlimmes passiert ist. Als ich jung war, bin ich sonntagnachmittags immer am Bund, der schönsten Uferpromenade, die es gibt, spazierengegangen und habe mir die Schiffe angesehen. Es tat gut, zu leben und dort zu sein. Jedes Schiff trug einen anderen ausländischen Namen am Bug. Und ich dachte: Ich gehöre zur Welt, nicht nur zu einem einzigen Land. Die Medizin war immer mein Traum. Ich wollte Menschen helfen. Wie Ihre Frau. Sie haben sie doch nicht zu mir geschickt, um zu spionieren?«

»Nein.«

»Das freut mich. Ich habe es gehofft. Wir haben so viel gemeinsam. Mit der einen Ausnahme, daß sie es in ihrem Beruf zu etwas gebracht hat. Ich nicht. Ich habe das immer auf meine Herkunft geschoben: Die Familien meiner Eltern haben beide Land besessen. Selbst in den achtziger Jahren galt das noch als Schandfleck. Vielleicht war ich aber einfach nicht gut genug. Das Lernen ist mir nie leicht gefallen, und man muß eine Menge wissen, wenn man eine

Station im Krankenhaus leiten will. Vielleicht reichten meine Kräfte auch nicht aus. Man muß oft heben, und ich habe einen schwachen Rücken. Ich bekam solche Schmerzen, daß ich manchmal zu Hause bleiben mußte. Eines Tages wurde ich entlassen. Einfach so.« Matilda Yips Miene verdüsterte sich. »Aber ich mußte doch Geld verdienen. Mein Mann ... hatte mehr mit dem Spiel im Sinn, als mit Arbeit. Ohne mein Einkommen hätten wir hungern müssen. Jemand sagte mir, in Kinderheimen werde immer Personal gebraucht. Ich habe mich dort beworben. Sicherlich hätte ich erst nachfragen müssen, weshalb es dort an Personal mangelte, aber ich war so verzweifelt. Als ich zum Vorstellungsgespräch ins Waisenhaus Nr. 2 eingeladen wurde, haben wir mehr von Politik als von Kinderpflege geredet. Einige Tage danach boten sie mir eine Stelle an.

Schon am ersten Tag wurde mir klar, warum die Leute es dort nicht lange aushielten. Ich kam in einen Saal voller eiserner Betten. In jedem mehrere Babys – arme kleine Kreaturen, alle naß und schreiend, immer hungrig und wund. Wir waren ganze zwei Schwestern, und es fehlte an allem. Die Kinder wurden auch nicht ausreichend ernährt – manche siechten förmlich dahin. Kommissar, es war einfach schrecklich. Als ich am ersten Abend nach Hause kam, wollte ich vor Wut schreien. Am nächsten Morgen war ich entschlossen, etwas dagegen zu tun.

Zunächst wollte ich die Umgebung etwas freundlicher gestalten. Die Wände waren völlig kahl. Ich schmückte sie mit Bildern, die ich aus Zeitschriften ausschnitt. Dann machte ich es mir zum Prinzip, jedes Kind einmal am Tag hochzunehmen und zu streicheln. Sonst lagen sie nur da, und niemand kümmerte sich um sie. Das gab Überstunden. Die bezahlte man mir natürlich nicht, aber es zog mich nicht nach Hause. Ich glaube, ich habe all meine Liebe diesen Kindern gegeben. Und ich bekam mehr zurück, als ich von meinem Mann je bekommen hatte. Meinen Kolleginnen gefiel das natürlich überhaupt nicht. Sie meinten, ich tue das alles nur, um positiv aufzufallen. Ich versuchte ihnen zu erklären, daß ich den Kindern helfen wollte. Sie meinten, ich wollte wohl ein Lei Feng in Frauenkleidern werden, und sprachen nicht mehr mit mir. Ich tat so, als mache mir das nichts aus. Aber es tat weh.

Einige Zeit später wurde ich in die Leitung gerufen, wo man mich für meinen Einsatz lobte. Ich antwortete das Übliche, ich wolle dem Volke dienen, ein nichtrostendes Schräubchen sein usw. Ich glaubte natürlich kein Wort von dem Unsinn. Aber ich dachte, wenn es das ist, wofür mich alle halten, dann soll es so sein. Sie schlugen mir vor, eine Heldin der Arbeit aus mir zu machen. Ich würde dann mehr verdienen und könnte sogar in die Partei eintreten. Ich habe eingewilligt. Warum auch nicht? Gut, sie verlangten von mir, daß ich Berichte über meine Kollegen schreibe. Aber die haßten mich sowieso.

Dabei hatte ich meine Hintergedanken: Ich hoffte, ich könnte mehr Geld für meine Station herausschlagen. Aber daraus wurde nichts. Bald nach meiner Beförderung bot man mir eine neue Arbeit an. Ich wollte nicht wechseln, doch der Direktor des Waisenhauses bestand darauf. Er sagte, das sei meine Chance, China zu dienen. Ich konnte nicht ablehnen. Hier begegnete ich zum ersten Mal Zhang Fei. Er war der große Boß. Ich tat, was er mir befahl.

Ich kam jetzt zu älteren Kindern mit Behinderungen. Die Bedingungen waren noch schlimmer als auf meiner alten Station. Es stank, die Kinder lagen auf den Betten oder saßen auf Bänken herum. Wenn sie Ärger machten, band man sie fest. Das ist die Wahrheit, ich kann es beschwören. Die Pfleger waren einfach Monster. Jedenfalls die meisten. Ein Mädchen tat, was es konnte, aber ich brachte kein Wort aus ihr heraus. Sie hatte Angst vor allen und verkroch sich in ihrer Arbeit. Aber die anderen ... Sie führten mich herum und erklärten mir die Strafen. Erst dachte ich, sie machten Witze oder das sei eine Art Ritual für Neue. Dann aber wurde mir klar, daß, was sie sagten, durchaus ernst gemeint war. Jedes Wort. Als ein Kind an der verschlossenen Eingangstür rüttelte, prügelten sie es mit einem Stuhlbein. Ein Mädchen mußte in der Stellung ›Düsenjäger‹ stehen – vorgebeugt mit auf den Rücken gebundenen Händen –, wie in der Kulturrevolution. Ich fragte, warum, und bekam zur Antwort, sie hätte ins Bett gemacht. Kinder, die zu viel schrien, bekamen einen Knebel in den Mund. Die grausamste Strafe aber war ›Wasser schlucken‹. Auch hier band man dem Kind die Hände auf den Rücken, hielt die Füße fest und drückte seinen Kopf in einen Eimer mit Wasser. Davor hatten die Kinder die größte Angst. Doch das Schlimmste war der Hunger. Einige schienen gar nichts zu essen zu bekommen. Warum …?

Ich ging zu Zhang Fei. Ich dachte, daß er von diesen Zuständen nichts wisse und etwas unternehmen könne. Er saß nur da und hörte mich an. Dann reagierte er sehr freundlich. Er erzählte mir, wie schockiert er gewesen war, als er diesen Posten übernahm. Allmählich habe er sich aber damit abgefunden. Ich fragte ihn, wie, und er meinte, es käme nur darauf an, die Zusammenhänge zu verstehen. Und schon war er bei der Politik: Chinas Bevölkerungsproblem, Chinas Feinde im Westen, ein Haufen Unsinn über eine drohende Degeneration der Bevölkerung, über Naturgesetze, Marx und Darwin. Wenn ich das alles verstünde, so meinte er, dann würde ich einsehen, daß ich im Grunde genommen etwas sehr Humanes und Patriotisches tue.

Ich wußte nicht, was ich darauf sagen sollte. Man hatte mir beigebracht, Marx sei so etwas wie ein moderner Gott. Und wenn das alles mit Wissenschaft zu tun hatte, so dachte ich, müßte ich es eben akzeptieren. Aber dann sah ich wieder die Bilder vor mir, die dünnen Ärmchen und Beinchen, das schreckliche Wasserschlucken. Das konnte nicht recht sein, erklärte ich. Zhang Fei wurde wütend. War ich wirklich eine Patriotin? Wollte ich vielleicht, daß das chinesische Volk degenerierte und noch einmal hundert Jahre lang vom Westen beherrscht werde? Ich antwortete, das wollte ich natürlich nicht. Er meinte, ich sollte nach Hause gehen, alles sorgfältig überdenken und am nächsten Tag wieder zur Arbeit kommen.

Ich tat, wie mir geheißen. Ich wußte nicht, was ich glauben sollte. Ich setzte mich einfach auf den Fußboden und heulte mich aus. Ich sagte mir, ich könnte dort nicht länger bleiben. Ich schrieb sogar ein Entlassungsgesuch, aber wo sollte ich Arbeit finden? Ich mußte es aushalten. Ich wollte es machen wie auf der Babystation – alles geben und damit vielleicht ein klein wenig ändern. Vor allem aber schwor ich mir, daß ich selbst niemals Hand an ein Kind legen würde ... Daran habe ich mich gehalten. Ich habe wieder Bilder an die Wände geklebt und so viel Zeit wie möglich mit den Kindern verbracht. Ein Junge wuchs mir besonders ans Herz. Er war taubstumm wie Hua. Ich glaubte, das sei keine so schlimme Behinderung. Aber dann hieß es, ich sollte die Finger von ihm lassen. Er sei für die ›Endlösung seines Problems‹ ausgewählt. Ich verstand nicht, was das bedeutete. Ich dachte, es sei eine Art Behandlung, und gehorchte. Er war sehr dünn, und ich glaubte schon, das sei eine Nebenwirkung besonderer Medikamente, die er erhielt. Beim Essen wurde er stets übergangen. Ich fragte, warum. Die Antwort war immer nur dieses mysteriöse Wort ›Endlösung‹. Ich war so dumm, aber man kann doch nicht annehmen, was eigentlich unmöglich ist. Eines Tages versuchte der Junge, dem Pfleger etwas zu essen aus der Hand zu reißen. Da schleppten ihn zwei dieser Kerle ins Badezimmer, wo sie seinen Kopf ins Wasser tauchen wollten. Ich ging dazwischen, und irgendwer holte den Chef. Zhang Fei erschien persönlich auf der Bildfläche. Er fragte, was los sei. Dann nahm er mich beiseite und redete mit mir. So ruhig, als teilte er mir eine Veränderung im Schichtplan mit. Sie hätten entschieden, der Junge habe zu verhungern.

Da war es mit meiner Geduld zu Ende. Ich ging auf ihn los. Meine Kollegen rissen mich zurück. Als ich dann in Zhangs Büro saß, wo man mir drohte, mich zu entlassen und einen Vermerk in meine Akte zu schreiben, daß ich nie wieder Arbeit finden konnte, kam mir plötzlich die Erleuchtung, was ich zu tun hatte. Ich fiel auf die Knie und schlug mit der Stirn auf den Boden. Ich flehte ihn an, mir noch eine Chance zu geben. Ich gebrauchte alle Argumente, die mir gerade in den Sinn kamen. Ich bot an, eine Selbstkritik zu schreiben und sie öffentlich zu verlesen. Ich wollte tun, was er von mir verlangte. Mein Kotau muß ihn beeindruckt haben. Er warf mich nicht hinaus, sondern hielt mir nur eine lange Standpauke und erklärte, ich könnte zur Beobachtung im Waisenhaus bleiben.«

Matilda seufzte tief auf. »Und das war mein Plan: Ich wollte eine Zeitlang arbeiten, als sei nichts geschehen. Heute weiß ich nicht mehr, wie ich diese Zeit überstanden habe. Ich habe mich abgeschottet, so gut es ging. Ich übernahm die niedrigsten Arbeiten – scheuerte den Fußboden, wischte Exkremente und Erbrochenes weg, schleppte schwere Lasten. Ich fühlte mich wie die Kinder – taub, stumm und blind. An diesem Ort etwas anderes zu tun, etwas zu bemerken, zu wünschen oder gar zu fühlen, wäre schier unerträglich gewesen. Trotzdem habe ich es kaum ausgehalten. Sonntags ging ich immer noch meinen geliebten Bund entlang. Ich schaute auf das Wasser und dachte manchmal, wie einfach es doch wäre, hinunterzuspringen, und alles wäre zu Ende. Ich habe sogar angefangen, über Selbstmord nachzulesen. Dabei erfuhr ich, daß die, denen es wirklich ernst ist, sich selbst die Hände fesseln, bevor sie ins Wasser springen. Aber ich hatte ja meinen Plan …

Dazu gehörte, daß ich mich mit Gangstern und Verbrechern treffen, mich in ihre Hände geben mußte. Ich war nicht sicher, ob ich das konnte – moralisch, meine ich. Das praktisch zu organisieren war nicht allzu schwer. Und am Ende konnte ich es auch. Es war nötig, und so tat ich es eben. Einige gaben mir Geld. Ich mußte erst Großmaul Fu kennenlernen, um zu finden, was ich suchte. Er nannte sich ›Reiseagent‹, konnte Pässe und Papiere beschaffen.«

Matilda schwieg eine Weile. »Schicken Sie mich nach Schanghai zurück, Kommissar? Aber doch nicht Hua? Ich weiß, das tun Sie nicht. Ich vertraue Ihnen. In Ihrem Herzen sind Sie kein Mann der Partei. Hua wird es in Hongkong gut haben.«

»Meinen Sie?« fragte Wang. »Aber ich schicke sie nicht zurück, das verspreche ich Ihnen. Fahren Sie bitte fort.«

»Irgendwann hatte ich genug Geld beisammen. Ich legte etwas für meinen Mann beiseite. Ich wußte, er würde es in wenigen Wochen verspielt haben, aber es beruhigte mich, daß ich ihn nicht völlig mittellos zurücklassen mußte. Ich sah mich auf meiner Station um, nahm die Kinder wieder wahr, und sofort kamen die Gefühle zurück. Hua fiel mir sofort auf. Auch sie war taubstumm. Es war wohl nur eine Frage der Zeit, bis Zhang Fei und seine Leute auch über sie das Todesurteil sprachen. Ich lächelte ihr zu, und sie reagierte sofort. Sie wollte ich retten. Am nächsten Tag ging ich zu Großmaul Fu und gab ihm 20000 Yuan. Wir vereinbarten, daß ich am nächsten Montag, abends um halb acht, eine Adresse im Süden der Stadt aufsuchen sollte.«

Matilda mußte lächeln. »Aber vorher mußte ich Hua aus dem Waisenhaus herausbekommen. Zuerst wollte ich Feueralarm geben, doch das hätte eine Panik auslösen können. Dann wollte ich so tun, als käme ich in offizieller Mission, aber zu viele Leute kannten mich. Schließlich fand ich die Lösung. Auch auf dieser Station war das Personal knapp. Ich wollte einen Augenblick abpassen, wenn niemand in der Nähe war. Ich brauchte nur eine Minute, um Hua in den Korridor zu bugsieren. Inzwischen hatte ich ein paar hübsche Kinderkleider gekauft und auf der Toilette versteckt. Wenn ich sie Hua anzog, dann würde sie niemand für ein Kind aus der Anstalt halten.« Matilda verzog das Gesicht. »Allerdings wußte ich noch nicht, wie ich mit ihr durchs Tor kommen sollte …

In der Nacht vor diesem Montag kriegte ich kein Auge zu. Mein Mann war wieder einmal betrunken und schlief wie ein Murmeltier. Ich hatte ein schlechtes Gewissen. Heißt es doch, zu einer Ehe gehören zwei und zu einer Scheidung auch. Wenn wir vielleicht ein eigenes Kind gehabt hätten ... Aber das war nun vorbei. Um 5.30 Uhr stand ich auf, stellte ihm das Frühstück hin und ging zur Arbeit. Die erste Fluchtmöglichkeit kam gegen Mittag, doch das war zu früh. Dann trödelte eine Pflegerin ewig herum, was sie sonst nie tat. Schließlich war die Schicht zu Ende. Überstunden waren bei mir jedoch nichts Ungewöhnliches. Dann kam die neue Pflegerin und übernahm ihre Schicht. Langsam wurde ich unruhig. Da gab es Ärger auf der Nachbarstation – sicher verprügelten sie wieder ein Kind –, und schon waren wir weg. Hua begriff sofort. Sie nahm meine Hand, ging mit und schlüpfte rasch in die Kleider. Sie sah so hübsch darin aus. Aber die Ärmste konnte kaum gehen, so schwach war sie. Ich mußte sie hinter mir herschleppen. Wir kamen zum Tor. Wir waren schon fast draußen, als der Wachmann uns anhielt und fragte, wer das Kind sei. Ohne nachzudenken, antwortete ich: ›Meine Tochter.‹ Er warf einen Blick auf Hua. Ich bin sicher, er begriff sofort, was da lief, aber er nickte mir zu und ließ uns gehen. Ein paar gute Menschen gab es auch dort, Kommissar. Die Macht hatten allerdings Leute wie Zhang Fei, und das zählte am Ende. Deswegen mußte ich fort ...

Wir nahmen eine Rikscha und fuhren zu der angegebenen Adresse. Dort trafen wir auf dreißig weitere Flüchtlinge. Wir saßen alle zusammen in einem Raum, aber niemand sprach. Schließlich kam Großmaul Fu herein und händigte uns die Papiere aus. Man lud uns in einen Bus, und los ging's. Wir fuhren die ganze Nacht, den nächsten Tag und noch eine Nacht. Ich begriff zum ersten Mal, wie groß China ist. Mir war die ganze Zeit schlecht. Einmal hielt uns Polizei an. Wir mußten unsere Papiere zeigen, und ich glaubte voller Schrecken, sie suchten nach Hua. Aber nichts geschah. Ich denke, Großmaul Fu hat ihnen etwas Geld gegeben.

Unser Ziel war keine große Stadt, sondern eine Fabrik in einem elenden Nest. Großmaul Fu erklärte uns, wir müßten nun einige Tage warten. Wir sollten bei unserer Geschichte bleiben, wir seien Wanderarbeiter auf Jobsuche. Das hieß, wir mußten dort am Band arbeiten. Wir klebten Etiketten auf Büchsen mit Obstkonserven. Das ging so eine ganze Zeit. Immer wieder hieß es, es gebe Probleme mit unseren Papieren, wir sollten noch ein paar Tage Geduld haben. Eine Woche verging, dann zwei ... Wir haben dort mindestens einen Monat lang gearbeitet, bis eines Tages Großmaul Fu erschien und erklärte, draußen stehe ein Lastwagen, und zehn von uns müßten in einer halben Stunde fertig sein. Ich gehörte dazu. Ich konnte mich nicht einmal von den Frauen verabschieden, mit denen ich mich inzwischen angefreundet hatte. Aber das war jetzt nicht wichtig.

Wir wurden über die Grenze geschleust. Was Großmaul Fu von Pässen erzählt hatte, war nur leeres Gerede. Man steckte uns in Kisten mit Luftlöchern. Wir rollten uns zusammen wie Babys im Mutterleib und wurden verladen wie Konservenbüchsen ...«

»Marke ›Glücklicher Hahn‹?« warf Wang ein.

Matilda blickte erstaunt auf: »Woher ...?«

»Erzählen Sie nur weiter«, sagte Wang.

»Die Fahrt wollte kein Ende nehmen. Ich fühlte mich so schlecht, daß ich mir fast wünschte, die Polizei sollte uns anhalten. Aber dann mußte ich an Hua denken und daran, was ich der Welt mitteilen wollte. Denn das gehörte zu meinem Plan. Ich wollte nicht nur weglaufen und mich verstecken, sondern berichten, was ich gesehen hatte. Endlich hielt der Lastwagen. Wir wurden abgeladen und fanden uns in einem Haus wieder. In Hongkong! Die Leute von der Triade erklärten uns, wir könnten jetzt gehen, wohin wir wollten. Aber Arbeit würden wir wohl nicht finden. Sie hätten ja Arbeit für uns – in einer Fabrik. Die jüngeren Frauen könnten auch als ›Hostessen‹ in einer Bar anfangen.

Dort gebe es viel zu verdienen. Ich wußte, was das bedeutete, aber in eine Fabrik wollte ich nicht noch einmal gesteckt werden. Außerdem hatte ich mich schon verkaufen müssen, um aus China herauszukommen, warum nicht auch hier? Vielleicht wäre es anders gegangen, aber ... Denken Sie jetzt schlecht von mir, Kommissar?«

Wang schüttelte den Kopf.

Matilda schien erleichtert. »Außerdem sollte es nur für kurze Zeit sein«, fuhr sie fort. »Ich wollte doch der Presse von dem Waisenhaus berichten. Ich dachte, vielleicht könnte ich für meine Geschichte etwas Geld bekommen. Nicht, um reich zu werden, sondern um mit Hua eine Weile davon leben zu können. Aber die Triade hielt uns wie Gefangene. Einmal konnte ich einer Zeitungsredaktion eine Notiz zuspielen, und ein Reporter erschien in unserem Club. Aber der Türsteher schlug ihn zusammen. Dann war ich an der Reihe. Er drohte, er werde Hua und mich umbringen, wenn ich mich noch einmal in die Nähe der Presse wagte. Wahrscheinlich dachte er, ich wollte den Fluchtweg verraten. Ich hatte solche Angst, daß ich kein Wort herausbrachte. Immerzu mußte ich an die armen Kinder denken. Es tat so weh. Ich träume heute noch von ihnen, wie sie da hungern und sterben. Aber ich hatte solche Angst. Außerdem mußte ich mich um Hua kümmern. Schließlich kam die Sache auf andere Weise heraus. Zumindest zum Teil. Ich überlegte, ob ich nicht wenigstens Einzelheiten erzählen sollte. Ich wollte nicht, daß die Menschen in China dachten, das sei nur eine Erfindung der ausländischen Propaganda. Aber dann war da wieder Hua und die Drohung, die über uns hing. Habe ich schlecht gehandelt, Kommissar?«

Wieder schüttelte Wang den Kopf. »Erzählen Sie weiter.«

»Eine Zeit später traf ich einen Mann, der mit mir leben wollte. Er hatte Kontakte zur Triade und erklärte mir, ich sei frei, wenn ich über meine Vergangenheit Schweigen bewahren würde. Ich willigte ein und ging mit Tok. Ich fand eine andere Arbeit – in einem Geschäft. Tok war zuerst sehr nett zu mir. Aber dann fingen wir an, uns zu streiten. Über die Religion. Über die Vergangenheit. Er meinte, ich sei besessen davon und sollte sie endlich vergessen. Über Hua. Sie mochte ihn nicht und bekam Zustände, wenn wir zusammen ins Bett gingen. Deswegen sind wir manchmal in Yaumatei gewesen.«

Wang nickte. »Wieso haben Sie sich über die Religion gestritten? Wurden Sie christlich erzogen?«

»In Schanghai? Nein. Das hat erst mit Joan angefangen, mit Joan Tang, die mit mir zusammen in dem Laden arbeitete. Eines Tages sprach sie mit mir über Jesus, über die Bibel und all das. Für mich war das Aberglaube. Aber weil sie so darauf bestand, bin ich schließlich an einem Sonntag mit ihr in die Kirche gegangen. Dort hat es mir gefallen. Die Leute waren nett und behandelten mich nicht wie eine Aussätzige. Bald war ich jeden Sonntag in der Kirche. Und ich habe begonnen, in der Bibel zu lesen. Darin fand ich so vieles, was ich schon immer gefühlt hatte, aber nie aussprechen konnte. Ich spürte, daß mein Leben sich allmählich zum Besseren wandelte.« Sie seufzte. »Da stieß ich plötzlich auf Zhang Fei.«

Matilda wirkte nun äußerst angespannt. »Sonntagnachmittags machte ich mit Hua immer einen Ausflug. Das gefiel ihr, denn sie ist sehr wißbegierig. Eines Tages fuhren wir nach Stanley, um uns dort den Markt anzuschauen. Auf der Hauptstraße gerieten wir in einen Stau. Ich beachtete die Autos ringsum gar nicht, aber plötzlich packte mich Hua am Arm. Zitternd vor Angst zeigte sie auf einen großen Toyota mit Chauffeur. Ich konnte nichts erkennen, aber sie ließ nicht ab. Und dann sah ich es auch. Auf dem Rücksitz saß Zhang Fei. Ich wußte nicht, daß Hua ihn kannte, aber offenbar hatte er im Waisenhaus öfter seine Rundgänge gemacht, um zu kontrollieren, ob alles in Ordnung war.

Im ersten Moment dachte ich voller Schrecken, er sei nach Hongkong gekommen, um Hua und mich zurückzuholen. Aber Tok beruhigte mich und meinte, ich solle vernünftig sein. Warum sollte Zhang Fei das machen? Freunde von Tok hatten geschäftlich mit Leuten vom Festland zu tun. Über die erfuhr er, daß man Zhang offiziell auf einen hohen Posten in Hongkong versetzt hatte. Eine Beförderung, weil er in Schanghai so gut gewesen war! Ich wollte es nicht glauben. Ich war so wütend, daß ich ihm einen Drohbrief schrieb. Ich schickte ihm eine Bibel, in der ich die passenden Stellen angestrichen hatte …«

»Das Evangelium des Matthäus, Kapitel 18, Vers 6«, warf Wang ein, »und das Evangelium des Lukas, Kapitel 17, Vers 2.«

»Stimmt«, sagte Matilda und wirkte peinlich berührt. »Das war wohl nicht sehr klug von mir. Aber ich war so wütend! Ich fand es einfach unerträglich, daß er keinerlei Verantwortung dafür tragen sollte, was er getan hatte. Mich an die Presse zu wenden, hatte ich viel zuviel Angst. Irgendwie hatte Tok wohl recht: Ich war wie besessen. Ich wollte Rache an ihm nehmen. Er sollte ›Wasser schlucken‹. Umbringen wollte ich ihn nicht, aber ich wollte ihm eine Lektion erteilen. Ich schrieb ihm einen zweiten Brief, in dem ich behauptete, ich hätte Informationen über seine Vergangenheit und wollte sie ihm für tausend Dollar verkaufen, wenn er sich mit mir in Yaumatei treffe. Er rief zurück und schlug eine Zusammenkunft vor. Am 24. um acht Uhr abends. Tok und ich fuhren zu der Baustelle und warteten. Ich versteckte mich. Als Zhang pünktlich erschien, redete erst Tok mit ihm. Dann sprang ich hinter einem Stapel Sandsäcke hervor.

Zhang war entsetzt. Er wollte weglaufen, aber Tok packte ihn und warf ihn zu Boden. Ich legte ihm die Handschellen an. Er fing an zu schreien, so daß wir ihm das Maul stopfen mußten. Ich sagte, ich wollte nur reden, einige Dinge klären und dann sein Geld haben. Da wurde er etwas ruhiger. Ich fragte ihn nach dem Waisenhaus, ob er wirklich an das geglaubt habe, was er dort tat. Er sagte, nein, er habe nur seinen Job gemacht. Aber dann fing er wieder mit dem politischen Unsinn an, den er mir schon in Schanghai erzählt hatte – von der drohenden Degeneration des chinesischen Volkes, von Marx und Darwin. Es war, als sei ich wieder zu Hause. Ich sah mich in seinem Büro knien und um mein Leben flehen. Ich sah mich auf der Station, ich roch den Gestank, ich hörte die Kinder schreien, ich sah die dünnen Glieder und ihre Augen, die mich um Hilfe anflehten. Plötzlich überkam es mich. Ich packte ihn und stieß ihn ins Wasser. Er ging sofort unter. Seine Beine strampelten, aber für mich waren es die Beine der Kinder, dünn wie Stöcke. Blasen stiegen an die Oberfläche, aber für mich waren es Blasen, die aus einem Eimer voller Wasser aufsteigen, wenn eines von den armen Dingern für irgendein lächerliches Vergehen bestraft wurde. Ich stand wie versteinert da und schaute zu, bis es vorüber war. Die Endlösung des Problems Zhang Fei.«

Eine Zeitlang sprach keiner ein Wort. Draußen hörte man ein Auto gellend hupen.

»Ich denke, er hat es verdient«, sagte Matilda schließlich. »Meinen Sie nicht auch, Kommissar?«

Wang ließ sich Zeit. »Ich kann Ihnen nicht widersprechen. Aber Mord bleibt eine Straftat.«

Matilda nickte. »Ich weiß. Ich bin bereit, für das, was ich getan habe, zu bezahlen. Nur Hua darf nicht darunter leiden.«

»Nein …«

»Deswegen habe ich Ihnen das alles erzählt.«

»Ich verstehe. Sie müssen mir aber die ganze Wahrheit sagen.«

Matilda blickte ihn scharf an. »Glauben Sie etwa, ich habe gelogen? Wie können Sie so etwas behaupten?«

»Sie haben Veronica Chow nicht erwähnt.«

Matildas Zorn war sofort verraucht. Sie blickte zur Seite.

»Das alles haben Sie doch nicht allein geplant«, fuhr der Kommissar fort. »Und Ihr Komplize war nicht Tok. Er war anständig genug, Sie zu decken, als ein gelangweilter Polizist vorbeikam, um ihm ein paar Fragen zu stellen. Aber das Ganze hielt er doch für ziemlich verrückt, nicht wahr? Hat er Sie deswegen verlassen?«

Matilda nickte.

»Und er war auch an dem Abend nicht dabei, als Zhang Fei starb, nicht wahr? Es war Veronica.«

Matilda schlug die Augen nieder. »Wie haben Sie ...?«

»Zhang Fei wäre doch niemals allein in eine so abgelegene Gegend gegangen, um sich mit einem anonymen Erpresser zu treffen. Hätten Sie das getan? Vor allem nach diesen anonymen Drohbriefen? Wenn ihm aber jemand, nach dem er sich sehnte, ein heimliches Rendezvous vorschlug ...? Auf so eine Einladung hin kam Zhang Fei garantiert allein und dachte nicht lange über die Folgen nach. Wir haben festgestellt, daß Veronica die letzte war, die ein längeres Telefongespräch mit Zhang Fei führte. Ich dachte zuerst, das hätte etwas mit den Triaden zu tun, immerhin stand sie ja in ihren Diensten. Aber so war es nicht. Erzählen Sie mir jetzt auch noch diesen Teil der Geschichte. Von Anfang an: Wie Sie ihr begegnet sind, was Sie zusammen geplant haben und was dann da draußen passiert ist.«

Matilda sah den Kommissar mit stummem Flehen an.

»Ich muß es wissen, Matilda.«

Sie zuckte ergeben die Schultern. »Ich bin auf sie gestoßen, als ich Zhang Fei zu ihrem Boot folgte. Warum ich das getan habe? Ich weiß es nicht. Ich sagte schon, ich war wie besessen. Aber ich hatte auch Angst. Ich wollte etwas gegen ihn in der Hand haben. Tok erzählte mir, es seien Gerüchte im Umlauf, ein hoher chinesischer Funktionär hätte eine Geliebte in Yaumatei, mit der er perverse Dinge trieb. Ich flehte, das möge er sein, und ich hatte Glück. Als dann der Privatdetektiv mir die Fakten brachte, tat mir die arme Frau so leid, daß ich sie kennenlernen wollte. Brutale Kerle wie er suchen ihre Opfer zu isolieren. Die Opfer müssen zusammenhalten. Ich ging also auf das Boot und stellte mich vor. Ich hatte keinerlei Bedenken, denn ich fühlte mich im Recht. Ich habe ihr meine Geschichte erzählt, und wir waren uns sofort sympathisch. Sie hatte die Idee, Zhang auf diese entlegene Baustelle zu locken, ihn zu demütigen, zu ängstigen, damit er begriff, was Gewalt bedeutet. Sie sagte, daß sie schon lange so etwas vorhätte. Sie hätte nur auf jemanden wie mich gewartet, der ihr dabei helfen würde. Mir gefiel der Gedanke sofort. Wir überlegten, wie wir es konkret anfangen könnten. Dann aber teilte sie mir plötzlich mit, ihr Zuhälter – ich hoffe, Sie kriegen den Lumpen – hätte ihr verboten, Zhang wiederzusehen. Damit war unser Plan geplatzt. Einige Wochen später rief sie an und erzählte mir, Zhang wollte sich auf eigene Faust mit ihr treffen. Wir hatten also noch eine Chance.«

Matilda seufzte. »Aber inzwischen war ich nicht mehr so wild auf die Sache. Ich habe immer gewußt, daß es für Hua und mich das beste wäre, ihn in Ruhe zu lassen. Außerdem hatte ich inzwischen Kontakt zur Kirche bekommen und viel in der Bibel gelesen. Jesus sagt, daß man Sündern vergeben soll und Gott sie strafen wird. Ich habe sogar den Pater gefragt, wie es ist, wenn jemand etwas sehr Schlimmes getan hat. Er sagte, man müsse nicht völlig vergeben, es sei aber unsere Pflicht, unsere Seele nicht mit Rache zu vergiften. Das waren seine Worte. Ich werde sie nie vergessen. Veronicas Seele war mit Rache vergiftet. Ich werde für sie beten. Sie war entschlossen, ihren Plan auszuführen, und sie konnte einen schon überzeugen. Immer wieder erinnerte sie mich daran, was ich ihr von dem Waisenhaus erzählt hatte. Am Ende ließ ich mich überreden.

Der Rest ist die reine Wahrheit, wenn Sie Tok durch Veronica ersetzen. Sie sprach mit ihm, ich sprang hinter den Sandsäcken hervor, wir warfen ihn gemeinsam zu Boden und fesselten ihn mit den Handschellen, ihren natürlich. Er hatte sie manchmal gezwungen, sie anzulegen. Was war das nur für ein Mann? Es lag auch eine gewisse Ironie darin, daß wir ihm antaten, was er ihr zugemutet hatte. Wir konnten ihn davon überzeugen, daß wir nichts weiter wollten als mit ihm reden, nur wenn er um Hilfe rief, würden wir ihn töten. Zu allem anderen stehe ich. Auch gestorben ist Zhang Fei so, wie ich es bereits geschildert habe.«

Wang nickte. »Von Veronica hätten Sie früher sprechen sollen.«

Matilda zuckte die Achseln. »Opfer halten zusammen und liefern sich nicht gegenseitig ans Messer.«

Wieder konnte Wang nur verständnisvoll nicken. »Hat Veronica Ihnen angeboten, daß ihre Familie sich um Hua kümmert, wenn Sie verhaftet werden?«

Wieder warf Matilda Wang einen überraschten Blick zu. »Tatsächlich ...«

»Ich fürchte, sie hat Ihnen nicht die Wahrheit gesagt, Matilda. Ich bin bei der Familie gewesen und glaube nicht, daß die jemanden aufnimmt, der mit Veronica zu tun hatte.«

Zum ersten Mal während des ganzen Gesprächs wirkte Matilda sehr erschrocken. »Das ist kein Trick von Ihnen?« fragte sie langsam.

»Nein.«

»Hua darf nicht in ein Heim zurück! Das haben Sie versprochen, Kommissar ...«

Wang nickte. »Das habe ich versprochen.« Draußen klappte eine Autotür. Stimmen wurden laut. »Sie haben also Zhang Fei getötet?« fragte er schließlich.

»Ja. Das habe ich doch bereits erklärt. Es ist die Wahrheit. Ich bin bereit, die Folgen zu tragen. Aber Hua hat nichts getan. Sie darf nicht ...«

Wang hob die Hand. »Sie werden für das, was Sie getan haben, festgenommen werden – von der Hongkonger Polizei. Was Sie auch immer von der Übergabe gelesen haben, ich habe hier keine Amtsgewalt. Ich muß die Polizei hier über Ihre Aussage informieren. Das wird etwa zwei Stunden in Anspruch nehmen.«

Matilda starrte ihn fassungslos an.

»Das müßte Ihnen genügen, um zu verschwinden, falls

Sie sich dazu entschließen«, fuhr Wang fort. »Ich denke, es gibt sichere Fluchtwege zu anderen chinesischen Gemeinschaften in der Welt. Viele gehen nach Indonesien, wenn ich recht informiert bin. Wenn Tok noch etwas für Sie empfindet und die Verbindungen hat, von denen er immer sprach, dann kann er ganz bestimmt etwas für Sie organisieren. Vielleicht will er etwas dafür.« Wang hielt inne. »Ich billige nicht, was Sie getan haben. Ich bin einfach ... Ich weiß es selber nicht. Seit einem gewissen Ereignis im Jahre 1989 bin ich mir längst nicht mehr so sicher, was gut und was böse ist ... Aber das Kind darf nicht leiden. Soviel scheint klar zu sein. Und Sie sind der einzige Mensch auf der Welt, der das garantieren kann.« Matilda war immer noch sprachlos.

»Das ist kein Trick«, fuhr Wang fort. »Sie haben zwei Stunden Zeit.« Sprach's, stand auf, ging zur Tür und verließ die Wohnung.

Die Hongkonger Polizei brauchte dann viereinhalb Stunden, bis sie an Ort und Stelle war. Zwei Stunden nach Matildas Geständnis verlangte Wang Detective Inspector Ooi zu sprechen. Der ließ ihn lange warten. Er hatte »Wichtigeres zu tun«.

Als die Polizisten schließlich Matildas Tür aufbrachen, fanden sie die Wohnung leer.

Zwei Tage später wurden bei einer Razzia in den Räumen der Lebensmittelfirma »Glücklicher Hahn« in Shamshuipo einige Personen wegen illegaler Schleusung von Einwanderern über die Grenze festgenommen. Im Verhör gab der Direktor auch zu, illegal hergestellte CD-ROMs zu schmuggeln. Allerdings bestritt er heftig, etwas mit Zhang Fei zu tun gehabt zu haben. Sie hätten nur ein einziges Mal kurz miteinander telefoniert. Ein Freund habe ihm geraten, Zhang anzurufen, weil man glaubte, daß der nach der Übergabe einen hohen Posten erhalten werde. Der Name Matilda Yip sagte ihm nichts.

Matildas ehemaliger Geliebter Tok wurde von der Polizei vernommen, erklärte aber, er habe sie seit ihrer Trennung nicht wiedergesehen.

So konnte niemand sagen, wohin sie verschwunden war. Nach überraschend kurzer Zeit schien das auch keinen mehr zu interessieren. Die Hongkonger Polizei griff auf ihre ursprüngliche Version zurück, Zhang Fei sei von Veronica Chow ermordet worden. Für Matilda Yips Geschichte gab es schließlich keinen Beweis. Man hatte nur den Bericht eines unbedeutenden Polizisten vom Festland, und nachdem die Vorgesetzten dieses Mannes solche Lügen aufgetischt hatten …

Auch die Funktionäre in Stanley blieben bei ihrer Version. Warum sollten sie daran etwas ändern?

Siebzehntes Kapitel

Kommissar Wang Anzhuang ließ sein Fahrrad an der Ampel ausrollen. Als er zum Platz vor dem Tiananmen hinüberschaute, fühlte er sich so unbeschwert wie seit Jahren nicht mehr. Er glaubte nicht an diese westliche Religion, aber vielleicht hatte Matildas Pater recht, wenn er forderte, der Mensch dürfe seine Seele nicht vergiften. Wang hatte nicht gewollt, was 1989 auf dem Platz geschehen war. Er hatte keinen Nutzen davon gehabt. Und er entfernte sich mehr und mehr von der Art Menschen, die für dieses Verbrechen verantwortlich waren. Auch von Zhang Fei und dessen zerstörerischer Bürokratie trennten ihn Welten. Dafür wollte er keine Verantwortung mehr tragen. Das war eine persönliche, keine politische Entscheidung, würde Rosina wohl sagen. Wahrscheinlich hatte sie recht.

In seiner Ehe lief es jetzt auch viel besser. Nach seinem ersten Tag in seinem Büro in der Östlichen Qianmenstraße, der überhaupt kein Ende nehmen wollte, erwartete ihn zu Hause ein köstliches Mahl. Danach liebten er und Rosina sich mit einer Inbrunst, die sie lange, lange nicht mehr erlebt hatten. Wang mußte sich daran erinnern, daß sie ihm bald nach ihrer ersten Begegnung gestanden hatte, sie könne sich nur einem Mann hingeben, den sie achtete und der Selbstachtung besaß.

Hinter ihm hupte es. Die Ampel hatte umgeschaltet, die Fahrräder setzten sich in Bewegung, ein Dienstwagen bahnte sich den Weg durch den rollenden Pulk. Sicher mußte er zu einem wichtigen Termin. Bis zu einer solchen Karosse war es für Wang noch ein weiter Weg. Heute erwartete ihn sein Vorgesetzter, Sekretär Wei, der ihn sicher wegen seines Verhaltens in Hongkong rügen würde. Wang machte das nicht viel aus, er hatte seine Version bereit.

Gruppenleiter Chen würde ihn unterstützen. Praktische Folgen waren nicht zu erwarten, nur etwas politische Agitation. Viel mehr bewegte den Kommissar, ob das Essen, das er für diesen Abend plante, ein würdiges Dankeschön für Räder-Zhai war, der ihm in diesem Fall wieder geholfen hatte. Waren die Chilis scharf genug? War der Maotai-Schnaps stark genug?

Und schließlich hatte er ja seine Arbeit. Als der Kommissar in die Pedalen seines Rades, Marke »Fliegende Taube«, trat, die wieder einmal geölt werden mußten, versuchte er sich vorzustellen, wie sein Arbeitstag verlaufen werde. Wartete ein neuer Fall auf seinem vertrauten Schreibtisch unter der Schriftrolle mit den Zeichen für Gerechtigkeit?

Die Arbeit in der Kleiderfabrik »Strahlender Glanz« in Djakarta war nicht schwer, eher eintönig. Der Arbeitstag war lang und die Bezahlung schlecht. Der Eigentümer wußte, daß niemand dagegen aufbegehren würde: Die meisten Arbeiterinnen hielten sich illegal im Lande auf. Sie alle waren Chinesinnen, was bedeutete, sie waren Armut und Gehorsam gewohnt. Er stellte keine Fragen und zahlte pünktlich. Was wollten sie mehr?

Matilda und Hua Yip saßen nicht weit voneinander entfernt in der Reihe der Nähmaschinen. Matilda mochte diese Arbeit nicht, aber sie war nicht verbittert, denn sie wußte, daß sie Glück gehabt hatte. Hua schien es sogar zu gefallen. Es dauerte nicht lange, und sie war geschickter als die Frau, die sie ihre Mutter nannte. Der Vorarbeiter hatte schon bemerkt, daß aus ihr mehr herauszuholen war. Sein Boß suchte pfiffige junge Leute, die er an Computern ausbilden wollte. Das Leben hielt noch manches für sie bereit.